大湾区文学选本

文学理论卷

唐诗人　主编

人文湾区文艺书系

广东省文学艺术界联合会
粤海风杂志社
主编

南方日报出版社
NANFANG DAILY PRESS
中国·广州

图书在版编目（CIP）数据

大湾区文学选本．文学理论卷 / 唐诗人主编．广州 ：南方日报出版社，2025. 8. --（人文湾区文艺书系）. -- ISBN 978-7-5491-3036-8

Ⅰ．I218.65；I206.7

中国国家版本馆 CIP 数据核字第 2025F537F1 号

DAWANQU WENXUE XUANBEN WENXUE LILUN JUAN

大湾区文学选本 文学理论卷

主　　编：唐诗人
出版发行：南方日报出版社
地　　址：广州市广州大道中 289 号
出 版 人：周山丹
丛书策划：周山丹
责任编辑：阮清钰　巫殷昕
特约编辑：卢　瑜　李芷莹
装帧设计：邓晓童　劳华义
责任校对：阮昌汉　朱晓娟
责任技编：王　兰
经　　销：全国新华书店
印　　刷：广东信源文化科技有限公司
成品尺寸：185mm×260mm
印　　张：13
字　　数：240 千字
版　　次：2025 年 8 月第 1 版
印　　次：2025 年 8 月第 1 次印刷
定　　价：68.00 元

投稿热线：（020）87360640　　读者热线：（020）87363865

总序

同书粤地新气象　共绘湾区同心圆

王垂林

在新时代的东风里，粤港澳大湾区建设正以磅礴之势，激荡着世界级的城市群崛起。广东省文学艺术界联合会组织辑选《大湾区文学选本》（以下简称《选本》），受到粤港澳三地文学艺术家的热烈响应，并获得国家新闻出版署“十四五”国家重点图书出版规划立项支持。《选本》的推出不仅是对这片热土文脉的深情回眸，更是广东文艺界回应国家重大发展战略的自觉行动。它如一座精心架设的桥梁，联结起现代文艺潮涌，为广东文艺高质量发展注入活水，更为大湾区宏伟蓝图增添了一道斑斓的人文亮色。

《选本》编选了湾区不同城市、不同代际作家、不同文本形态下反映时代变迁、刻画湾区风貌、传递人文精神的代表作品。这些作品以鲜明的在地性和开放的全球视野，构建起大湾区共同的文化认同，宛如珠江汇聚西江、北江，千百流涌，而后八门夺海，展现出一幅千姿百态又和谐共生的文学图景。字里行间，既有岭南风物的细腻描摹，亦有时代变革的深沉回响；既镌刻着湾区独特的多元文化印记，更升腾出湾区人民共同的价值追寻与精神气质。

粤港澳大湾区的独特优势在于“双向开放”——既向内连接广阔腹地，又向外辐射全球。粤港澳大湾区文艺事业的发展更离不开三地优势互补、资源整合所激发的创新合力。《选本》的多元文本组合，彰显这一特质，既有粤语方言写作的韵味、移民故事的张力，也兼备跨境叙事的包容性，向世界展示中国式现代化进程中的文化多样性，让读者得以从香港的都市律动、澳门的多元风情、广东九城的奋进脉搏中，真切触摸到那份植根于岭南沃土、流淌在湾区儿女血脉中的文化基因与情感共鸣，为粤港澳三地增进共识、携手前行提供强大的价值支撑。这种守正创新的创作实践，正是广东文艺界抢抓历史机遇、主动担当文化使命的生动写照。

岭南文脉相交融，人文湾区谱新篇。《选本》宛如一座精神堤岸，在珠江潮水拍打之处见证湾区文学由区域走向世界、从传统迈向未来的壮阔航程。广东文联将持续引领广东文艺界同书粤地新气象、共绘湾区同心圆，不断书写大湾区文艺繁荣发展的新传奇！

作者系广东省文学艺术界联合会党组书记、专职副主席

2025年7月1日

序一

理论的准备
——粤港澳大湾区文学的想象与实践

刘大先

粤港澳大湾区的明确规划无疑验证了列斐伏尔四十多年前的一个判断：“我们已经由空间中事物的生产转向空间本身的生产。”① 作为“空间生产”的当代中国实例，大湾区还处在进行时，充满着各种可能性。尽管在各种论述中，粤港澳大湾区经常会被论者与世界上其他几个著名湾区如东京湾区、旧金山湾区和纽约湾区并举，但在我看来，它的潜能远超过某个经济贸易区域，对标的倒更应是美国、加拿大、墨西哥的北美自贸区或者德、法、西、意、比、希等20余国的欧洲关税同盟，也就是说它更宏大的愿景应该是一个跨区域的平台，而非限于某个特殊区域，它在经济、技术、贸易、资本之外，同样致力于文化与话语的构建，最终目标应该是重新定位大湾区乃至中国在世界中的位置，进而构建自身的语法与规则。2020年11月13日，在深圳举行的“第三届粤港澳大湾区文学发展峰会”就将主题定为“人文湾区·文学湾区”，显示了文学在这个宏观筹划中的参与性，以及大湾区更为深远与广泛的诉求与考虑。

“大湾区文学选本”从属于这一系列建构活动，并且明确地显示出创造、阐释与自我阐释的话语自觉。唐诗人主编的“文学理论卷”是其中的一种，以“大湾区文化共同体”“大湾区文学论”“大湾区文学对谈”为题分为三辑，搜罗、选择与编订了自2017年3月《2017年国务院政府工作报告》提出“要推动内地与港澳深化合作，研究制定

① 包亚明．现代性与空间的生产．上海：上海教育出版社，2003：47.

粤港澳大湾区城市群发展规划，发挥港澳独特优势，提升在国家经济发展和对外开放中的地位与功能”，以及当年7月1日国家高层在香港回归20周年正式签署《深化粤港澳合作　推进大湾区建设框架协议》以来，文化与文学界对大湾区文学与文化的讨论与笔谈文章。这些文章一空依傍、创榛辟莽，许多只是政策解读与未来畅想，略显粗糙与散漫，但开风气而散金碎玉，充溢着一个新兴观念开创期的活力。我们可以从空间共同体、历史连续性和当下实践性三个方面做进一步的阐发。

一

如同“粤港澳大湾区文学对话”活动主题所显示的，“个体与共同体”是大湾区文学构想的基本理念。不过，我理解此处的“共同体”，并非滕尼斯所谓的与“思想的和机械的形态”的“社会”相对的“现实的和有机的生命”的“共同体”①，也不能狭隘理解为某种特定的政治行动与观念想象相结合所形成的专指民族国家的“共同体”②，而是鲍曼论说的那种包容多维度的广义共同体③。文学意义上的大湾区共同体包含了三个逻辑层面：文学活动的个体性层面，“中华民族”文化有机组成部分的层面，以及人类可理解与共通性文化符号、精神产品和未来愿景的普泛层面，具体表现为在粤港澳大湾区的文学生产、传播与接受。“共同体”作为关系结合体，因而就呈现出物理与心理、有形与无形、自然与自觉、自在与自为的多个维度。

多元共生是一再被论者们提及的关键词，这一点涉及中国内部的文化多样性。中国并非单一民族、单一文化的民族国家，而是包含人口、地理与习俗差异，以及经济与文化发展不平衡的“共和性”存在。在普遍性的时间（也即现代性进程）之中，中国先天与内在地包孕了差异性的空间，甚至在其内部任何一个区域地带都是“跨体系社会”，具体到粤港澳大湾区同样如此。黄玉蓉、曾超在《文化共同体视野下的粤港澳大湾区文化合作研究》中梳理了其复杂而丰富的文化构成：“既有丰富的民间文化资源，又有鲜活的国际文化元素；既有成熟的制度文化，又有多样化的非制度文化，呈现出多元共生的文化面貌和精彩纷呈的文化形态。从纵向的历史轴来看，有农耕文化、商业文化、海洋文化、侨乡文化；从横向的地缘轴来看，有客家文化、潮汕文化、广府文化等；物质性的文化资源有岭南宗祠、庙宇、厅堂、馆所等；非物质性的文化资源有语言、音乐、舞蹈、习俗、节庆等；政治、文化名人资源有孙中山、康有为、梁启超、李小龙、叶

① 滕尼斯．共同体与社会：纯粹社会学的基本概念．林荣远，译．北京：商务印书馆，1999：52.

② 安德森．想象的共同体：民族主义的起源与散布．吴叡人，译．上海：上海人民出版社，2003.

③ 鲍曼．共同体．欧阳景根，译．南京：江苏人民出版社，2003.

问、黄飞鸿等；此外，港片和粤语流行歌曲也曾经红遍大江南北。总之，传统文化与现代文化、本土文化与外来文化、海洋文化与大陆文化、农耕文化与商业文化、契约文化与诚信文化在粤港澳大湾区蓬勃生长，交融共生。”① 这里显示出“区域”与“地方”之间的差异，大湾区这个区域并非某个同质化的事物，无法被地方性所概括，无论从现实还是历史层面来考察，它都是带有全局性意义的处所。中西古今的各种元素与观念并行不悖地共处于此一区域，共有着多元化的遗产，共享着多样性的资源，共同承担风险与挑战，也着力塑造共同的理想与未来。

文化多样性几乎是大湾区不证自明的先验事实，它的“9+2”城市群也是家族似的星云式存在，彼此之间亦有个性差别与相互的往还，但是当它们组成了一个湾区城市带时，就形成了共同的独特性风貌。一方面体现为陆海相关的区位特点，并由此在文化上产生了刘介民、刘小晨在《粤港澳大湾区新时代文化内涵》所说的“重商务实的价值取向、开拓进取的精神、开放兼容的意识等‘海洋性’特征”②。这对于以农耕文化为主体的乡土中国城镇化转型过程而言，不啻为鲜活而积极的动力元素与生长点。另一方面，则是作为前现代时期长期位于中原王朝边缘地带而造成的精英文化薄弱地带，这为通俗、大众与流行文化的繁荣提供了契机和舞台，如蒋述卓、李石在《文化共同体与粤港澳大湾区流行文艺生态》中谈到的武侠小说、流行歌曲、电视电影以及粤语文化，它们同样有着充实与修正精英文化宰制性霸权的功能与价值。海洋文化与大陆文化、流行文化与精英文化、商业文化与政治文化各有其优劣短长，它们在兼容并包的语境中齐头并进才是整体性文化兴盛壮大的基础。

同时，任何一种文化形态都并非静止、凝滞与本质化的，而总是伴随历史情境的变化相应发生扬弃传承与革故鼎新，必须在一种流动性的视野中予以考察。凌逾的《构建粤港澳大湾区文化想象共同体》一文，从长时段的历史中归纳了大湾区的流变：“两千余年来，粤港澳大湾区由山脉水系构筑的山水共同体、史地共同体，变为由移民构筑的民俗习俗共同体，再到由文化构筑的政治经济文明共同体，再发展到由网络构筑的想象社区共同体，经历了翻天覆地的变化。印刷时代的民族共同体，重民权，切换到网络时代的网民共同体，重网权，网民讲究网感，有自成一体的网络话语系统。近百年来，大湾区由岛向陆发展，由海向天发展，由海洋蓝色文明向航空天空文明发展；由来料加工制造业，发展为电子产品制造业、网络数码创造业、人工智能创造业，并从实验室走向产业园，创新行业蓬勃发展，如华为、腾讯等高科技企业。人类从为空间、资源、纸媒

① 黄玉蓉，曾超．文化共同体视野下的粤港澳大湾区文化合作研究．广州大学学报：社会科学版，2018，17（10）：59-65.

② 刘介民，刘小晨．粤港澳大湾区新时代文化内涵．地域文化研究，2018（4）：10.

而战，转向为太空、芯片、智媒而战。”① 进而他还指出：“智能化网络营造共时共情共鸣的新型虚拟空间；跨媒介文艺、跨界艺术实现艺术与技术、人文与科技、文艺与媒介深度融合，这些都有利于加强大湾区文化的凝聚力，促进大湾区文化想象共同体建构。”② 共同体类型的历时嬗变与媒介融合时代新型空间的出现，体现出既有历史感又富含现实关切的总体性思路。

历史感、现实关怀与总体性思路最终导向今日建构大湾区文化与文学的目标所在，它固然要彰显与发扬某种区位优势，但那只是策略与手段，它还有一个目的性的旨归，即在多元共生的实然态描述基础上，还有着应然态的文化融合追求。就像杨竞业、杨维真在《粤港澳大湾区文化融合的几个问题》中所总结的，粤港澳大湾区文化融合的最高价值目标是“在共商共建的基础上实现发展共享，在政策沟通、道路联通、贸易畅通、货币融通的基础上实现民心相通，在创新实践‘一国两制’基础上推进中华民族伟大复兴。因此，粤港澳大湾区要在思想观念、政策制度、民族情感、交往实践和产业创造等领域进一步融合发展”③。具体的实践就包括更新粤港澳大湾区的观念认知：一要把握创新、高质量发展、中华民族走向伟大复兴的新时代内涵，二要植入创新、协调、绿色、开放、共享的新发展理念，三要传承中华优良传统。还要深化“一国”是根本前提，“两制”是具体政策的制度认识，并且肩负起支撑“一带一路”建设的使命，厚植爱国根基，守护中华传统，弘扬民族精神，增强大湾区人的情感认同、身份认同、历史认同与文化认同。也即“多元”与“一体”之间是辩证的关系，强调多元共生并不能走向文化相对主义或差异政治的道路——后者已经被证明为一条无效的文化政治之路，而是要进行具有文化自觉的中华文化的伟大复兴。

从理想类型（Ideal Type）的逻辑推衍上来说，大湾区的文学想象落脚于个人性、地方性的实践，并由区域共同体扩展为中华民族共同体，进而在夯实文化身份与认同的同时为人类命运共同体提供智力支持。

二

理论建构为了不使自己成为无根之木与无源之水的空洞玄想，一定要对历史的脉络有着扎实的梳理，同时也要从实际的现实状况与材料出发，因而探究粤港澳大湾区的人文渊薮就是题中应有之意。我们从百越、岭南、珠三角、省港澳，到今日粤港澳大湾区

---

① 凌逾．构建粤港澳大湾区文化想象共同体．网络文学评论，2020（1）：10.

② 凌逾．构建粤港澳大湾区文化想象共同体．网络文学评论，2020（1）：10.

③ 杨竞业，杨维真．粤港澳大湾区文化融合的几个问题．广东省社会主义学院学报，2020（1）：6.

的一系列地理沿革与名称的变换中，可以看到这个区域在漫长历史中的连续性。当然，对于任何一个地理空间而言，这种连续性都是自然发生的，被动性的历史描述呈现出的客观事实，未能曲尽某个地域的特殊性意义所在。

粤港澳大湾区的特殊性在于它同19世纪以来的全球整体性秩序与格局变化息息相关。这个整体性秩序与格局体现为帝国的瓦解、民族国家的兴起、启蒙思想与技术的发展、革命的蔓延，以及航海与殖民主义的全球扩散。中国遭受此种新兴秩序与格局的冲击，首当其冲就在东南沿海。正是在中国文化的现代性断裂中，大湾区从“自然历史”中剥离出来，成为一个“现代历史”意义上的文化地理板块。谢有顺在《“粤港澳大湾区文学”的现在和未来》中指出“岭南文化最有价值的部分是其1840年以后的现代文化”[①]，这是一个敏锐的觉察。近现代以来中国的历史叙述，无论是以阶级斗争（革命）的视角，还是改革开放的话语（现代化），如果从文化地理上来说，都无法忽视南方边地的直接策动。如果以“南方边地出来的新时代之风”来描述中国的近代史，可以发现“太平天国运动、辛亥革命、国民革命以及中国共产党的革命运动，都兴起自南方大地，而后向北发展。洋务运动、维新变法运动等改革运动以及新思想、新文化的接受与创造，亦多由南省出身的人物担任骨干，或以在此时代发展起来的南方边地城市作为其衍生发展的舞台”[②]。也就是说，无论19世纪中叶中国如何被动地进入世界史叙述，如何带有“殖民现代性”的色彩，都无可否认革命与改革开放启动的发端点都是来自东南沿海，其中尤以粤港澳为最。

从陆疆到海疆的地理大势转移，意味着文化前沿与中心的置换，曾经一度处于边缘位置的湾区地方因其先发优势而成为新思潮与新观念的原发地，从而在其后的日益壮大中带动了更广袤地域的整体变革。以粤港澳为策动地的文化思潮与观念，在晚清时代是应对坚船利炮下亡国灭种危机的被动接受与仿效，进而成为一种反帝、解殖与民族独立的自觉，到中华人民共和国成立后则成为现代化“试点”的自主行为。革命与改革的路径选择与过程，充满了曲折回环的挫折、试错与更新，今日的大湾区依然可以视为这个艰难历史发展进程中的一个步骤。而粤港澳大湾区之所以成为一个切实的想象，而不是虚假的幻想，源于它在当下中国整体生产生活中的重要位置：至少从经济上而言，中国正在进入大南方时代，以成都、重庆、武汉、南京、合肥、苏州、上海、杭州为节点的长江经济带，加上北京湾与粤港澳大湾区，一带两区构成了中国GDP（国内生产总值）的绝对重心所在。如果更集中一点看，杭州湾与粤港澳大湾区就是重心中的核心，而后

① 谢有顺．“粤港澳大湾区文学”的现在和未来．光明日报，2019-05-29（14）．

② 菊池秀明．末代王朝与近代中国：清末·中华民国．马晓娟，译．桂林：广西师范大学出版社，2014：13.

者的城市群尤为密集，所以对其进行明确的规划是基于现实基础与长远未来的必然。

值得一提的是，粤港澳大湾区一方面是革命与改革开放的前沿，同时也是古典与传统的后卫。所谓“礼失求诸野”，一方面在王朝时代远离帝国中心有利于其保存与涵养与官方“大传统”所不同的形形色色“小传统”（地方曲艺、技艺、信仰、民俗等）；另一方面，那些新中国成立之后被意识形态改造与市场逻辑以摧枯拉朽之势在核心地带挤压的古老文化理念（敬天法祖、忠贞孝义、尊师重教等传统），却受惠于湾区先发经济与观念反哺回来的保护。这种表面看上去颇为吊诡的局面，正是大湾区文化的复合性生态。未来已来，而过去则未去。同时异代、一地多风，这是一种带有“后现代”意味的时空与人文混搭杂糅的现象，为当下大湾区文学的书写提供了创造与生发的开发性空间。

如果不避粗陋，我们可以将大湾区文学的遗产划分为人文发蒙以来的古典传统、19世纪中叶以来的现代传统以及中国特色社会主义国家建立后的当代传统，它们并非判然有别地作为元素存在，而是彼此镶嵌融合为一体的积淀性集体记忆与“文化心理结构”①。古远清在《大湾区文学的昨天、今天和明天》中主要梳理了20世纪以来大湾区文学的发展与演变，从早期的“省港澳”新小说到1949年之后的“粤港派”“中原派”与“方言文学”，再到新时代出现的“粤港澳大湾区文学”。它从最初的地方风味，进而由人口的迁徙与流动增强了多元性；它以岭南特色的中华传统文化为根基，从“粤港派”文化的传统出发，整合粤港澳三地文学资源，逐步发展出思想解放、文学创新、多元融合、学术精进的个性，是一个有开放性、包容性的中国当代文学新品种②。显然，粤港澳三地“9+2”十一城自身也都蕴含了多元的要素，不惟本土的，也有外来的；不惟中国的，也有海外的；不仅是城市文学，也包含乡土文学与海洋文学。

三

空间与时间都是较为抽象与长远的维度，具体的此时此地才是大湾区文学的当下现场，记忆与当下、流动与迁徙的现在生活才是粤港澳大湾区文学理论的切实抓手。如同陈培浩在《寻找作为增量的“大湾区文学”》中所指出的，大湾区是一个跨行政区域的生产性概念，“所谓生产性概念区别于一般的描述性概念，后者对既存事实做出描摹和概括，而前者则带着前瞻性和建构性，在准确把握事物发展规律的前提下，创造性地

① 李泽厚. 历史本体论·己卯五说. 北京：生活·读书·新知三联书店，2008：118-125.

② 古远清. 大湾区文学的昨天、今天和明天. 羊城晚报，2019-07-14（A8）.

催生尚未显形的事物”①。也即，在过往的粤港澳这块地域上的文化传统、文学历史都是“存量”，而“大湾区文学”概念的发明则意在通过形成某种“召唤结构”指向未来，“面对历史研究，面对未来写作”。以邓一光、蔡东、庞贝、塞壬为代表的新城市文学，以柳冬妩、王十月、郑小琼、许立志为代表的新工人文学，还有唐诗人在《科技现实与粤港澳大湾区城市文学》中提到的程皎旸、黄惊涛、黄金明、王威廉、陈崇正、郭爽等的泛科幻写作②，这些作家、作品与现象就是大湾区文学的“增量”，有颂歌也有批判，有记录也有反思，也许蕴藏着新的理论生长点。

变化了的经验现实总会引发文学书写形态的变化，进而召唤着理论的变革。就像王威廉在《大湾区与我们的文学写作》中所说的：“经历这么多年的城市化进程后，能够唤起那种普遍性体验的文化不再是乡土文化，而是城市文化了。中国已经不再是费孝通先生所说的‘乡土中国’，乡土文化开始解体，它已经汇入到城市化发展的总体进程当中。原有的乡土经验已经不足以支撑这种新的生活经验，某种断裂感造就了新的审美范式。”③ 当然，断裂与连续是一体两面，如何在其间的平衡中找到大湾区文学的话语，进而锻造带有涵括性质的理论才是问题的关键。杨丹丹在《“粤港澳大湾区文学”概念与经典化》一文中，敏锐地捕捉到大湾区城市的“人口倒挂”现象，从而发现“社会主义话语和资本主义话语处于一种对峙而暧昧的复杂状态。或者说，广东作为中国特色社会主义现代化的试验田和开拓地，在其背后隐藏了一个大的问题群，而这一问题群在粤港澳大湾区城市中具有普遍意义”④。有着这种问题意识，就开启了大湾区文学理论生产的可能。

身处于历史进程之中的个体写作者往往很难窥破时代的真相与未来的趋势，但是陷溺在经验的沼泽之中，则会让他泥足不前。因而一个写作者一定要有某种对总体性与超越性的自觉追求，尽管那几乎是不可能完成之任务，但他必须要有某种企慕，一种源于经验又试图从中超拔出来的辩证。换言之，写作者固然要不可避免地与他所处时代的经验现实发生关联，但他同时需要隔着一定的审美距离对经验现实进行凝视、审思与书写。我们时代的现实是多重现实，它是物理现实、心理现实与虚拟现实的叠合，甚至“增强现实”已经进入到日常生活当中，这一切带来“文化的融合”与“泛文学”的兴起，书面文字与印刷文化所形成的“纯文学”观日益受到影音图文综合性媒介语境的影

① 陈培浩．寻找作为增量的“大湾区文学”．花城，2022（S1）．

② 唐诗人．科技现实与粤港澳大湾区城市文学．粤海风，2021（2）．

③ 王威廉．大湾区与我们的文学写作．中国文化报，2019-5-16（7）．

④ 杨丹丹．“粤港澳大湾区文学”概念与“新文学”的经典化．粤海风，2020（6）：8．

响，进而向“杂文学”或“大文学”返归与递进①。从这个意义上来说，对大湾区文学的思考不应该局限于作家的书面文学，同时也要关注更广泛的文艺生产。前述的流行文艺可以说是粤港澳大湾区最具代表性的文化样态，回顾改革开放以来的中国文化，可能只有北京、上海与粤港澳三大区域真正生发了有全国性影响的地方文艺，而它们也从来没有局限于狭隘的文学文体或地方风味，而展现为综合性的形态与普遍性的理念。

从文学地理学的角度来说，我并不认可丹纳所谓的种族、时代、环境三要素的实证主义，或者和辻哲郎的“风土说”那种机械的决定论，毕竟文学作为创造性心灵的产物，与世界的关系并非一一对应的关系，但地方无疑是一个起点。即便地理上并非边缘地方的作家也注意到这一点：地方并非某种物理空间，而是一种文化空间②。粤港澳大湾区文学空间的开拓，从更开阔的视野来看是一个与在新时代语境中怎样理解世界，如何确立自我的宏大命题相关联的话语建设。这并不是高蹈的言辞，而是如同据称是王尔德所说的：“我们的梦想必须足够宏大，这样，在追寻的过程中，她才不会消失。”

《论语》记述：“子适卫，冉有仆。子曰：庶矣哉！冉有曰：既庶矣，又何加焉？曰：富之。曰：既富矣，又何加焉？曰：教之。”如果对这段对话作一个现代阐释，可以为：当一个社会经济状况提升、实现物质财富积累之后，下一步就要进行文化开拓了。而粤港澳大湾区的规划，则是中国在综合国力提高之后，谋求话语权的尝试。毋庸讳言，晚清以来的中西交流中，因为清王朝的屡遭波及而在“中国”与“世界”的关系认知中逐渐形成了单向度的偏差，以后发的姿态模仿与学习西方近现代文化所树立的典范，也即在一种“迟到的现代性”的焦虑中奋起直追，批判并摒弃了古典中国的传统价值观念，转而投入到富国强兵、抗击外侮的斗争中，在反帝反封建实现了民族解放与民族独立之后更是以“现代化”为目标。这可以说是全球整体上的价值转型过程，中国不能自外于此“以西律中”的大势。反映在文学之中，则是从“把世界带回家”到“与世界接轨”的单行道式文化交流，较之于文化的对外输出，对内引进的比重要大得多，这也造成了评价标准的他者导向——总是将发达国家与文化的标准作为衡量自身文化的标准。21 世纪以来，伴随着中国综合实力的提高，立足本土构建中国话语、讲述中国故事、塑造中国形象，就提到日程之上，这是重新树立文化自信，世界观与价值观再塑造的努力。2020 年 11 月 15 日，中国、日本、韩国、澳大利亚、新西兰与东盟十国共同签署《区域全面经济伙伴关系协定》（RCEP），构建新的区域全面经济伙伴关系，更是体现出中国和亚洲、大洋洲各国试图在欧美主导的世界体系之外形成自己的世界关系

① 刘大先．经验变革与文学变革．长江文艺，2021（3）：4.

② 刘大先．到世界去与返回故乡．粤港澳大湾区文学评论，2021（1）：5.

平台。大湾区文学放在这样的宏阔历史与现实语境中才能清晰定位。

就生产性而言，粤港澳大湾区文学显然不止于凸显与张扬地方性、局部性的文学，而是以其为起点，拟想出一个新型文学观与文化观，进而回馈世界其他地方的人群及其文学与文化。这个构想既回荡着理想主义的冲动，又并非遥不可及的乌托邦，而体现为立足于粤港澳大湾区的城市、人群、技术与文化的现实状态及变化的勾勒与设计——不仅要认识世界，也要在认知中改造世界。文化领导权的意义显而易见，它主动地进行文学上的发明，并付诸实践，并且相信在行动中才能让“粤港澳大湾区文学”这个词语与概念获得扎实而严谨的内涵与外延。大卫·哈维对去历史化的空间形式乌托邦（托马斯·莫尔式的将空间当作社会行动的容器）和对不平衡发展缺乏观照的社会过程乌托邦（自由市场尤其是新自由主义式的动态远景）进行了双重批判后，将空间与实践联结为辩证统一体，又面对唯物主义的权威和封闭问题，提出综合的乌托邦理想作为替代性方案①，粤港澳大湾区未尝不可以视为这个“希望的空间”设想在中国具体而微的呈现。

结语

就目前的发表成果来看，大湾区文学理论的构建尚处于草创阶段，或者可以将之视为“理论的准备”。自上而下的部署已隐然成形，涉及文学的想象与实践则有待自下而上进一步的细化。广州、佛山、肇庆、深圳、东莞、惠州、珠海、中山、江门九个市和香港、澳门两个特别行政区的文学史资料、文学创作发展与文学未来设计，都需要更为细致的资料爬梳、脉络清理与批评建构，从文本内部与外部两个方向出发，一方面充分凸显其各自的独特性，另一方面则在互动交流中发现其区域性文学“内循环”的小气候，从中发展出带有普遍意义的学术命题。学术命题所生发出来的理论首先是针对和适用于具体问题的操演，并不谋求某种体系化因而也难免僵化的哲学化套路。这样做的好处是没有预设一个等级与结构稳定的空间，因而理论的活力也就蕴藏在不确定性之中。这种不确定性是中国当代现实与文学现场的根本性特征。

人口、技术、资本、信息的超级流动性与加速的社会节奏，已经使任何一种普适性观念体系的建构成为不可能，但局部的理论探讨却具有突破陈腐话语的潜力，进而折射出一个时代的文化与文学变局——这是文学作为精神活动反作用于时代社会的能动性，它并非对现实亦步亦趋的模仿与映照，而是要按照自己的想法去塑造现实，在某些时候甚至具有前瞻与引导的价值。从这个意义上，我们可以说粤港澳大湾区文学是一种梦想

① 哈维．希望的空间．胡大平，译．南京：南京大学出版社，2005：155-191.

照进现实的想象与实践。

最后让我用王尔德的一段话表达对大湾区文学未来创作与理论构建的期许："一幅不包括乌托邦在内的世界地图根本就不值得一瞧，因为它遗漏了一个国度，而人类总在那里登陆。当人类在那里登陆后，四处眺望，又看到一个更好的国度，于是再次起航。所谓进步，就是去实现乌托邦。"①

作者系中国社会科学院大学文学院教授

① 王尔德．谎言的衰落：王尔德艺术批评文选．萧易，译．南京：江苏教育出版社，2004：240.

序二

“粤港澳大湾区文学”的理论内涵及其未来面向
——写在《大湾区文学选本·文学理论卷》前面

唐诗人

编选《大湾区文学选本·文学理论卷》必然会遭遇一个问题：“粤港澳大湾区文学”有理论吗？“粤港澳大湾区文学”这个概念才提出不久，此概念是否具备学理性以及它能够容纳何种实质性的文艺美学内涵，这些都还不清楚，现有的一些提法和几乎所有的界定都还处于探索阶段，一些相对成形的界定也普遍存有很大争议。这个时候就想着编选一部粤港澳大湾区文学理论文集，这可能吗？起码是太着急了。即便编选出来，很可能也只是些杂碎的短章，难以构成严格意义上的“理论文选”。

另外一个更难处理的是理论概念与文学创作的关系问题。作为一个由地理、经济层面的“粤港澳大湾区”延伸而来的概念，未经时间考验，哪些作品可纳入“粤港澳大湾区文学”这个概念当中去也不确定，比如这个概念提出来之前的大湾区各个城市作家的作品能算入其中吗？如果不能算入，那么尚没有足够作品支撑的“粤港澳大湾区文学”何以能够谈论理论？理论可以在作品诞生之前提出来再去召唤作品吗？还是依传统的理解，认为理论应该在作品出现之后再去总结提炼？这是一个鸡生蛋还是蛋生鸡的问题，必然充满争议，甚至不可能有定论。

这些疑惑，指向的是这个“理论文选”的编选难度，但同时它们也是这个“文选”需要去直面的问题。正是这些“问题”决定了这部“理论文选”的选文方向。比如我们该赋予“粤港澳大湾区文学”怎样的理论内涵？它需要具备何种文艺美学特征？如果这部“理论文选”能够对这些问题有所回应，我们的编选就有价值了。这个“价值”并非是“文选”要为我们的疑惑提供一个标准答案，而是呈现这些问题本身，以及围绕这些问题的争论。

一、“粤港澳大湾区文学”的大文化内涵

如作家王威廉所言：“概念是一种不可回避的视角，一个概念的提出首先是一种凝视，一种照亮，可以让人重新看待乃至定义世界，在这个语境之中回望，就会有新的视角。”① 而“粤港澳大湾区文学”这个概念因为能为我们带来新的视角、能照亮新的问题，才显出特别的价值。但“粤港澳大湾区文学”概念能意味着何种意义上的新视角？又能揭示出哪些新问题？界定这里面的“新”是我们理解“粤港澳大湾区文学”概念的关键。比如，它和以往经常用的“岭南文学”有何区别？包括古远清、凌逾等学者提到的、20世纪曾使用的“省港澳”概念。今天为何不能继续用“岭南文学”“省港澳”来指称“粤港澳大湾区文学”？“粤港澳大湾区文学”一定要凑上经济规划区意义上的“粤港澳大湾区”吗？如果仅仅从地理上去界定一个区域的文学，“岭南文学”等提法似乎完全可以沿用到“粤港澳大湾区文学”来。可见，“粤港澳大湾区文学”不仅仅是一个“地理+文学”式的区域文学概念，而是一个融合了新时代社会价值需求和经济发展规划内涵的“地缘政治经济学”意义上的“大文化”概念，它朝向的是新时代大湾区文化建设。如此，理解“粤港澳大湾区文学”，首先要考虑的是“地缘政治经济学”内涵上的文化建设问题，这内在地要求我们对“粤港澳大湾区文学”的理解要超越一个狭义的文学理论界定，因为它是一个宽泛意义上的文化学名词，需要有相应的文化政治学和文化经济学视域。

理解作为文化学概念的“粤港澳大湾区文学”，首先需要对“粤港澳大湾区”有一个全整认知。对此，蒋述卓、李石的文章有很好的概括：

> “粤港澳大湾区”这个概念有着多方面涵义。从政治角度看，粤港澳大湾区的远景规划和城市建设措施，都是在“一国两制”的国家政治体制架构内被提出来的。推进多元文化进一步交流融合，对于维持港澳地区的繁荣发展具有重要战略意义。从经济角度而言，粤港澳大湾区城市群，与京津冀城市群和长江三角洲城市群，构成了我国经济发展的三个重要核心区域。一方面，大湾区通过香港、澳门、广州、深圳等几个核心城市之间在金融、交通、物流、科技、资本、贸易、旅游、文化等全方位的资源集聚和产业互动，推动内地与港澳地区的跨界融合与协作，促进珠江三角洲的经济发展；另一方面，粤港澳大湾区的发展建设以纽约湾区、旧金

① 王威廉．大湾区与我们的文学写作．中国文化报，2019-5-16（7）．

山湾区和东京湾区为范本，充分发挥深圳前海、广州南沙、珠海横琴、福建平潭等开放合作区作用，融合粤港澳三地资源，使之建设成为国际一流湾区和世界级城市群。从文化角度而言，粤港澳地区受岭南文化和海洋文化熏陶，不仅在地理上紧密相连，在文化上也是同根同源。而“粤港澳大湾区”城市规划的提出，必将进一步促进粤港澳三地的文化融合与发展。①

政治层面对于“维持港澳地区的繁荣发展具有重要战略意义”，经济层面推动金融、交通、科技、资本、贸易、旅游、文化等全方位的“资源集聚”和“产业互动”，文化层面是传统岭南文化、沿海海洋文化、现代城市文化的融合发展，这些都是“粤港澳大湾区”规划的题中之义。从中共中央、国务院2019年发布的《粤港澳大湾区发展规划纲要》（本文简称《规划》）中也可以看到相关表述，比如《规划》开篇的“前言”明确指出：“建设粤港澳大湾区，既是新时代推动形成全面开放新格局的新尝试，也是推动‘一国两制’事业发展的新实践。为全面贯彻党的十九大精神，全面准确贯彻‘一国两制’方针，充分发挥粤港澳综合优势，深化内地与港澳合作，进一步提升粤港澳大湾区在国家经济发展和对外开放中的支撑引领作用，支持香港、澳门融入国家发展大局，增进香港、澳门同胞福祉，保持香港、澳门长期繁荣稳定，让港澳同胞同祖国人民共担民族复兴的历史责任、共享祖国繁荣富强的伟大荣光，编制本规划。”② 这个“前言”对建设“粤港澳大湾区”所意味着的政治、经济和文化意义有着很明确的说明。文学事业作为大湾区文化事业的重要组成部分，如果要借用“粤港澳大湾区”概念，延伸为“粤港澳大湾区文学”，自然也不该脱离这一“前言”所明确的基本宗旨。《规划》第八章第二节“共建人文湾区”更直接涉及文学、文化方面的发展规划：

> 塑造湾区人文精神。坚定文化自信，共同推进中华优秀传统文化传承发展，发挥粤港澳地域相近、文脉相亲的优势，联合开展跨界重大文化遗产保护，合作举办各类文化遗产展览、展演活动，保护、宣传、利用好湾区内的文物古迹、世界文化遗产和非物质文化遗产，支持弘扬以粤剧、龙舟、武术、醒狮等为代表的岭南文化，彰显独特文化魅力。增强大湾区文化软实力，进一步提升居民文化素养与社会文明程度，共同塑造和丰富湾区人文精神内涵……
>
> …………
>
> 推动中外文化交流互鉴。发挥大湾区中西文化长期交汇共存等综合优势，促进中华文化与其他文化的交流合作，创新人文交流方式，丰富文化交流内容，提高文

① 蒋述卓，李石．粤港澳大湾区流行文艺生态试探．广州大学学报（社会科学版），2018，17（10）：8.

② 中共中央，国务院．粤港澳大湾区发展规划纲要．（2019-02-18）．http：//www.xinhuanet.com/politics/2019-02/18/c_ 1124131474.htm.

化交流水平。支持广州建设岭南文化中心和对外文化交流门户，扩大岭南文化的影响力和辐射力。支持中山深度挖掘和弘扬孙中山文化资源。支持江门建设华侨华人文化交流合作重要平台。支持澳门发挥东西方多元文化长期交融共存的特色，加快发展文化产业和文化旅游，建设中国与葡语国家文化交流中心。鼓励香港发挥中西方文化交流平台作用，弘扬中华优秀传统文化。①

《规划》中的这些文化相关表述，是理解“粤港澳大湾区”的重要内容，当然也是我们提出“粤港澳大湾区文学”概念的基本前提。这些内容虽然是文化政治、文化经济层面的说法，但却可以是“粤港澳大湾区文学”概念的宗旨性内容。我们要理解到，“粤港澳大湾区文学”不仅仅是“岭南文学”的另一种说法，而是新时代、新历史背景下带有新内涵、新目标的新概念。所谓新内涵，即“粤港澳大湾区文学”包含着以广州为代表的传统岭南文化意义上的岭南文学，更容纳着粤港澳其他城市的文学文化，如中山、江门、澳门、香港、深圳、佛山等城市的海洋文化、华侨华人文化、改革创新文化、移民文化等多方面的文化表现，它更强调的是发掘和尊重多元文化基础上的“文化融合”，而不局限于发展地域性的、传统味道更浓郁的“岭南地方文化”。所谓“新目标”，也即这个新提法有它的内在价值需求和创造方向，比如“坚定文化自信”“推进中华优秀文化传承发展”“增强大湾区文化软实力”“提升居民文化素养和社会文明程度”“推动文化互鉴”等，都是“粤港澳大湾区文学”这一新概念应有的目标内涵。当然，“文学”有它的专业独特性，它完成以上“目标”的途径、方式等与其他领域不太相同，怎样才算完成目标并没有直观的、可量化的标准模式，它往往是借着文学的感染力，从精神层面实现人心意义上的号召力、影响力，是借着文学所蕴藏的思想力量实现文化融合和传承民族文化，是通过文学所携带的情感力量增强民族凝聚力和中华文化自信。

对于“粤港澳大湾区文学”这一新概念所意味着的文化政治、文化经济内涵，学界并没有忽略。粤港澳大湾区文学文化相关方面的研究成果中，有很多学者谈论“粤港澳大湾区文学”时普遍愿意将其提升到“文化共同体”问题层面来探讨，进而关联起文化政治和文化产业经济发展等相关问题。如此或可表明，若要理解“粤港澳大湾区文学”概念的文化内涵，即是把握大湾区文学如何着力于建构“粤港澳大湾区文化共同体”。为此，“文选”第一辑就以“粤港澳大湾区文化共同体”为问题核心，专门收录学者们关于“粤港澳大湾区文化共同体”建设方面的理论思考成果。比如蒋述卓、李石谈粤港

① 中共中央，国务院．粤港澳大湾区发展规划纲要．（2019-02-18）．http：//www.xinhuanet.com/politics/2019-02/18/c_1124131474.htm.

澳大湾区流行文艺生态一文，文章最后强调大湾区流行文艺的发展“应立足于多元文化生态及其商业基础，积极汲取中华优秀传统文化、岭南文化中的传统文化资源，通过当代流行文艺创作，不断推进民族国家意识与市民文化、主流价值观与流行文艺之间的良性互动与融合”①。温朝霞集中阐述了“中华文化认同”对于粤港澳大湾区建设的重要意义：“在粤港澳大湾区建设中，中华文化认同对于推动大湾区文化融合发展、加强港澳地区人民的民族认同心理和民族归属感、促进大湾区协同发展具有非常重要的意义。”② 赵静蓉从“文化乡愁”“移民文化”两种思路探讨构建粤港澳大湾区城市文化共同体，认为我们对于大湾区城市群的想象，“与我们每个生动具体的个体密切相关”，“最终则指向国家认同与文明互鉴”③。梁建先、周洁等人则由“粤港澳大湾区文化共同体”“人文湾区”建设的理论内涵和实践路径入手，探讨论证了粤港澳大湾区文化共同体建设的可行性和重要性。这些论述对于我们把握一个大文化意义上的“粤港澳大湾区文学”有着重要启发。

二、“粤港澳大湾区文学”的地域性、民族性与世界性

把“粤港澳大湾区文学”上升到新时代文化建设的高度，才能理解到一个全新的、区别于“岭南文学”等传统概念的“粤港澳大湾区文学”理论内涵。新时代文化建设的一个核心目标是发扬中华优秀传统文化、实现中华民族伟大复兴。对于“粤港澳大湾区文学”而言，这个目标的背后，潜伏着何种文化作为主导性文化等一系列需要厘清的问题。对此，很多学者都强调了岭南文化的中心地位。比如张磊在强调“优秀的中华文化，无疑是人文湾区的主旋律”之后，更指出岭南文化在粤港澳大湾区文化融合中的关键性：“毫无疑问，岭南文化理所当然地应在大湾区建设的文化支撑中发挥更大的作用。”④ 当然，张磊以及多数学者所论及的岭南文化并不特指广府等地区的传统文化，而是容纳了不同历史阶段、不同地理区域的广义的岭南文化。而且，岭南文化作为中华文化体系的一大板块，以它为基础，就是以中华文化为基础。张磊说：“岭南文化是中华文化体系中颇具优长特色的组成部分，形成于悠长的历史进程，以本土文化为根基，充分吸取了中原文化和周边文化。海洋文化的早发滋长，海上丝绸之路的发祥地和千年商

---

① 蒋述卓，李石．粤港澳大湾区流行文艺生态试探．广州大学学报（社会科学版），2018，17（10）：8.

② 温朝霞．论中华文化认同与粤港澳大湾区协同发展．探求，2019（1）：7.

③ 赵静蓉．粤港澳大湾区城市群的文化生态及社会想象．粤海风，2024（1）：6-12.

④ 张磊．奏响中华文化的协奏曲：粤港澳大湾区建设与岭南文化．岭南文史，2019（2）：1.

都的地位，更使岭南文化具有了独特的新内涵。”① 作为地域文化的岭南文化，其实融合着多方面的中华文化因子，所以它不仅仅是一个地域性的、局部的地方性文化名称，而是一个以岭南地理区域为基点、经历了历史发展变迁、融汇了传统文明与现代精神的全新概念，它兼有地域性、民族性和世界性的特征，这也在先地决定着“粤港澳大湾区文学”必然会有地域性、民族性和世界性品质。

粤港澳大湾区是因地理上的直接相邻才得以划归为一个整体，为此它必然有它的地域性特征。而“粤港澳大湾区文学”首先给人的印象也是“粤”“港”“澳”三地文学的总称，更具体而言是“大湾区”这十一个城市文学的总称。从大湾区城市文学的“总量”来界定，这类似于陈培浩总结“粤港澳大湾区文学”概念时指认的以“存量”的思维方式理解“粤港澳大湾区文学”：“这是一种面对存量进行工作的思路，它使粤港澳三地的文学现象和历史文脉得到全面的检视，从而为三地文化同脉同源做出论证，为三地文化更紧密融合寻找契机。”② 这一思维方式是很多论者探讨“粤港澳大湾区文学”时的习惯性思路，为此我们可以看到一系列文章力图从粤港澳大湾区十一个城市的文学史和文学现状中寻觅精神图谱，以界定“粤港澳大湾区文学”的具体所指。比如王晓华对粤港澳大湾区文学文化的理解，就强调大湾区城市文化的多元共生特征，这种“多元共生”意味的是尊重每个城市的文化独特性，是形成多元文化主体，在多元的基础上实现“共生”——“要守护差异，‘融合’固然重要，但‘共生’才是终极目标。‘共生’意味着不同文化元素的整合，对应着城市主体间性的建立。从港澳和广东的关系来看，它需要建构双向的主体间性：在继续摄入由港澳传入的现代乃至后现代文化的同时，向后者输入历史悠久的粤文化。”③“建构双向的主体间性”，这是推进文化共同体建设的基础前提，意味着我们要保护每个城市既有的文化传统和文艺成就，在这个基础上去探讨新历史环境下的“文化融合”，而不至于因为有了“文化融合”的目的而抹除了每个城市在历史发展过程中已然成形的文化个性。

地域性是粤港澳大湾区文学文化的基础性特征，在大湾区十一个城市当中，每个城市的文学基础和文化现实，是我们探讨粤港澳大湾区文学文化相关问题的根基性因素。脱离开粤港澳大湾区这块地理条件，其他一切都会是凌空蹈虚，是“无基之谈”。按陈培浩的“存量”“增量”说法来理解的话，粤港澳大湾区这十一座超级大城市的文学“存量”即是探索“增量”的基础性条件。在大湾区城市历史和文化现实等一系列“存

① 张磊．奏响中华文化的协奏曲：粤港澳大湾区建设与岭南文化．岭南文史，2019（2）：1.

② 陈培浩．寻找作为增量的“大湾区文学”．花城，2022（S1）.

③ 王晓华．差异、多元共生与粤港澳大湾区的文化建构．广州大学学报（社会科学版），2018，17（12）：41-47.

量”的根基上，才能稳妥地继续添加作为“增量”的大湾区文学内容。就地域性、民族性、世界性这三大特征来看，它们并非分裂的、指向三个完全不同的内容，而是一个问题的三个侧面。更直接而言，就是粤港澳大湾区文学文化内涵所呈现出来的三个面向，地域性是它们作为地理归属地意义上的区域性和城市性特征，而民族性则是强调粤港澳大湾区的文学、文化天然与中华民族文化有着内在的关联，前述关于岭南文学文化的辨析就已表明，作为地域文化的岭南文化，它不仅仅与中原文明有着历史渊源，更是博大精深、多元丰富的中华文化的重要组成部分。赵晳也指出：“香港和澳门在粤港澳大湾区城市群中既重要又特殊，港澳两地的原生文化与大湾区其他城市无异，都是岭南地方文化的承袭者，流淌着中国东南沿海特质的文化血脉，这种浓厚的地域文化基因深切埋藏于城市的肌理，纵深而绵长。”① 凌逾探讨大湾区文化发展的源动力时也指认说“历史文化血脉基因是大湾区共同体的根基”，这里论述的“历史文化血脉”就是地域性和民族性的综合体：“共处五岭地，共饮珠江水，同讲粤方言，造就了大湾区共同体的历史根脉，文化同源、人缘相亲、民俗相近、优势互补”，“岭南是一个文化概念，是千秋万代传统文化塑造的文明之地”②。即便是19世纪以来“岭南文化”逐渐融合了海洋文化、西方文明，这种开放包容、融合创新的精神也是中华文化的重要内容。凌逾还说：“岭南是一个移民概念，是由千千万万国人流动、聚合而成的宝地，是中外文化融合、海内海外交流荟萃的结晶体。”③ 还有很多相关论文，也都阐述了岭南文化并非只是岭南这个地理区块意义上的地域文化，更是华夏文化、中华文化在岭南地区的一种地域性呈现。

与很多地域不同，岭南、粤港澳大湾区文化的地域性意味着民族性之外，还内含着世界性。凌逾说的“岭南”是“中外文化融合、海内海外交流荟萃的结晶体”，这也指向世界性一面。近代梁启超就指出岭南地区方便连通海外的地域特征，并由此得出岭南文化的“独立性”“进取性”和“习于外事”的特点：“故其人颇有独立之想，有进取之志；两面濒海，为五洲交通孔道，故稍习于外事。”④ 便于接触外界事物，能够参与世界文明发展过程中去，为此蒋述卓、龙扬志也指出粤港澳大湾区文化的开拓进取精神：“因为有近海之便，相对于建立在传统农耕文明基础之上的中原文化更具开放灵活性，在眺望、体验、参与世界文明的过程中形成了开拓进取的探索精神。”⑤ 而且，几个世纪

① 赵晳．识别与传承：粤港澳大湾区文学共同体建构中的中华文化基因．文艺报，2020-12-18（4）.
② 凌逾．构建粤港澳大湾区文化想象共同体．网络文学评论，2020（1）：10.
③ 凌逾．构建粤港澳大湾区文化想象共同体．网络文学评论，2020（1）：10.
④ 凌逾．构建粤港澳大湾区文化想象共同体．网络文学评论，2020（1）：10.
⑤ 蒋述卓，龙扬志．粤港澳大湾区文学的共时呈现．当代文坛，2020（1）：5.

的中西文化交汇之下，世界性内涵已经完全融入了今天的粤港澳大湾区文化生活当中。“传统意义上的岭南文化以广州为中心，自19世纪中期香港开埠以降，岭南文化与西方文化融合，发展为风味独特的都市文化，这种不同于上海、北京、台北的‘港味’文化又在粤港澳交流互动中不断溢出本土界域，成为标志时尚的文化潮流。”[①] 西方文化对“大湾区”城市文化的影响和塑造有着清晰的历史痕迹，也有着明显的现实表现。在文学、文化领域更是如此，晚清、近现代以来的广东、香港文艺思潮和文化成就，普遍都因着有了海外视野、综合了西方思想、完成了开拓创新才显出重要价值。不管是“开眼看世界第一人”林则徐编《四洲志》，还是近代中国首位留美学生容闳写《西学东渐记》，又或者是维新变法的领袖康有为、梁启超等人，更有民族革命先驱孙中山等等，这些人物，或者他们的思想成果、革命事迹，背后都有海外文化、西方现代文明的影响。而近现代史上的这些历史名人、文化名人，他们的思想和行动影响的不仅仅是岭南地区，更影响了全中国、推动了全民族走出落后、走向现代。为此，谢有顺特别指出：“广东人常有一个思想误区，就是没有充分认识到，岭南文化最有价值的部分是其1840年以后的现代文化。近代以来，在中国各个时间节点，岭南文化都是独领风骚的。从康有为、梁启超、孙中山这几个重要人物到引领改革开放这样的重大事件，都有一种‘杀出一条血路来’的精神。所以，岭南文化中的现代文化对中国发展影响很大。”[②] 而“岭南文化”中的“现代文化”，其精神来源即是海外的，是西方现代文明。之所以说岭南文化中的现代文化最有价值，是因为这方面的特质影响的是整个中华民族的历史发展方向和前途命运问题，这是我们书写近两百年来中国历史和中华文化发展史时不可回避的关键内容。如此可见，作为沿海地带的岭南、粤港澳，其地域特征上的沿海决定了其具有海洋性特征，而世界进入大航海时代以来，又决定了岭南地区的海洋性其实就意味着世界性。张衡也说：“晚清以降，广东地区的爱国进步人士游走于粤、港、澳与世界各地之间，从政治、经济、思想、科技、文化、教育等诸多方面吸取西方长处，开风气之先。在海洋文化精神浸润之下，粤港澳地区逐渐形成敢为人先、锐意进取的独特精神风貌，为岭南文化注入活力。”[③] 熊育群说：“大湾区特殊的历史，其文学创作跟海外的文学常常联系在一起，它的历史、文学是东方最早带有全球性的，是中西自然融合并产生了历史演变与传承的东西。”[④] 因为沿海，“岭南”成为海外与域内物资的流通口岸，同时也成为中西方文化的交汇地、融合场，“岭南”逐渐成为一个“流动的岭南”，

---

① 蒋述卓，龙扬志．粤港澳大湾区文学的共时呈现．当代文坛，2020（1）：5.

② 谢有顺．“粤港澳大湾区文学”的现在和未来．光明日报，2019-05-29（14）.

③ 张衡．海洋文化与粤港澳大湾区文学．中国社会科学报，2020-11-9（A04）.

④ 熊育群．当文学遇到大湾区．文学报，2019-1-31（7）.

"岭南文化"也在这个流动过程中变得丰富多姿。

总而言之,"岭南"是一个窗口,从中可以透视到中华文化多个方面的优秀品质,也可以感受到西方思想、海外文化的新鲜驳杂,而这些都是"粤港澳大湾区"作为地理概念或者经济区域概念所蕴藏着的文化潜能。谈岭南文化的古典性、传统性,强调的是它与中华文化中心地域——中原文化的历史渊源和文化关联,这是中原文化对岭南地区的影响,而近现代以来融合了海外文明、西方现代文化之后的岭南文化,则反过来影响中原、推进全民族的文化进步。今天我们再谈粤港澳大湾区文化,要继续保持其民族性和世界性内涵,在开展中西文化交汇的过程中,继承和发扬中华优秀文化,同时也积极汲取海外文化的优势元素,持续地激励我们进行思想解放和改革创新。张衡谈及"粤港澳大湾区"概念时说:"粤港澳大湾区这一地理概念及发展战略的提出,是面向海洋寻求更多发展机遇,有连带性、协同性与交互性的划时代意义。"① 这里的"划时代意义"已经不是过去的历史成就,而是指向概念提出之后的现在和未来,意味着新历史环境下"粤港澳大湾区"需要继续开拓进取,在新时代取得新成就,实现新的"划时代意义"。

三、"粤港澳大湾区文学"的历史性、当下性与未来性

讨论粤港澳大湾区文学、文化的地域性、民族性、世界性特征,主要还是对岭南文化、粤港澳大湾区既有成就的特征概括,但这三大内涵同时也是人们对现在和未来的粤港澳大湾区文学、文化的品质期许。如此,讨论"粤港澳大湾区文学"时,还需要有历史性、当下性和未来性这些时间性的、发展的思路。

就"粤港澳大湾区文学"的历史基础问题,除古远清指出的粤港澳大湾区城市历史上曾经出现的"省港澳"新小说、粤港派等文学流派、概念之外,更有杨丹丹从学理层面对"粤港澳大湾区文学"的历史合理性进行了阐述。杨丹丹借用"互文性"概念来理解粤港澳地区历史上的文学渊源:"如果以'互文性'理论来勘察粤港澳文学史,会发现广东、香港和澳门的文学之间存在明显的'互文性',三个区域文学史都清晰镌刻下对方的印痕,接收了对方遗留的精神遗产,并将其转换成文学的思想资源和审美借鉴。"② 他列举了众多作家在粤、港、澳三地之间流动的文化史事实,比如汤显祖、屈大均,包括新中国成立之后的秦牧、黄树森等文人的粤、澳流动史,为此"可以窥见从明清时期至今的澳门文学始终在广东文学的'影响焦虑'下演进和蜕变,广东文学在澳门

① 张衡. 海洋文化与粤港澳大湾区文学. 中国社会科学报,2020-11-9(A04).

② 杨丹丹."粤港澳大湾区文学"概念与"新文学"的经典化. 粤海风,2020(6):8.

文学作家队伍的形成、文化资源的提供、文学审美样态的借鉴、文学发展方向的转型等诸多方面产生了难以消除的影响”①。同时，澳门对广东文学的影响也有着清晰的文学史事实：“在1980年代大量西方文化思潮集体涌入中国的背景下，澳门文学以广东的《花城》《特区文学》《华文文学》《深圳特区报》《广东侨报》《羊城晚报》等文学期刊和报纸文艺副刊为中介和通道密集进入内地。例如，《花城》以‘海洋特色与南国花香’为办刊重要宗旨，注重文学的‘地缘意识’，刊发了大量澳门作家的文学作品，同时也积极介入对港澳文学的研究，1979年4月在创刊号上发表了曾敏之的《港澳及东南亚汉语文学一瞥》，成为中国内地华文文学研究的滥觞。”② 粤、澳文学人物生活轨迹和文学创作上的重叠和互动交流史，历史上的这种紧密关系，自然是今天可以建构“粤港澳大湾区文学”的文学史基础，这补充了我们关于“粤港澳大湾区文学”概念生成的基础性条件认知，同时也可以证明“粤港澳大湾区文学”并不仅仅是“粤港澳大湾区经济”“粤港澳大湾区文化”的从属性概念，它可以有自己的专业独立性和历史逻辑性。杨丹丹通过一系列的粤、港、澳三地文学“互文”史梳理，总结说：

> 可以说，广东文学期刊成为澳门文学最重要的传播渠道，同时广东也成为澳门文学最直接的接受者，澳门文学携带的多元混杂的文化意识、西方化的先锋思想、个性化的审美诉求必然对广东文学产生潜移默化的影响。同样，香港文学与广东文学的逻辑关系也遵循这种“互文性”，而且体现得更为直接和鲜明，例如香港文学中的“南来作家”现象。正是广东文学、香港文学和澳门文学之间的“互文性”使“粤港澳大湾区文学”概念有了坚固的文学史的合理性。③

文学史的合理性论证的是“粤港澳大湾区文学”这一概念的专业独立性，强调这个维度，并不是排斥政治、经济、文化等外部的社会需求，而是回到文学专业层面去拓展、去创造。就如经济层面需要遵循经济发展的规律才能取得繁荣一般，文学层面也需要落实到文学自身的创作逻辑上来才能真正实现创新突破。“粤港澳大湾区文学”有了文学史基础，我们才能更有理有据地探讨它的现在和未来。

其实，杨丹丹讲的“粤港澳大湾区文学”的历史合理性基础，其“互文性”更多时候可以理解成“流动性”。能够“互文”的原因是粤、港、澳三地的作家、作品因为地缘相邻而便于流通，流动、交流多了，相互之间的影响也就自然而然地发生着。有这种互动的、相互生成的文学史基础，今天的粤、港、澳文学自然也就共享着大致相同的文学传统和文化遗产，只是不同的城市、不同的作家所汲取的传统资源有差异，以及各

① 杨丹丹．“粤港澳大湾区文学”概念与“新文学”的经典化．粤海风，2020（6）：8.
② 杨丹丹．“粤港澳大湾区文学”概念与“新文学”的经典化．粤海风，2020（6）：8.
③ 杨丹丹．“粤港澳大湾区文学”概念与“新文学”的经典化．粤海风，2020（6）：8.

种文本所突出的文化侧面不同。所以对“粤港澳大湾区文学”现状，我们也应该在差异中看到共通的东西。在这个方面，王威廉从城市文化中看到了其中的共通点：“随着城市化的快速发展，港澳文学以及流行文化成为珠三角乃至全国的引领者，这个过程也促进了我国当代城市意识的朦胧觉醒。以广州、深圳为主体的珠三角密集的城市带，因为地缘相近、语言文化相似，更得益于此。由此可以看出珠三角跟港澳之间的深层相似性，在现代城市文明的基础之上，这种相似性，有地域文化的因素而又超越了地域文化。”① 本人分析香港青年作家程皎旸的港漂小说时，也综合阐述了粤港澳城市青年创作风格的共通性问题，粤港澳城市的青年作家基于相近的大湾区城市生活体验而创作出来的作品，在城市文明批判、现代生活方式的反思等思想主题方面，甚至题材和风格方面的逐渐科技化，都逐渐呈现出一种近似性。另外，在理解大湾区文学可能的共性方面，作家陈崇正提出了“新南方”思维：“在更宏观的角度我们可以看到，随着粤港澳大湾区的经济发展，有别于厚重庄严的北方文化，有别于典雅优美的江南，以粤港澳大湾区为代表的新南方文化将会以更多元、更灵动、更科技的形式展现新的魅力。”② 陈崇正这里的“新南方”思维，所立足的依然是粤港澳地区的文化土壤和文学基础，但他强调的是新的、区别于江南之南方的“新南方”思路。其实，这个“新南方”思路完全可以与新概念“粤港澳大湾区”进行对接，以区别于其他宽泛意义上的、通常指向江南的“南方”文学。

强调“粤港澳大湾区文学”的历史合理性、现实共通性，或许有一种为概念寻找注脚的嫌疑，但粤港澳大湾区的这些文学史前提和文学现状基础，更多时候还是指向“未来性”问题。今天要发展“粤港澳大湾区文学”，就需要去寻绎大湾区文学的历史关联和现实基础，以此为出发点，探索“粤港澳大湾区文学”的未来面貌。

目前而言，多数学者看好“粤港澳大湾区文学”，主要还是对它的未来充满期望。比如谢有顺说“粤港澳大湾区文学”概念的提出有历史前瞻性，相信它是“一个未来主义的概念”，重在推动实践：“粤港澳大湾区是一个地理概念。为什么要把它变成文学概念呢？这说明在技术空间、物理空间和社会空间以外，我们必须假定有一个文学空间、审美空间和艺术空间。‘粤港澳大湾区文学’这个提法，就是开创这种审美和艺术的空间，开创想象的空间，这是超越了物理学、社会学意义上的空间概念。”③ 也就是说，“粤港澳大湾区文学”这个概念的提出，是在开创新的想象空间、文学空间，有新的开创，就会有全新的未来。程刚也从“空间”视角说明“大湾区写作”可以“发展成为

① 王威廉．大湾区与我们的文学写作．中国文化报，2019-5-16（7）．
② 陈崇正．大湾区文化的新南方思维．中国文化报，2019-6-13（3）．
③ 谢有顺．“粤港澳大湾区文学”的现在和未来．光明日报，2019-5-29（14）．

一种独特的空间文学"①。"粤港澳大湾区"是一块独特的地理空间，如今已是超级大城市空间，它完全可以生成新的"空间文学"。比如大湾区这些科技含量极高的新城市，带来了与以往城市生活现实完全不同的科技新现实，这会塑造出全新的城市文学。对此，陈培浩就说："在我看来，打造'大湾区文学'，不能忽视其面向未来的维度。所谓面向未来和可能，是指对'大湾区'的界定，不仅着眼于区域历史文化，更关注技术迭代和时代新变赋予'大湾区'的新质，以对文明转型的预判，把握'大湾区'将为中国当代文学创造的前所未有的'可能性'"，"大湾区不是一般的城市群，而是最具高新科技含量的城市群。所以，大湾区贡献的城市文学经验，不是传统的城市文学经验，而是一种带着未来性的新城市经验"②。新城市经验，指向的是未来的、充满各种可能性的大湾区城市文学。这些可能性，可以表现在文学主题、文学风格上，也可以表现为新的文学体裁、文学样式，甚至是新的产业形态。比如蒋述卓提到的网络文学和其他新媒体文学样式："粤港澳大湾区未来的文学观念、文学样式都应该创新，大湾区的网络文学、都市文学都应该领先。网络文学是和科技相关的，还有绘本、动漫，这首先是在文学样式上的，其实我们已经领先了。大湾区就应该在视觉文化、读图时代到来的时候，创造出更多新的文学样式③。"还如杨庆祥指出大湾区文学未来感的同时，也强调文字书写形态与文化工业、文化产业的同步发展："大湾区是一个带有强烈未来感的空间，这种未来感与新科技、新思维密切相关，因此是否可以有一种大湾区的未来文学，该未来文学不仅仅是纯粹的文字书写的形态，而是在文字书写形态上塑造出大湾区的工业体系或者文化工业带，带动的不仅仅是文学创作，同时还有整个文化产业，整个文化产业可能是未来经济的发展方向。"④ 粤港澳大湾区以城市、科技和创新为驱动，未来的"粤港澳大湾区文学"，也应该对新城市、新技术和新生活有感觉，并以新的面貌、新的思想来推动中国文学、世界文学的创新变革。同时，大湾区作为城市群，也需要有打造世界级创新城市、文化城市的动力，以全新的"文化事业+文化产业"共同发展的新型文化经济思维，在促进文学创新的基础上，发掘、锻造原创性 IP，完善文化创意产业链，全方位推进文学、文化和经济的融合发展，实现多个领域力量的相互补益和合力共生，这是当前和未来粤港澳大湾区重要的开拓方向。

对"未来性"的探讨，可以把我们关于"粤港澳大湾区文学"的所有思考汇总。

---

① 程刚．绘制"大湾区写作"发展新图景．中国社会科学报，2019-7-29（4）．

② 陈培浩．寻找作为增量的"大湾区文学"．花城，2022（S1）．

③ 吴小攀，郑晓欣．创造一种大湾区文学新样式：广东省作家协会主席、暨南大学中文系教授蒋述卓专访．羊城晚报，2019-8-4（A7）．

④ 陈桥生，吴小攀．再造一座文学上的"港珠澳大桥"．羊城晚报，2019-7-14（A6）．

不管“粤港澳大湾区文学”有多少种内涵，也无论它的地域性、民族性和世界性特征具体表现在哪些层面，或者说有哪些值得梳理和总结的文学史基础和文学存量，最终都要落实到如何推进当前大湾区文学的深度创新和全面发展。对当下文学发展的重视，才能生产一个理想的未来。未来不是靠憧憬就可以到来的，更核心的依然是回到当下，当代性和未来性是一体两面的问题。2017 年，首届“粤港澳大湾区文学发展峰会”召开，峰会上陈晓明说“大湾区文学的提出是很有创造力、当代性的概念”①。这个“创造力”是和“当代性”关联在一起的，意味着今天生活在大湾区的作家和相关文学人士需要把握当前的大湾区城市现实，以一种立足大湾区、放眼全中国、通向全世界的创作取向和创新方向，用新的作品融汇地域性、民族性和世界性，也以新的思想来贯通大湾区的历史、现实和未来。评论家王干说：“大湾区文学它可能成为新时代文学最好的试验田”，“希望大湾区成为新时代文学的高地！”② 这是“粤港澳大湾区文学”的初衷，也是目标。希望《大湾区文学选本·文学理论卷》的编选和出版，可以回应这份初衷，并以“阶段性理论成果”的面目，召唤更多更具创造力、离理想目标更近的“粤港澳大湾区文学理论”。

作者系暨南大学中文系副教授

① 陈桥生，吴小攀．再造一座文学上的“港珠澳大桥”．羊城晚报，2019-7-14（A6）.

② 陈桥生，吴小攀．再造一座文学上的“港珠澳大桥”．羊城晚报，2019-7-14（A6）.

目录 CONTENTS

辑一

大湾区文化共同体

岭南文化的新变与大湾区的未来

陈平原

唐宋前僻居一隅的广东，明代以后方才急起直追，其逐渐崛起的身姿，可作为中国文化重心南移的象征来解读。很长一段时间里，岭南在经济与文化上，远不及中原地区；可晚清以降，广东人的所作所为，实在是可圈可点。

记得梁启超写过一篇《世界史上广东之位置》（1905），大意是说：就中国史观之，僻居岭南的广东有如鸡肋；就世界史观之，地处交通要道的广东至关重要。正因与海外交通的便利，广东人养成剽悍活泼进取冒险的性格，“故其人对内竞争力甚薄，而对外竞争力差强”。具体结论可以商榷，但其思路值得注意，起码让我们意识到：论述任何对象，参照系变了，学术思路以及评价标准都会随之转移。

十年前，我写过一篇《“三足”能否“鼎立”——都市文化的竞争与对话》（2011），谈穗深港三大城。单就人口规模而言，广州1270万，深圳1035万，香港710万，都是特大型城市；讲金融实力及人均产值，目前香港遥遥领先，可三城间的差距正日渐缩小。我坚信，不远的将来，香港、广州、深圳都将成为繁华似锦的国际性大都市。在这么小的一个地区（广深港高铁建成后，从广州经深圳到香港，全长142公里，只需48分钟），集中三座同样有岭南文化基因的大都市，形成三足鼎立的局面，如此壮观景象，让人浮想联翩——三城间能否真诚合作、携手前行，以至好戏连台？今天看来，此设想必须修正，加上澳门，这大湾区的图画方才更完美。

所谓共同的方言、习俗与文化记忆，其实只是大致而言，指向其同属传统意义上的“岭南文化”。那么，你问岭南文化的特质是什么，我相信十个人会有十种说法，且都有道理。我自己更倾向于感性的描述——如注重实用，少讲排场，理性低调，灵活机动，不欣赏吊死在一棵树上，也不追求“不到黄河心不死”。另外，因广州在大一统时代从来不曾做过帝都，对日常生活、经济运作、文化创造起决定性影响的，往往是民间的立场、民间的力量、民间的趣味。

广州人的自信与从容，使其敢于肯定“粤语”作为一种方言的“正能量”，这是很有远见的。当下中国，大部分地区的方言都已退出了课堂乃至文坛，而只在日常生活中流通的方言，必定日渐世俗与粗鄙，无法参与日新月异的学术、思想、文化建设中。因为香港、澳门的存在，加上珠三角强大的经济实力，粤语至今还能“上得厅堂，下得厨房”，保持其鲜活生猛的状态，长远看，这是巨大的财富——“开眼看世界”的同时，能不能“低头思故乡”，这是判断一个城市的文化是否成熟的重要标志。这里所说的“故乡”，包括典籍文化、衣食住行、语言表达、精神状态等。

岭南文化并非活化石，而是在不断蜕变中获取新生。改革开放以来，大量移民进入广东，尤其是经济发达的珠三角。一个偶然的机会，听一位彝族朋友说，在珠三角打工的来自四川及云南的彝族人有 30 万，基本保留他们原先的文化及生活方式，还举行了第一届火把节，真让我大吃一惊。查阅相关资料，国家统计局发布第六次全国人口普查，广东已经超过河南，常住人口达到 1.04 亿人，也是全国唯一一个常住人口数量超过 1 亿的省份。从流动人口数量来看，广东流动人口数量最为庞大，为 3128 万人，占常住人口的 30%，占全国流动人口的 12%。其中属于省外的 2150 万人，省内的 978 万人。

如此大规模的人口流动下，还有纯正的岭南文化吗，或者说，所谓的“岭南文化”还能不受其他区域文化的感染吗？不说移民城市深圳，普通话早就成了主流语言；以前的大城市广州或我的家乡小城潮州，很多人都不会讲普通话，现在呢，最低也都是“识听唔识讲”。至于饮食，更是五花八门，吃辣椒、喝茅台，这些原本不是我们的习惯。名满天下的粤菜、潮菜等，也都在与时俱进——离家几十年，发现家乡人的口味已有很大变化。不能要求家乡成为某一地域文化的博物馆，移步变形中，最好既保留某种基因，又不断增长活力。

学者谈论地域文化时，大都喜欢从远古说起。可在我看来，相对于古代的基因，近代以降的历史进程更值得重视。任何有生命力的“传统”，都具有自我修正、自我更新的能力。就像一条河流，有时潜入溶洞，不见踪影，有时又冲出地面，湍急奔腾，你必须登高望远，才能看清其大致走向。前些年广东评选“岭南十大文化名片”，我曾为“广交会”入选叫好——创办于 1957 年的中国进出口商品交易会①，每年春秋两季在广州举办，迄今已有五十多年历史，“是中国目前历史最长、层次最高、规模最大、商品种类最全、到会客商最多、成交效果最好的综合性国际贸易盛会”。

若谈学术研究及文化创造，身处高台不一定是好事。因一举一动备受关注与挑剔，

① 1957 年举办的是第一届中国出口商品交易会。——编者注。

缺少革新的动力与方向感，更容易因循守旧。反而是远离政治中心，从边缘处思考、发声，阻力较小，有可能获得真正的突破。回顾晚清以降一百多年历史，广州（及广东）曾多次扮演此类绝地反击、引领风气的关键角色，这点很让人欣慰。为何广东在二十世纪七八十年代的改革开放大潮中能“杀出一条血路”，除了中央的精彩布局，也与此地历来“天高皇帝远”，条条框框较少，故可“放手一搏”有关。

时代变了，任何区域文化都不可能墨守成规；外来文化引进，以及移民大量加入，岭南文化只能是“苟日新，日日新”——这就说到衣食住行之外，学术文化的重要性。

在我看来，谈岭南文化，饮食、服饰、工艺、建筑、方言及地方戏曲都很重要，但教育——尤其是高等教育必须上去，才有足够的学术视野与话语权。2015 年 7 月 22 日，《广州日报》发表《广东 2015 年一本录取率上升　但上好大学还是难》，难到什么程度，我都不好意思说了。城市的竞争，某种意义上就是人才的竞争。使出浑身解数，吸纳自家所需的各路英豪，这一点，每个城市都在做，广州、深圳也不例外。从长远看，比起外出招聘，更重要的是自家的造血功能。作为教育大省的广东，在高等教育方面，成绩仍不太理想。

办大学，有钱不见得就能做好，但没钱绝对做不到。最近几年，广东在高等教育方面投资力度很大，急起直追，其成效让人刮目相看。2019 年 1 月广东省政府印发《广东省进一步提高高等教育毛入学率实施方案（2019—2021）》，提出新建迁建一批高校，改善已有高校的办学条件，扩大高校招生规模，为广东培养更多高素质人才。这当然是好事，但当局头脑必须清醒，走正路，迈大步，不要太急于求成，方向对了，目标迟早能实现。就怕路走歪了，南辕北辙，那就太可惜了。

必须意识到，不管是教育还是文化，“国际化”与“本土性”，二者并不截然矛盾，甚至可能互相扶持——相对而言，理工科更注重国际化，而人文社科对主体性及本土性有更明确的追求。在政府大张旗鼓地扶持科技学院的当下，有远见卓识的民间人士，应该明白两条腿走路的道理，那个广义上的、不断更新的岭南文化，仍值得我们认真经营——尤其是放在大湾区的视野中。

粤港澳大湾区建设是个高瞻远瞩的大战略，不仅瞩目于当下三地的经济互补、政治对话、文化融合，更代表中华民族参与国际竞争。比起以经济协作为主的“京津冀一体化”或“长江三角洲城市群”来，粤港澳大湾区因体制不同、政情复杂、文化多元，操作难度更大，发展蓝图也更宏伟。因此，不能满足于技术性修补，而应着眼长远，从中华民族伟大复兴的高度来思考与落笔。

大湾区的经济总量是可以叠加的，但文化潜力就很难说了，融合得好是“加”，融合不好就是“减”。三地民众能否同心协力，关键在教育。教育是百年大计，对政治、经济、科技的影响力不可低估。分开来看，粤港澳三地的教育各有长处，也各有短板，若能取长补短，可成为中国基础教育及高等教育的高地。不要说国内，放在国际上，也是很有竞争力的。有鉴于此，若能成立粤港澳大湾区教育联盟，选择三地部分优秀教育资源，采取邀请加盟的方式，有基本宗旨，而无强制措施，注重沟通与对话，强调合作与竞争，力图整体提升大湾区的教育及学术水准，并能在此过程中，逐步消弭意识形态隔阂，促进三地的社会稳定与可持续发展，则功莫大焉。

陈平原，北京大学中文系教授

本文刊载于《人民画报》2021 年第 6 期

文化共同体与粤港澳大湾区流行文艺生态

蒋述卓　李　石

随着2017年3月“推动内地与港澳深化合作，研究制定粤港澳大湾区城市群发展规划，发挥港澳独特优势，提升在国家经济发展和对外开放中的地位与功能”被正式写入《政府工作报告》，以及2017年7月1日国家高层在香港回归20周年时正式签署《深化粤港澳合作　推进大湾区建设框架协议》，“粤港澳大湾区”的城市规划建设已上升到国家对外开放发展战略的重要地位，并持续引发海内外的关注与热议。

“粤港澳大湾区”这个概念有着多方面涵义。从政治角度看，粤港澳大湾区的远景规划和城市建设措施的落实，都是在“一国两制”的国家政治体制架构内被提出来的。推进粤港澳大湾区一体化，对于维持港澳地区的繁荣发展具有重要战略意义。从经济角度而言，粤港澳大湾区城市群建设，与京津冀一体化和长江三角洲城市群建设，构成了我国经济发展的三个重要核心区域。一方面，大湾区通过香港、澳门、广州、深圳等几个核心城市在金融、交通、物流、科技、资本、贸易、旅游、文化等全方位的资源集聚和产业互动，推动内地与港澳地区的跨界融合与协作，促进珠江三角洲的经济发展；另一方面，粤港澳大湾区以纽约湾区、旧金山湾区和东京湾区为范本，充分发挥深圳前海、广州南沙、珠海横琴等开放合作区的作用，融合粤港澳三地的资源，建设成为国际一流湾区和世界级城市群。从文化角度而言，粤港澳地区受岭南文化和海洋文化熏陶，不仅在地理上紧密相连，在文化上也是同根同源。而“粤港澳大湾区”城市规划的提出，必将进一步促进粤港澳三地的文化融合与发展。也因此，我们讨论粤港澳大湾区的流行文艺生态，才具有切实的论证基础。

事实上，“粤港澳大湾区流行文艺”并未成为一种客观存在，它更多是一个前瞻性的概念。我们提出的“粤派批评”具有实践在先、命名在后的特征，“粤港澳大湾区流行文艺”的概念同样如此，一方面它以流行电影、流行音乐、通俗小说等主要的流行文艺现象作为实践基础，另一方面，这个概念其实是在“粤港澳大湾区”被提出来之后，我们从文化的角度对粤港澳地区流行文艺的一种概括和前瞻。因此毋庸讳言，这个概念有着鲜明的策略性，对于我们以新的眼光和视角重新反思粤港澳地区流行文艺的生产和传播的历史，进而在大湾区时代背景下探讨粤港澳流行文艺的基本特征、发展策略、功能定位、价值取向等具有重要意义。

粤港澳大湾区的经济格局，是由“广州—佛山—肇庆”“深圳—东莞—惠州”“珠海—中山—江门”九个城市三大经济圈，以及香港和澳门两个特别行政区构成，通过产业经济上的沟通集聚效应完成对周边地区的城市辐射和文化传播。粤港澳地区的城市文化辐射力，主要经由广州、深圳与香港、澳门之间的互动，逐步扩展至周边的珠海、中山、江门、东莞、惠州等珠三角地区，进而扩大到整个华南经济区乃至全国。对粤港澳大湾区的流行文艺生态的考察，应该放在这个跨界传播路径和视角中来讨论。

中国近现代众多标志性的重大历史事变，都跟粤港澳所处的岭南文化有密切关系。广州是近代中国革命的发源地，香港和澳门是近代以来最先融汇吸收西方先进政治文明、物质文明和精神文明的阵地，深圳又是改革开放的前沿窗口。林则徐的虎门销烟，康有为、梁启超提倡维新变法改良社会，孙中山以广州作为大本营开始北伐战争等，无不跟岭南有密切关系。为什么岭南文化能够具有敢为天下先的精神？这需要从粤港澳大湾区的视角才能够清楚地知晓。长期以来，粤港澳文化圈主要以香港为核心根据地，鸦片战争以来，在英国的殖民式统治下，西方文化能够畅通无阻地在香港传播，也因此，西方的政治制度、文学艺术、宗教信仰、风俗习惯、建筑文化、价值观念、法律制度等等，最早在香港本土落地。早期康有为、梁启超，就是在考察了香港之后，深切地感受到西方文化的先进之处，才有了维新变法思想的萌芽。当年孙中山也将香港视为其思想发源地，1895 年他在香港成立兴中会，并在香港、澳门策划多次武装革命起义。可以说，岭南能够引领先进思想、开时代风气，整体上是在香港、澳门得风气之先，随后传播到广州，由此完成粤港澳文化的互动，并辐射全国。

二十世纪八十年代以来，粤港澳文化同样发挥了类似的引领风气作用。粤港澳是中国流行文艺的发源地。二十世纪七八十年代，香港的流行音乐、影视剧、通俗小说、时尚服饰、社交礼仪等大举进入内地。粤港澳大湾区流行文艺生态的形成，也就与这段文化传播与互动的历史紧密联系。正是在这一文化生态的优势互补与双向流动中，逐渐形成了粤港澳大湾区流行文艺生态的鲜明特征。

一、独特的粤语方言特征

不同的语言特征往往确立着不同的文化身份。粤港澳大湾区流行文艺所依托的岭南文化，由广府文化、客家文化、潮汕文化三大文化构成。因此，广府话（粤语）、客家话和潮汕话，也就构成岭南文化的三种重要方言特征。近代以来，香港、澳门又吸收了英语和葡语等语种。但整体而言，粤语在粤港澳及海外华人社区的广泛普及性和流行性，使我们不得不承认，岭南文化既融合了多种文化语言特性，同时又以粤语作为主导。

粤语在岭南文化中的主导地位，不仅跟广府文化一直以来作为粤地的文化中心有关，也跟以粤语为方言特征的香港流行文艺的崛起密不可分。二十世纪六七十年代是香港经济起飞的重要时期，借助于快速发展的劳动密集型工业，香港在经济上取得巨大发展，与中国台湾、新加坡、韩国并称为“亚洲四小龙”。香港的工业化和城市化进程必然带来社会财富的增加和市民生活水平的不断提高。因此，一方面，社会财富的累积带来消费文化市场的巨大需求，另一方面物质生活的丰裕和富足不断强化着香港人的本土文化意识。二十世纪七八十年代以来，随着中国内地改革开放和现代化进程的推进，香港在多个领域都成为内地学习和借鉴的对象。体现在语言上，二十世纪八九十年代，粤语对内地普通话的影响非常广泛。据统计，仅在文化上，粤语进入普通话的词汇就有“录像带（录影带）、影视、选美、三级电影、成人电影、黄金时间、电视收视率、娱乐圈、卡拉 OK、派对、联手演出、民俗文化村、度假村、文化快餐、保龄球、高尔夫球”等①。毋庸讳言，这当中不可避免存在香港市民文化中部分低俗的事物，但这恰恰以语言的方式和特征显示出粤语在当时文化传播上的影响力。

香港是粤语流行歌曲的发源地。但是在早期，粤语更多体现在粤剧、粤曲等传统文化形式中，而流行歌曲一直被视为难登大雅之堂的底层文艺。随着香港经济的发展，工薪阶层群体不断扩大，必定需要更具通俗性、趣味性的流行文艺作品满足他们的精神需求和文化身份诉求。1971 年，香港演员、歌手许冠杰首次将粤语跟流行歌曲结合起来，他演唱的《铁塔凌云》和《鬼马双星》作为较早的粤语流行歌曲，以通俗的歌词、欢快的节奏，彰显了早期粤语流行歌曲的草根性和喜剧性。特别是 1976 年上映的电影《半斤八两》，主演许冠杰演唱的主题曲《半斤八两》的歌词“我哋呢班打工仔，一生一世为钱币做奴隶”，唱出了打工阶层的心声。而这种心声传达的又不只是心酸，更以轻快的节奏甚至调侃的语调传递小人物的幽默和达观。歌词中的“打工仔”“揾食”“加薪”“咁嘅样”“折堕”“死俾你睇”等，就是将本土粤语甚至俚语融入歌词中的典型。尽管从许冠杰到后来的张国荣、四大天王、王菲以及如今在华语流行乐坛依然具有巨大影响力的陈奕迅，粤语作为歌词逐渐脱离了俚俗，变得越来越精致，但我们不得不

① 陈建民．香港文化词汇是如何融入普通话的．语文建设，1994（7）：29-30.

承认，粤语和流行音乐的结合，最早是从许冠杰开始的。值得一提的是，许冠杰作为香港粤语流行音乐的开创者，他的歌曲的推出，往往跟影视作品的制作相辅相成。而许冠杰在《鬼马双星》《天才与白痴》《半斤八两》等电影中扮演的无不是爱抖机灵、耍宝、逗乐的小人物形象，某种程度是后来风靡内地的以《审死官》《鹿鼎记》《大话西游》等为典型代表的周星驰无厘头电影风格的先驱①。周星驰电影中的无厘头喜剧效果，就与粤语方言密不可分（周星驰电影的普通话配音，大部分是由配音演员石班瑜来完成，尽管同样具有很强的喜剧性效果，但是在电影声音的原生性上看，终究是比不上粤语方言的）。

事实上，粤港澳流行文艺的粤语方言特征，在影视剧中表现得更为明显。毕竟电影作为一种融合了视听语言的流行文艺传播形态，其对粤语方言的使用在客观上所获得的效果，就不仅仅局限在语言本身，而是通过视听技术，更为鲜明且直观地呈现在“声音”的发音和语调上。在这个层面，“声音”对于电影文化身份的辨识，具有重要意义。比如近年的《寒战》《树大招风》《追龙》《扫毒》《风暴》等香港警匪片、枪战片，粤语方言绝对是衡量香港电影是否具有“港味”的一个不可缺少的因素。

粤语方言在电影视觉银幕中的声音呈现，在不同语言、不同异域环境相互比照下，特性会更为鲜明。比如张曼玉主演的《阮玲玉》、李安导演的《色戒》，影片中的人物在上海和香港“双城”中往返，也构成了普通话、粤语、上海话等不同语言之间的切换；王家卫的《春光乍泄》拍摄于阿根廷的布宜诺斯艾利斯，环境氛围的异域性，更加突显粤语在电影听觉系统中的鲜明特征。2006 年，宁浩导演的《疯狂的石头》上映（有趣的是电影出品人之一正是香港明星刘德华）。很明显，这部电影既有对西方电影，比如英国导演盖·里奇的《两杆大烟枪》、美国导演昆汀·塔伦蒂诺的《低俗小说》的情节模式和剪辑方式的借鉴，又承接了香港电影中的无厘头风格和解构精神。《疯狂的石头》主要取景地是山城重庆，电影台词大部分也是重庆方言。在这里，方言特性与地域性是一种同构关系，后来在网络上传播极广的流行热词“我顶你个肺”，就出自片中一名香港大盗之口。《疯狂的石头》中的粤语方言，在观众那里自然容易引发人们对香港的猎奇式想象。有趣的是，香港大盗受无良奸商的欺骗，购买了表面高科技实则低劣的盗窃工具，导致偷盗过程中屡出洋相而闹出笑料。而这也是对那些以偷盗为题材、以高难度动作和高科技手段作为重要商业元素的香港电影（比如《纵横四海》《神偷谍影》）的一种戏剧性解构。而一句“我顶你个肺”，将电影的喜剧性语言效果推向高潮。

① 陈鸿秀．表演风格·喜剧亚类型·次文化现象：试论香港“无厘头”电影的发轫、定位及影响．淮阴工学院学报，2014，23（2）：5.

二、市场竞争性和鲜明的商业性

如前所述，香港本土流行音乐的兴起与工薪阶层的崛起密不可分。香港是商业社会、市民社会，这决定了其产业生态必然带有鲜明的商业性、流行性和通俗性。与内地长时期的文化生产体制一体化状态不同，香港流行文艺的生产、传播和消费一直以来都处在政府监管之外，具有极大的自主经营权。在这背后，一方面，所有的文化产品都处在自生自灭的生存状态，这就注定了流行文艺必须紧紧地依附于最广泛的市民大众的审美趣味，随时捕捉市场需求的变化，才能够持续获取生存的空间；另一方面，市场经济的自由开放，加之香港作为一个港口城市所必然滋生的生存和竞争压力，在文化生产上就体现于对受众审美趣味的敏锐捕捉以及对不同商业类型、品牌的打造。二十世纪八九十年代香港电影进入黄金期，就是因为其在激烈的市场竞争氛围中逐渐形成了成熟的电影类型，比如动作片、武侠片、功夫片、古装鬼片、僵尸片、谍战片、枭雄片、警匪片、无厘头片、文艺片等等。

香港流行文艺的商业性、通俗性，曾经对二十世纪末内地的文化生态起到了巨大的影响。七十年代末八十年代初，内地众多书摊和租书店里金庸武侠小说的盗版被广泛传阅。当前，中国网络文学在世界上一枝独秀，而网络玄幻小说、仙侠小说等作为中国网络文学的重要类型，很大程度上受到香港的金庸、古龙、倪匡等人创作的武侠小说的滋养。邓丽君的流行歌曲，也通过音乐录音盒带的媒介传播渠道，进入到当时思想观念相对开放的广东和福建沿海一带。八十年代香港流行文艺能够反哺内地，背后有着复杂的文化因素①。二十世纪五十年代之后，大量文学、音乐、影视工作者南移，流行文艺创作力量由上海转移到了香港，香港成为流行文艺生产的基地。因此，香港流行文艺生产才能够在一定时期满足内地民众巨大的精神文化需求。二十世纪末，香港作为一个展览窗口，为中国当代艺术的国际化和市场化的探索进程提供了重要的平台和资金支持。随着市场化趋势的不断加深，内地开始学习和借鉴香港的流行文艺生产机制，而广州则成为内地与香港流行文艺交流互动的重要前沿阵地。1980 年，广州的东方宾馆开设了全国第一个音乐茶座，将音乐与消费结合起来，既娱乐了客人，又培养了歌手，有的歌手还被唱片公司看中，出版了专辑，开启了流行歌曲与市场结合的最早实践。广州在中国流行音乐史上有着重要地位，其重要性就在于广州是最早的香港与内地之间流行文艺交

① 香港流行文化对内地的影响力，在我们近年的大众电影中亦有所表现，比如冯小刚导演的电影《芳华》里，文艺兵私下通过录音盒带听邓丽君的歌曲；《屌丝男士》导演大鹏的喜剧电影《煎饼侠》最后让曾经备受内地年轻人追捧的“古惑仔”系列电影主演出场，“消费”了一把香港电影情怀。

流、传播、转换的中转站。广州作为当年全国最重要的流行音乐生产基地之一，最早采用了歌手签约制度，积极通过广播电台进行歌曲包装和宣传，推出音乐排行榜等，而这些都是对香港流行音乐生产制度和模式的借鉴。二十一世纪初的网络歌曲，也是最早在广州产生。陈奕迅的很多流行歌曲，不仅有原汁原味的粤语版，也有国语版，就是因为充分重视流行音乐的商业性，试图兼顾普通话和粤语流行音乐受众的市场需求。

中国内地尤其是广东的电影电视剧制作的商业模式的转型，离不开对香港的模仿、借鉴和学习。二十世纪八九十年代，《公关小姐》《商界》《外来妹》《情满珠江》《英雄无悔》《和平年代》等广东影视剧能够在全国引发轰动效应，从而与“京派”“海派”影视剧构成三足鼎立格局，是因为，一方面，这些影视剧立足于改革开放的时代潮流，展现了社会转型过程中的新事物、新观念、新阶层等，比如在《外来妹》《公关小姐》《情满珠江》等电视剧中，“个体户”“企业老板”“公关小姐”“打工妹”“下海”“跳槽”等带有鲜明商业化、市场化特征的新词汇、新职业，在全国观众那里具有得天独厚的感召力和吸引力①；另一方面，广东影视剧制作在面对香港影视剧的强势竞争和冲击中，充分吸收了港剧在功能定位、题材选择和叙事模式上的娱乐性、大众性、通俗性，比如电影《雅马哈鱼档》、电视剧《七十二家房客》《外来媳妇本地郎》等作品，立足于通俗化与大众化的同时，有意识地呈现广府文化的元素，形成了独特的岭南风味。

需要强调的是，香港影视剧曾经的影响力，是超越地域性的，是全国性的。1997年，冯小刚的电影《甲方乙方》将香港的“贺岁片”概念引入内地，开了内地拍摄贺岁片的先河。所谓“贺岁”，从字面就带有强烈的喜庆气氛，当它与电影结合作为一种类型被制作和推出，也就成为受众元旦或春节期间的文化“餐点”；而“甲方”和“乙方”又是商业社会在订立契约合同时对不同责任方的称呼，可以想见《甲方乙方》这个电影名字本身所具有的商业意义和文化意义。随后，我们在冯小刚的《不见不散》《没完没了》《大腕》《天下无贼》等电影中，能够看到海峡两岸暨香港、澳门的演员明星频频出现。这批以冯氏喜剧风格著称的电影在商业上取得了巨大成功，也对香港贺岁片产生了一定的市场冲击。

更为重要的是华语电影的生产。与“粤港澳大湾区流行文艺”这个概念一样，“华语电影”一开始同样是一个前瞻性概念。如果说，二十世纪八九十年代，不同地区导演在电影制作上的相互学习、竞争、合作只是处于一种起步状态，那么随着“华语电影”概念在不同地区的文化空间、产业空间、学术空间的影响力越来越大，海峡两岸暨香

① 这些广东电视剧的吸引力离不开对香港文化魅力的利用。比如《外来妹》邀请香港演员加盟主演，《情满珠江》对“知青逃港”的历史讲述和对香港都市生活的展示，《公关小姐》中公关小姐的香港背景等。

港、澳门逐渐有意识地运用跨国资本打造华语电影工业，试图抗衡以好莱坞为主导的欧美电影市场。2000年由李安导演的《卧虎藏龙》率先为西方人呈现了一种东方武侠奇观，在票房和口碑上都取得了巨大成功。而张艺谋导演的《英雄》（2002）可以说是华语电影工业生产的一个里程碑，由于此前《卧虎藏龙》的成功，《英雄》在生产上呈现出更多元的模式化特征。这部电影不仅聚集了内地和香港的一线明星，还力图借用各种中华传统文化符号元素，在服装、音乐、色彩、意境等方面营造一种独特的东方美学风格，呈现充满诗意、画意的东方武侠世界。从电影工业角度看，古装武侠片在国际上本身就有强大的号召力，而全球1.77亿的票房证明了《英雄》在电影工业意义上的巨大成功。2003年，随着《内地与港澳关于建立更紧密经贸关系的安排》（CEPA）和《关于加强内地与香港电影业合作、管理的实施细则》的颁布，华语电影被正式纳入官方的政策文件之中，此后香港电影人纷纷北上，形成了海峡两岸暨香港、澳门大规模的电影“合拍片”热潮。《英雄》《十面埋伏》《无极》《夜宴》《满城尽带黄金甲》《墨攻》《赤壁》《三国之见龙卸甲》《画皮》《画壁》《关云长》等，充分借鉴了香港电影生产在融资、制作、发行、消费等方面的市场经验和技术基础，使华语电影更加注重商业意识。当然，华语电影的大投资、大制作、大明星的“合拍片”模式背后，同样存在着诸多可供讨论的弊端和问题，但整体上，华语电影对香港电影产业经验的融合与借鉴，为中国本土电影商业模式的探索和实践作出了贡献。

三、多元异质文化的交流、沟通、碰撞和创新

当代岭南文化是传统文化与现代文化、中国文化与西方文化相互交融汇通的多元混合体。梁元生先生以“文化复性”来描述上海和香港这种典型的以中西文化杂糅作为重要特征的城市文明。“近代中国的许多沿海都市及地区，都因为经历过外来文化的洗礼及冲击，而具有既中亦西，中西并存的文化性格。尤其是上海和香港，近百年来在适应和融汇西方文化之后，其城市文化形成了一种双重文化的特性，影响着整个地方的人文思想及文化生态，这种‘文化复性’也影响着在此居住和生活的大部分知识分子及民众。”① 事实上，香港文化的复杂性只是岭南文化乃至粤港澳大湾区文化复杂性的一个重要的呈现窗口。近代以来，广州、香港、澳门一直是中西方文化的交汇点，既有着浓厚的中西文化融合色彩，同时又承接着大规模的人口流动。因此，我

① 上海与香港“双城”文化的一次对话：“首届上海香港都市文化比较研讨会”发言摘要．文汇报，2000-6-24.

们只有在古今嬗变、中西交汇的宏大文化背景下来探讨粤港澳流行文艺的生存和发展，才能够具有思考的穿透性。

第一，在区域定位上，粤港澳流行文艺生态的构建需要有国际化视野。粤港澳大湾区是加快推进中国融入世界发展步伐的重要连接口，在地域属性和文化属性上要保持多元开放的格局，避免陷入故步自封的文化保守主义的陷阱。2017 年 11 月，习近平总书记在党的十九大报告中明确指出："要支持香港、澳门融入国家发展大局，以粤港澳大湾区建设、粤港澳合作、泛珠三角区域合作等为重点，全面推进内地同香港、澳门互利合作，制定完善便利香港、澳门居民在内地发展的政策措施。"① 作为新时代中国特色社会主义事业宏观战略布局的重要部分，随着港口、高铁、机场的海陆空交通设施相继建成，不同关税区通关口岸身份识别便捷性技术的提高，粤港澳大湾区经济一体化进程在不断推进。

政治、经济上的相互联动效应必然带来文化上的融合效应。从国家文化发展战略层面看，粤港澳流行文艺，应该借助自身在互联网、金融、科技等方面的优势，成为助推中国文化产业走出去、提升国家文化软实力的重要力量。在这方面，粤港澳流行文艺其实有很多经验可以遵循。比如香港的功夫片、动作片、武侠片（三种类型更多时候是相互交杂的）的影响力，就不仅仅局限在中国，而是世界性的。这种世界性，不仅得益于李小龙、李连杰、成龙等人的功夫电影在全球范围内奠定的庞大受众基础（这一题材受众广泛，甚至对《卧虎藏龙》和《英雄》在全球电影市场所取得的成功也有贡献），还得益于香港电影人跟好莱坞之间的交流，对好莱坞电影的动作片类型和风格的形成产生过实质性的影响，比如香港导演吴宇森，担任好莱坞导演，拍出过《变脸》（1997）、《碟中谍 2》（2000）这样的动作片。特别值得一提的是，具有"鬼才"之称的昆汀·塔伦蒂诺的《杀死比尔》尽管在镜头血腥程度上沉迷于某种暴力美学效果，但不可忽视的是电影在动作、服装、场景、对白等方面，都融入了大量的中国文化元素和功夫类型片元素。因此，粤港澳流行文艺未来的发展，需要更多站立在湾区经济和国际文化产业生态竞争格局中，在推动文化产业走出去、扩大文化影响力的具体路径上进行更多的探索。

第二，粤港澳大湾区流行文艺，要在立足多元文化生态基础上不断创新。粤港澳大湾区在近代以来就一直成为文化激荡融合的交汇口，因此在整体上，多元和包容一直是这个地区的文化生态底色，无论是中国和西方、传统和现代还是雅和俗，都能够在这里

① 习近平．决胜全面建成小康社会，夺取新时代中国特色社会主义伟大胜利：在中国共产党第十九次全国代表大会上的报告．人民日报，2017-10-28（01）.

获得自身存在的根基。像广州的沙面建筑，有着浓厚的中西交融风格。再比如，我们在广州的公园或街道里常常可以见到一些民间音乐私伙局，私伙局唱词是粤语，乐队的构成则是中西结合，其中有二胡、高胡、琵琶、扬琴，也可以有中提琴、手风琴乃至萨克斯管等。私伙局是开放的、包容的，正如广东的早茶以中式粥、糕为主，但也有西点的加入；也如广东当下的粤语加入了许多英文词汇一样，粤港澳地区的流行文艺，需要在开放融通、包容并蓄中不断传承和拓展。

粤港澳大湾区多元文化生态的背后，也蕴藏着两方面的问题。一是多元生态背后必然存在着的身份错位和文化冲突。香港作家西西曾经把香港形容成一座"浮城"，生动形象地表达了1997年回归之前香港人的文化身份无根之感。从政治的角度，粤港澳尽管分属三个完全不同的关税区，但是港澳依然是中国特色社会主义"一国两制"的组成部分，这是十分明确的、必须坚持的，问题在于香港的文化身份。正是因为文化身份的模糊性，一直以来香港与内地之间存在着不同程度的文化、价值、观念的矛盾和冲突。当然，有碰撞就必然有融合。粤港澳不管是在地域、历史、语言还是文化方面，都本就同根同源。解决矛盾冲突的根本之途，就在于强调文化的包容性，承认粤港澳在文化上的同源性，重新将香港文化、澳门文化纳入岭南文化的范畴之内，而不要过于偏执地强调香港与澳门的文化独特性，试图将其分离出去。粤港澳大湾区一体化建设，必将推动这个融合过程。二是粤港澳大湾区流行文艺还需要在创新上下足功夫。流行文艺本身具有商业属性，有鲜明的利益导向。因此，流行文艺在粤港澳三地的生产、传播和接受，一直以来对外来文化时尚潮流的追随和捕捉既敏锐同时又极具依赖性。粤港澳流行文艺能够取得市场成功，其背后离不开对欧美、日韩流行文艺的追赶、模仿、借鉴、学习。但是，这同样显示出粤港澳流行文艺的弊端，对外来文化的过分依赖容易导致流行文艺创作走向跟风、扎堆、模仿、复制，变得同质化、模式化，缺乏创造力、创新力。这也是为什么，粤港澳流行文艺尽管往往能够开风气之先，但后续创造力和竞争力却总是不足。比如流行音乐、华语电影、通俗小说（网络文学）等的发展，基本遵循着这样的规律。

在大湾区时代，强调粤港澳流行文艺的创新性，就需要明确，流行文艺并不完全等同于大众文化。从辩证角度，作为某种文艺样式的大众文化，一定程度上是被社会大众所普遍接受的流行文艺。流行文艺往往具有试探性，它在成为被人们熟知的大众文化前，必定首先在某一个特定圈子或受众群体中流行，最终才突破上升到大众文化圈。流行文艺不是平庸和雷同的代名词，我们必须充分重视其中蕴含的创新因素。明确这一点，粤港澳流行文艺才有可能摆脱一味地重复模仿成功类型和经验的死循环，将注意力放在流行文艺的创新性探索过程中。在这方面，陈小奇、方文山、林夕等人做出了榜样。陈小奇、方文山在歌词创作上对传统文化意象元素的创造性运用，林夕在作词风格上的精致和细腻，整体使流行歌曲脱离了俚俗化、口水化，不断走向雅俗共赏的审美趣味。

第三，粤港澳大湾区流行文艺想要不断创新，回归到传统文化与主流价值观，或许是一个重要路径。人们常常认为，粤港澳文化生态的主流是市民性、流行性、商业性，而常常忽略粤港澳大湾区所立足的岭南文化，在我国近代史上，特别是二十世纪八十年代以来的改革开放进程中，也不断滋养和孕育着忧国忧民、以天下兴亡为己任的爱国主义精神，以及革故鼎新、敢为天下先、开时代风气、引领时代潮流的革命精神、奋斗精神。这些传统的文化精神、民族精神，在走向社会主义现代化的过程中不应该失落，而应该参与当代精神文化建设过程之中。

对民族精神的弘扬在粤港澳流行文艺中其实有着深厚传统。比如以孙中山、黄飞鸿、陈真、叶问、李小龙等人物为题材的影视作品，比如香港流行歌曲《男儿当自强》《我的中国心》等，比如广东的《亮剑》《西安事变》《五星红旗迎风飘扬》《潜伏》等革命题材主旋律剧。近年来，一批香港导演拍摄的主旋律电影，比如林超贤的《湄公河行动》《红海行动》，徐克的《智取威虎山》，刘伟强的《建军大业》等，就在积极探索电影叙事与主流价值观的融合。香港导演拍摄的主旋律片，某种程度上是华语电影合拍片浪潮的自然产物，从票房和口碑上看，还是可以的，但是也面临着香港电影“港味”逐渐缺失的问题。

当然，近年来也不乏既能回归传统文化与主流价值观，又能够保持鲜明岭南地域文化色彩的华语电影。以电影《叶问》为例，从 2008 年到 2016 年，甄子丹主演的《叶问》三部曲对佛山人叶问的故事资源的不断开发，引发过很多争议。从第一部到第三部，甄子丹饰演的叶问，分别打败了日本人、英国人、美国人，主打的都是民族主义情怀，从商业性角度来看，这种模式化、套路化有其合理性。但《叶问》三部曲真正可取之处，在于它的价值观念。比如叶问在追求武学造诣的同时，更重视对家庭伦理亲情的守护，这与主流价值观是相符的。更为重要的是电影所传达的武学理念，如果说在《龙虎门》《导火线》《杀破狼》电影中，甄子丹的人物造型和动作设计更偏向于对肌肉力量的展示，还有着好勇斗狠的痕迹，那么在《叶问》系列电影中，甄子丹试图将这些都敛去。这在《叶问 2》中叶问与英国人的擂台决斗中有更为直观的视觉对比，《叶问 2》於英国拳手上半身是赤裸的，影片极力强化英国人野兽般的身材和肌肉，而叶问身着黑色中山装，将身体肌肉尽敛于一袭长衫之内，相比之下显得瘦弱而力量不足。但是叶问最终战胜英国人而且必将战胜英国人，不仅强化了某种精神和意志的韧性，同时也才有机会（也才有资格）最终道出“获得胜利不是比武的最终目的，而是要告诉英国人，人的地位有上下之分，但是人格没有贵贱之别，要学会互相尊重”的理念。这种理念就与中国传统的君子人格强调内在精神意志和“不争”的观念是暗合的。

与《叶问》三部曲不同，王家卫导演的《一代宗师》超越了对民族主义情怀的诉求，它不讲民族，而讲江湖，这个“江湖”反映的正是二十世纪初南北武功在岭南地区交流融合的历史。影片中的街道、骑楼、听戏、喝茶等岭南标志性文化元素的运用，叶问和宫二的对白中粤语和普通话交替出现，呈现出鲜明的多元文化的异质性特征。在《一代宗师》里，王家卫对武学风格的呈现，不仅是内敛的，而且是力求唯美的，显示出与《叶问》三部曲的不同。既然是江湖，则必然有打斗和厮杀，就避免不了刀光剑影、暴力血腥，但是电影在这方面极度克制。比如电影开场，叶问在下着暴雨的街道徒手与几十名手持各种武器的黑帮匪徒打斗，整个过程竟不见一滴血，这明显是不真实的，可以理解为这是刻意追求电影风格的结果。《一代宗师》里人物的出拳、踢腿，不过分追求力道，而追求动作和场面的观赏性、轻盈性和唯美性。叶问与宫二在广州酒楼里比武，并主动订下“打烂一样东西算输”的规矩，可以说是对这种武学理念的精炼概括。与宫二的极端好胜不同，《一代宗师》里的叶问尽管喜欢跟对手比武和切磋，但同时对胜负和输赢抱着一种超越性的态度。这种武学理念与岭南文化、粤港澳文化多元包容的精神气质又是相融通的。

整体而言，大湾区时代粤港澳流行文艺发展的关键在于，应立足于多元文化生态及其商业基础，积极汲取中华优秀传统文化、岭南文化中的传统文化资源，通过当代流行文艺创作，不断推进民族国家意识与市民文化、主流价值观与流行文艺之间的良性互动与融合。文化认同往往能够促进国家认同、民族认同。粤港澳流行文艺应立足于大湾区经济建设一体化的时代背景，明确自身的政治定位与时代功能，充分发挥文艺的精神效用，以建构和强化大湾区文化共同体，进一步推动大湾区的一体化发展。

蒋述卓，暨南大学中文系教授；李石，深圳大学美学与文艺批评研究院助理教授

本文刊载于《广州大学学报（社会科学版）》2018 年第 17 卷第 10 期

论中华文化认同与粤港澳大湾区协同发展

温朝霞

党的十九大报告指出："要支持香港、澳门融入国家发展大局，以粤港澳大湾区建设、粤港澳合作、泛珠三角区域合作等为重点，全面推进内地同香港、澳门互利合作。"① 粤港澳大湾区建设，是国家面向世界发展大格局，主动参与新一轮全球化竞争、引领区域经济优化发展和助力"一国两制"行稳致远的重大战略。大湾区战略为我国特别是粤港澳城市群的未来发展提供新方向、新动力和新空间，赋予粤港澳城市群新使命。

粤港澳大湾区涉及多个城市和地区。打破行政壁垒、消除阻碍大湾区协同发展的各种因素，是大湾区建设面临的重要任务。而要实现湾区的协同发展、共建"人文湾区"，关键在于实现文化认同。尤其是对于香港、澳门来说，要加强中华文化凝聚力，坚定文化自信。粤港澳具有地域相近、文脉相亲的优势，因此，要以广州和香港为主体，共同形成一种以岭南文化为联结纽带的湾区文化合力，促进大湾区对中华文化和岭南文化的文化自信与文化认同，实现湾区文化融合发展。

一、中华文化认同对于粤港澳大湾区协同发展的重要意义

观念形态的文化，作为社会有机系统的深层结构，由于其对人的行为所起的指导作用、规范作用和联系沟通作用，是中华民族凝聚力不可缺少的深层社会成因。文化对民族的这种特殊的整合功能和精神聚合作用是通过相通的语言、相同的思维方式、相同的

① 习近平．决胜全面建成小康社会，夺取新时代中国特色社会主义伟大胜利：在中国共产党第十九次全国代表大会上的报告．人民日报，2017-10-28（01）.

伦理道德和共同的情感意志等表现出来的。民族文化是一个民族生生不息、繁衍发展的基因和血脉，是维系民族感情、唤起民族自尊、激发民族共鸣的重要纽带。在我国广阔的疆域上，繁衍生息着多个民族，他们在改造自然的斗争中披荆斩棘、开拓疆土，同时又在改造社会的过程中相互交流、相互融合，共同缔造和发展了中华民族的灿烂文明，形成了博大精深的中华文化，产生了强烈的民族认同心理。中华文化具有涵养中华民族意识和国家意识的功能，中华民族则是一个崇尚家国情怀、家国天下的民族。那些常年侨居海外的华人、华侨同胞们，对于中国和中华民族的认同，很大程度上都是通过对中华文化的认同表现出来的。在粤港澳大湾区建设中，中华文化认同对于推动大湾区文化融合发展、加强港澳地区人民的民族认同心理和民族归属感、促进大湾区协同发展具有非常重要的意义。

（一）有利于增强港澳地区人民的民族归属感

民族归属感是人们认识到自己是所在民族的一员以及自己对民族的责任，从而自觉维护民族利益，积极为群体出力的一种情感。

中华民族自古以来就是民族归属感很强的民族。例如，汉朝为了打击匈奴，派张骞两次出使西域。他虽然碰到很多艰难险阻，但始终牢牢铭记自己是中国人，始终没有忘记汉朝赋予自己的责任。经过十多年的艰苦努力，张骞终于了解到西域各国的政治经济状况，向汉武帝提出合理建议，对扩大祖国版图和开拓丝绸之路作出了重大贡献。

在近现代，不少中国人包括港澳地区同胞，漂洋过海到世界各地谋生，但他们不管走到哪里，不管是否加入所在国国籍，都始终不忘自己是中华民族的子孙，并以不同方式为祖国的独立、富强作贡献。例如，在抗日战争时期，侨居海外的中华儿女捐款 13 亿元（国民党时期的货币）、侨汇 95 亿元以上。1939 年中国政府用于战争的费用达 19 亿元，而侨胞捐款和侨汇就达 11 亿元。华侨儿女还纷纷回国，奔赴保卫祖国的第一线。仅“南侨总会”就组织了 9 批汽车司机和汽车修理工共 3320 多人回国服务①。

民族归属感这种民族认同心理的形成，与民族的人种、血缘、地缘等因素分不开，但它更多地依赖于民族的共同语言、共同的风俗习惯、共同的宗教信仰与共同的文化传统。粤港澳大湾区人民同根同源，是粤方言流行地，属于岭南文化区域，有共同的风俗习惯和共同的文化传统。促进中华文化认同，有利于增强港澳地区人民对中华民族大家庭的归属感。

（二）有利于增强港澳地区人民的爱国意识

中华文化认同包含了对国家和民族的热爱，即爱国主义和民族认同。爱国主义是千

---

① 翁英．见证爱国情怀的珍贵墨宝：解读抗战中的榕籍华侨．赤子，2015（3Z）：2.

百年来人们对祖国和人民的一种崇高的深厚的思想感情和对国家、民族命运的高度责任感，也包含对祖国的名山大川、名胜古迹、家乡、文化和历史的关怀热爱。千百年来，中华民族热爱自己的国家，为祖国的独立、富强和文明而奋斗不息，可歌可泣的爱国主义事迹不胜枚举。

中华民族的爱国主义思想主要表现在三个方面：第一，对富饶、壮丽的祖国的关心与热爱。在祖国960万平方公里的土地上，山河壮丽，林幽泉美，资源丰富，世世代代哺育着中华民族子孙，感召着儿女们立志强国、奋斗不息。第二，对祖先创造和积淀下来的中华文明的热爱。我国有五千多年的文明史，祖先不仅创造了丰富的物质文明，也创造了灿烂的精神文化，并世代传承下来。祖先在古代就发明了火药、指南针、印刷术、造纸术和地动仪等，还在工农业生产和科学技术方面有重大成就，让中国成为四大文明古国之一。祖先筚路蓝缕的开拓和创造精神，激励着今天的中华儿女积极投身于科学技术革命，为赶超世界先进而奋斗。第三，为维护祖国独立、统一、富强而献身的思想。自古以来，中华民族儿女就对自己的祖国具有高度的责任感，与祖国的前途命运休戚与共。在近现代，当帝国主义入侵中国时，中华儿女为反抗侵略、捍卫祖国的独立与领土完整而不惜牺牲一切。当代中华儿女正在发扬爱国主义传统，在改革开放中坚持独立自主方针，不断取得新成绩，使国家建设欣欣向荣。

港澳地区人民有悠久的爱国主义传统，并为祖国独立、统一、富强作出了巨大贡献，功不可没。但是，近年香港少数青年在处理国家与地方关系时出现失当行为，反映出他们在中华文化认同问题上的离散倾向。通过对中华文化的传承、弘扬与创新，可以有效提升香港青年的历史责任意识，增强他们的爱国意识和民族认同感。

（三）有利于推动香港、澳门更好融入国家发展大局

中华文化认同能推动香港、澳门更好融入国家发展大局，有利于促进粤港澳大湾区协同发展，巩固中华民族的“大一统”。

中华民族历来崇尚整体观念，具有“大一统”观念。“大一统”这个概念出自《公羊传·隐公元年》：“何言乎王正月？大一统也。”汉朝董仲舒说：“《春秋》大一统者，天地之常经，古今之通谊也。”① 他还进一步指出，实现大一统，天下就安定了。这种“大一统”观念，不仅表现在政治上，而且表现在经济文化上，“车同轨，书同文，行同伦”反映了这种思想观念。由于“大一统”观念深入人心，而且在历史实践中，经受过国家分裂的痛苦，中华民族深深体会到祖国统一的好处，因此以国家统一为乐，以江山分裂为忧。这种人心向背是中国从秦汉以来统一时间约占6/7，分裂时间只约占1/7的

① 班固．汉书·董仲舒传．董仲舒思想学术研讨会专刊，2004.

一个重要原因。

改革开放以来，我们始终坚持推进祖国和平统一大业，实施“一国两制”基本方针，相继恢复对香港、澳门行使主权，洗雪了中华民族百年屈辱。在“一国两制”方针指引下，中华民族包括港澳同胞和华侨华人都在为祖国统一事业努力工作。国家提出粤港澳大湾区建设重大战略，有利于推动香港、澳门更好融入国家发展大局，让港澳青年在搭上国家快速发展列车的同时不忘为国家的发展作出贡献。

二、中华文化认同所包含的主要内容

文化认同是一个从外到里、逐步推进的过程。在当前全面推进粤港澳大湾区建设的语境中，中华文化认同既包括对中华优秀传统文化的认同，也包括对社会主义核心价值观和岭南文化的认同。

（一）对中华优秀传统文化的认同

对中华文化的认同，首先表现在对中华优秀传统文化的认同。习近平总书记指出：“中华优秀传统文化是中华民族的精神命脉，是涵养社会主义核心价值观的重要源泉。”[①] 中华优秀传统文化有着“以和为贵”“协和万邦”的历史传统，文化的包容性也是中华文明能在人类文明史上延续至今的深层原因之一。“和而不同”“天人合一”“德行精神”等价值追求，蕴含着深邃的智慧，对于化解全球客观存在的文明冲突具有启示意义，历史上中国价值观在亚洲便产生了深远影响。

在今天推进粤港澳大湾区建设中，我们要有传承、弘扬中华优秀传统文化的文化自觉与文化自信，以文化展示软实力。也就是要以“协和万邦”的文化自信，深入挖掘和阐发中华优秀传统文化“讲仁爱、重民本、守诚信、崇正义、尚和合、求大同”的时代价值，做好传统文化的创造性转化和创新性发展，释放中国价值观的文化魅力。

（二）对各民族优秀文化的认同

对中华文化的认同还表现在对各民族优秀文化的认同。习近平总书记指出：“本国本民族要珍惜和维护自己的思想文化，也要承认和尊重别国别民族的思想文化。不同国家、民族的思想文化各有千秋，只有姹紫嫣红之别，而无高低优劣之分。每个国家、每个民族不分强弱、不分大小，其思想文化都应该得到承认和尊重。”他坚持以开放的态度对待各民族文化，指出：“强调承认和尊重本国本民族的文明成果，不是要搞自我封

① 习近平．在纪念孔子诞辰 2565 周年国际学术研讨会暨国际儒学联合会第五届会员大会开幕会上的讲话．人民日报，2014-09-25（01）．

闭，更不是要搞唯我独尊、‘只此一家，别无分店’。各国各民族都应该虚心学习、积极借鉴别国别民族思想文化的长处和精华，这是增强本国本民族思想文化自尊、自信、自立的重要条件。”①

中国是一个统一的多民族国家。在“一国两制”下，各地域、各民族文化百花齐放、和谐发展。在共建粤港澳人文湾区的过程中，对优秀的各民族文化的认同，既包括对香港、澳门东西方文化融合的认同，也包括对汉族以及各少数民族不同文化的认同。

（三）对社会主义核心价值观的认同

“社会主义核心价值观是当代中国精神的集中体现，凝结着全体人民共同的价值追求。”推动思想层面的现代化转化，就是“要用社会主义核心价值观凝魂聚力”。当代中国价值观是中国人民立足时代潮流、实践经验和理想信念，以科学社会主义为基石，融中国传统文化价值、西方近现代文化价值的诸多精华于一体所形成的价值体系，社会主义核心价值观是其中的内核和精髓，是国家发展的重要稳定器。

在当代中国改革开放实践中，社会主义核心价值观发挥着精神引领作用，对于“一国两制”下的香港、澳门也同样具有道德规范作用。对社会主义核心价值观的认同，使中华儿女自觉地以相同的行为准则来规范自己的行为，协调人们之间的关系，形成协调和谐发展的中华共同体。在共建粤港澳人文湾区的过程中，要积极宣传、传播社会主义核心价值观，使之深入人心，形成当代中华民族凝聚力。

（四）对岭南文化的认同

粤港澳大湾区位于岭南区域，这一区域的地域文化——岭南文化作为中华文化的重要组成部分，具有悠久的历史和深厚的文化积淀。粤港澳三地地缘相接、人缘相亲，具有相同的岭南地理背景，历史文化属同一脉系，文化渊源非常深厚。大湾区的中华文化认同，毫无疑问包括对岭南文化的认同。粤港澳大湾区城市群是岭南文化的流行地。岭南文化资源丰富，包括建筑文化、饮食文化、粤剧曲艺、花文化、茶文化和“三雕一彩一绣”民间工艺等等，有着独一无二的文化积淀和岭南特色。例如广州的西关大屋、骑楼老街，香港的饮早茶习惯、粤语粤剧，澳门的广式点心和粤菜等等，都是岭南文化的代表。大湾区的协同发展，要以对中华优秀传统文化以及岭南文化的认同为基础，才能拥有强大的竞争优势和精神动力。

---

① 习近平．在纪念孔子诞辰2565周年国际学术研讨会暨国际儒学联合会第五届会员大会开幕会上的讲话．人民日报，2014-09-25（01）．

三、促进粤港澳大湾区中华文化认同的路径

在当前打造粤港澳大湾区的战略中，需要增强大湾区城市群的中华文化认同和文化辐射力，促进大湾区文化融合发展。广州和香港是大湾区城市群里岭南文化建设的重要阵地，要以广州和香港为主体，共同形成一种以岭南文化为联结纽带的湾区文化合力，建设和谐、温馨的人文湾区。

（一）弘扬中华优秀文化，加强港澳地区对中华命运共同体的文化认同

中华命运共同体意识是一种重要的国民意识和政治资源，是当代中华民族凝聚力的重要源泉，是维系粤港澳大湾区存在和发展的纽带桥梁，也是香港、澳门人民确认自己的国家和种族身份，将自己的身份自觉归属于国家，形成捍卫国家主权和民族利益的主体意识。为此，要大力弘扬、传承中华优秀文化，加强港澳地区对中华命运共同体的文化认同。

第一，培养大湾区文化共同体理念，增强港澳地区人民对于中华文化的认同。民族自觉、民族意识、民族感情、民族保持是相互关联的。文化认同的基础，是血缘、地缘和历史的共同记忆以及血脉相通的同根同源文化。98%的港澳同胞是内地的移民及其后代。因此，要积极发挥中华文化的凝聚力，加强民族自觉、民族意识、民族感情的感召力，发挥中华优秀传统文化的魅力，让香港、澳门同胞感受到中华优秀文化的博大精深和独特魅力，主动寻求身份认同，促进“湾民”文化认同和命运共同体意识的形成。要充分挖掘并宣传香港青少年与内地青少年具有无法隔断的血脉关系，使中华文化成为影响和引导香港青少年思想观念和精神世界的主流文化，通过深化交流，增进中华命运共同体意识。

第二，加强粤港澳大湾区的文化交流与合作，实现粤港澳价值观的融通协同。中华民族命运共同体意味着多种文化共生和多元文化主体共存，要促成大湾区民众的团结合作，形成命运共同体的意识和协同发展的合力，就必须要建立对中华文化的高度认同。首要任务是加强香港内部的凝聚力和共识度，加强香港民众对社会主义核心价值观的认同，形成两地文化认同的“最大公约数”。借助粤港澳大湾区国家战略和中华民族崛起的民族自豪感，经常组织香港与大湾区其他城市共同开展青少年夏令营活动，双方合作办学，经常开展文化会演、会展、文艺演出等活动，共同创业创新，就大湾区和国家的发展进行互动研讨等，在交流合作中增进互信和共识，从而促进对大湾区建设、对中华命运共同体的认同。

第三，继承和发扬中华民族优秀传统，在香港青少年心中形成富有时代气息的中华

文化。与时俱进、历久弥新才能使中华文化的精神家园魅力常在，要帮助香港青少年形成对中华文化积极的情感体验，在文化认同教育中建立通往民族意识、国家认同的桥梁。在坚定文化自信、加强中华优秀文化的传承与弘扬的同时，探寻遏制香港少数青年政治价值观异化和极端化之势的方法，进而弥合香港青年的归属性认同与赞同性认同的分化，协力推进大湾区政治价值共识的形成，最终在香港青少年心中形成富有时代气息的中华文化认同，增强中华文化凝聚力。

（二）促进大湾区民众的“湾民”身份认同，形成湾区文化合力

随着广深港高铁和港珠澳大桥的开通，便利的交通将促进大湾区城市间更紧密的联系，湾区各城市的市民对于“湾民”的身份认同也需要提上政策议程。而要实现“湾民”的身份认同，关键在于实现文化认同。粤港澳具有地域相近、文脉相亲的优势，因此，要创新大湾区“湾民”的管理模式，深化粤港澳跨境跨城合作，以“大广州”和香港为主体，共同形成一种以岭南文化为联结纽带的湾区文化合力，促进大湾区对岭南文化和中华文化的文化认同。“大广州”应作为一个包括广州和佛山中心城区在内的岭南文化核心覆盖地域，对接和强化“广佛核心都市区”，以此作为岭南文化枢纽，并提升广州的国际地位。

在湾区制度创新和文化认同上，一是可以面对民生实施统一的ID（身份标识）管理，使“湾民”或外来人口可以接受当地的社会和文化福利，增强认同感；二是以“服务湾民”为原则，实现跨制度的资源整合，建立跨制度的空间共同体和高品质的一体化生活空间，合作举办各种文化展览、展演、文化交流、文化遗产保护等活动，例如利用穗港电影产业资源丰富的优势，由广州和香港共同举办国际级的“岭南电影节”，使“湾民”能享有跨境跨城的文化共享服务，强化“湾民”对岭南文化、中华文明的文化认同和文化自信。

（三）促进大湾区文化产业协同发展

在粤港澳大湾区的文化产业协同发展中，要建立粤港澳文化服务联盟，设立文化产业专项资金，发展文化商业银行、文化互助担保服务、文化交易所、文化金融中介等，协同促进文化与金融融合发展；借助自贸区文化开发和投资贸易便利化、金融自由化等创新制度，促进外汇管理便利化，推动文化产业跨境投融资和“走出去”，提高文化金融国际化水平。

应实现珠江三角洲九市和香港、澳门之间的优势互补、错位发展。香港、澳门和深圳的文化产业优势分别为国际会展和影视、现代演艺、数字创意，而广州的优势在于文化软件和文化旅游，尤其是在动漫产业和网络游戏产业方面，广州是全国的游戏产业重镇。

目前，中国的网络游戏收入已占据全球游戏收入的23%，其中广东省的游戏收入占国内游戏收入超过70%，占据了全国游戏产业的高地；广州和中山则成为广东乃至全国的游戏产业重镇。因此，应大力发挥广州在动漫和网游产业方面的优势，加强动漫产业、网游产业国际合作，培育一批具有国际竞争力的文化企业。而在文化旅游方面，广州近年来一直占据粤港澳大湾区广东九市旅游收入排名的首位，在文化旅游方面也是优势明显，可以在与湾区内其他城市旅游资源整合的基础上，进一步优化广州的旅游环境、人居环境和配套设施建设，并将广州动漫、网游产品与广州文化旅游结合起来进行推广，创新旅游产品、旅游服务，做强做大动漫、网游和文化旅游等优势产业，强化广州在大湾区的文化旅游产业引领作用。

（四）促进岭南文化的“创造性转化、创新性发展”

通过粤港澳大湾区的政策和资源供给，支持弘扬以粤剧、“三雕一彩一绣”、武术、醒狮等为代表的岭南文化，实现岭南文化的“创造性转化、创新性发展”。面对粤剧粤曲和“三雕一彩一绣”等的发展困境，鼓励院团和传承人挖掘自身特色资源，创新文化产品和服务内容，以新的表现形式弘扬传统艺术，在剧目创作、舞台表现、运营方式、宣传形式上有新的理念和新的措施，切实提高精品剧目的市场适应力。打造一批具有岭南传统习俗的特色文化社区，培养各种岭南艺术的民间传人，推动具有岭南特色的优秀民俗文化成为现代都市生活的重要元素，营造弘扬岭南文化的人文氛围和建设城市文化生态的群众基础。

一是全景展示大湾区文化品牌。围绕中国梦、社会主义核心价值观、岭南文化、商都文化等主题，深度融合大湾区城市群的历史文化遗产，通过多种途径和手段，开展重大主题宣传，推出一批震撼社会、触动心灵的大湾区文化精品力作，扩大大湾区城市群文化品牌的影响力。

二是打造人文湾区名片。粤港澳大湾区每个城市群都有自己的人文特色和文化资源，要着力打造他们的文化名片。例如，对广州来说，要办好“南国书香节暨羊城书展”，办好广州国际纪录片节、国际漫画节、国际粤剧节等大型文化活动，支持岭南书画节、星海艺术节等地方特色文化活动，提升广府庙会、广州民俗文化节暨黄埔波罗诞千年庙会等民俗文化活动品牌的影响力，营造“书香羊城”品牌。支持香港做大电影节品牌、发挥香港传统的影视和流行音乐优势，并考虑在广州举办国际电影节，穗港共同造势，扩大南派影视的影响力。

三是在广州建立“对外文化贸易先行区”。广州应抓住粤港澳大湾区建设的契机，建立国家级的“对外文化贸易先行区”或“对外文化贸易基地”，加快文化产品、服务和文化企业的走出去步伐，加快发展对外文化贸易，提升广州文化产业国际竞争力。鼓励企业在境外开展文化产业投资，提高文化品牌内涵，突出“广州制造”和“岭南文化”理念。拓宽文化产品和文化服务走出渠道，鼓励文化企业参加国际重要文化活动、展会，提升广州展会的国际化水平。搭建文化会展交易平台，做强做大广州文化产业交易会，把广州建设成为全国乃至全球文化会展中心。发挥南沙自贸区、白云空港综合保税区的政策优势，积极发展文化产品跨境电子商务，打造世界知名文化品牌商品展示、批发、零售中心。

四是以高端内容创作、创意设计、数字文化等人才为重点，加大对文化产业人才的培养和扶持力度，为文化产业发展提供人才支撑。

温朝霞，中共广州市委党校（广州行政学院）教授

本文刊载于《探求》2019年第7期

构建粤港澳大湾区文化想象共同体

凌　逾

近年，“粤港澳大湾区”成为热词。该区由香港、澳门两个特别行政区和广州、深圳、珠海、佛山、惠州、东莞、中山、江门、肇庆九个珠三角城市组成，即“9+2”城市群。这是二十一世纪初跨界融合的国家级大项目：跨体制、跨区域、跨经济、跨文化，实现三种体制、三种货币、三种法律、三种教育、三种文化格局的多维跨越整合，其中至关重要且有难度的是打造人文湾区，融界于无形。党的十八届五中全会提出“创新、协调、绿色、开放、共享”的新发展理念，以此为指引，有利于增强大湾区文化软实力，提升居民文化素养与社会文明程度，共同塑造和丰富湾区人文精神内涵。

建构大湾区文化的一体化，需要远古文化史料的支撑，乃至当代文化的再想象和再建构。深究历史根源，大湾区的地名发展脉络颇为复杂：百越、岭南、珠三角、省港澳、粤港澳……换名不换地，多变名字背后蕴含丰富历史话语。历经几千年“山海经式”发展，粤港澳大湾区如今已成为一块宝地。梳理大湾区命名史的前世今生，了解大湾区各地分分合合的前史脉络，纵览大湾区文学在历史长河中的文化渊源，有利于促进大湾区文化一体化的现世凝结。

本尼迪克特·安德森《想象的共同体》一书认为，“想象的共同体，需要富有创造性、想象的、积极的文化来凝结。”① 宗教诠释个人苦难，将之转释为业报、原罪与重生。民族主义则诠释文化体系不证自明的合理性，如印刷报纸和书籍媒介创造出匿名的共同体，是现代民族的正字商标，资本主义、印刷科技、人类语言三合一使现代民族共同体得以萌芽。时过境迁，当今社会已走向网络社区主义时代，不再是印刷资本主义时代。书籍作为最早批量生产的现代工业商品，已逐渐被网络手机取代，从同天看报发展

① 安德森．想象的共同体：民族主义的起源与散布．吴叡人，译．上海：上海人民出版社，2016：2.

为同秒看网，无时差、无空间距离感的后现代免费信息产品唾手可得，人们理解世界的方式已发生根本变化。

在“网络+”融媒介新语境下，“阅读阶层”逐渐被“刷屏阶层”取代。那么，民族想象共同体将被什么取代，是网络社区文化建构人造物吗？人类已从神权到皇权再到民权转化，之后是否变为网权、智权（即人工智能权利）？研究大湾区的文化想象共同体，应对当下文化发展难题，要从头说起，了解来龙去脉。本文将从大湾区历史地貌血脉文化、移民人才多元文化、跨界创新文化三方面展开探究。

一、史地血脉基因凝聚大湾区文化的原动力

大湾区前身是南岭、珠三角，这些地理概念勾勒出山山水水雕琢的聚宝之地。若反复端详中国地图上的“蓝水绿山”符号标识，我们会更加清楚千山万水如何织就岭南的风貌蓝图。若以青山命名，岭南概称南方五岭以南的地区，以越城岭、都庞岭、萌渚岭、骑田岭、大庾岭五座山为界。岭南被北回归线横穿中部，含广西东部至广东东部和湖南、江西四省边界处。宋代向滈《南歌子·路尽湘江水》云：“路尽湘江水，人行瘴雾间。昏昏西北度严关。天外一簪初见、岭南山。　北雁连书断，秋霜点鬓斑。此行休问几时还。唯拟桂林佳处、过春残。”南岭山脉让古人惊悚。这座天然屏障阻碍了岭南与中原的交通与经济联系，早期岭南经济文化发展水平不及中原，秦汉时被称为“蛮夷之地”。其实，秦之前岭南已有新石器和青铜文明，是中华文明发源地之一。若以绿水命名，这块珠江三角洲包括由西江、北江共同冲积成的大三角洲与由东江冲积成的小三角洲，小珠三角位于广东省的珠江下游，毗邻港澳，与东南亚隔海相望，海陆交通便利，被称为中国的“南大门”。明清时期，跨越五岭已不再那么艰难，因水路发达，珠江边发展为繁华地带，广州府隶广肇罗道，辖1州15县，含今珠三角大部分地区，是广府文化的核心地带。

百越、岭南是历史概念，是由年年月月刻写的时间迷宫。因各朝代行政建制不同，岭南建制的划分和称谓也各异。先秦古籍统称长江以南沿海一带的族群为越。《吕氏春秋》统称“百越”，越即粤，古代两字通用，百越、百粤、诸越同义。后来又分为吴越与南越，即江南与岭南。《史记》论及岭南极简：“三十三年，发诸尝逋亡人、赘婿、贾人略取陆梁地，为桂林、象郡、南海，以适遣戍……适治狱吏不直者，筑长城及南越地。”而中山大学林岗教授论著《秦征南越论稿》则填补《史记》空白，通过参详大量典籍，从春秋战国的南方疆界、船舶、水运、水战、治水、交通等层面入手，详尽剖析秦征战岭南的原因、过程及其意义，分析秦始皇北筑长城、南征百越的雄心战略。公元

前219年，秦军在兴安修建灵渠运河，成为集军事、交通、水利、文化于一体的跨界产物。公元前214年，灵渠凿成，秦将赵佗带兵南下，以灵渠作为水路枢纽、以严关为陆路关隘，秦城尉集结戍守大本营，水路并通，平定统一岭南。赵佗和辑百越，中原人入乡随俗，用联姻方式弥缝族类裂痕①。灵渠打通湘江、漓江，进而打通中国两大水系——长江和珠江，使得中原文化播植岭南。北有长城，南有灵渠，再加京杭大运河，黄河、长江、西江与珠江流域得以统一，其后西江、珠江一带衍生出海上丝路千年繁华，从广信合浦到徐闻肇庆，到广州、珠三角。岭南被分为三大区——南海郡、桂林郡、象郡。南海郡尉任嚣在“南武城”东面增建“任嚣城”，即早期广州。906年，南汉刘隐将城南禺山凿平，修建“新南城”，更靠近珠江江岸。古老的番禺城依着番山、禺山、珠江水而建，即今之广州城。

岭南，则是唐代行政区之名，唐太宗依据“山川形便”原则，分天下为“十道”，岭南道指南岭之南的地区，即今广东、广西、海南全境及曾属中国统治的越南红河三角洲一带。谭元亨将中华岭南文化演变史分为五个时期②：一是番禺期——中原文化动荡中的缺席，二是广信期——中央一统的汉化定型，三是广州期——来自亚洲文化的激活，四是珠玑巷期——国运衰落时的心理强化，五是穗港期——世界文化碰撞中的异军突起，概括到位，脉络清晰。

密密层层的历史年轮刻写了岭南的年表谱系化石。在漫长的历史中，百越的命名时间短，岭南的使用时间长，大湾区是新近的命名。这些命名经历了由大到小、由模糊泛化到明确集中的过程，所指代的区位概念、区域范围有明显变化：早期，百越涵括九州内的扬州州域；其后，岭南指广东、广西、海南、香港、澳门三省二区，即今华南区域范围；如今，大湾区则指珠三角一带的“9+2”城市群。就地理范围而言，粤港澳大湾区相比岭南、珠三角这些命名更为聚焦。

共处五岭地，共饮珠江水，同讲粤方言，造就了大湾区共同体的历史根脉，文化同源、人缘相亲、民俗相近、优势互补。岭南文化涵盖语言饮食、移民侨乡、岭南建筑、园林、画派、戏曲音乐、工艺美术、民俗节庆、宗教文化等丰富内容。叶春生著有《岭南民俗文化》《岭南民间文化》《岭南俗文学简史》《岭南民俗与旅游》《广府民俗》等论著，论及岭南民俗与百越文化的关系、神话传说故事谣谚等口承文艺轨迹、衣食住行等有形民俗文化形态、文化心理现象等议题。

历史文化血脉基因是大湾区共同体的根基。过去，岭南因群山阻隔而具有封闭

① 林岗．秦征南越论稿．广州：广东人民出版社，2017：166.

② 谭元亨．岭南文化艺术．广州：华南理工大学出版社，2002：68.

性；后来，又因江湖河海的船舶远洋开拓，而成就了兼收并蓄、包容务实、重商进取、冒险求新的岭南文化精神。如今，大湾区更强调富有开放性的大气磅礴的海洋精神，陆海统筹、科学开发，拓展粤港澳蓝色经济空间，合作建设现代海洋产业基地。粤港澳大湾区是带有高期待值的、富于时代特色的全新命名：不仅要建成充满活力的世界级城市群、国际科技创新中心、“一带一路”建设的重要支撑、内地与港澳深度合作示范区，还要打造成宜居宜业宜游的优质生活圈，成为高质量发展的典范。粤港澳大湾区以香港、澳门、广州、深圳四大中心城市作为区域发展的核心引擎，以广府文化作为核心文化，意在建成世界级城市群，与美国纽约湾区、旧金山湾区和日本东京湾区并驾齐驱的世界第四大湾区。同时促进广东“一核一带一区”发展：推动珠三角核心区优化发展；把粤东、粤西打造成新增长极，与珠三角城市串珠成链形成沿海经济带；把粤北山区建设成为生态发展区，以生态优先和绿色发展为引领，在高水平保护中实现高质量发展。

二、海内外移民人才造就大湾区多元文化的新活力

岭南是一个移民概念，是由千千万万国人流动、聚合而成的宝地，是中外文化融合、海内海外交流荟萃的结晶体。大湾区文化既有南越文化遗传，也受中原文化哺育，既有广府、客家、潮汕、少数民族文化，又受西方文化及商品经济影响，具有多元层次。当代大湾区更重视大力引进海内外人才，在政策上激励科技、文化的创新发展。

岭南文明诞生与国人无数次入迁和出徙的移民史密不可分。唐宋末年，中原战乱频繁，不少民族为避战祸和天灾，来到南雄珠玑巷居住数年或数十年，逐渐适应岭区气候和生活习惯后，逐步南迁珠三角。清《广东通志》云“珠玑在南雄府保昌县沙水寺前，相传广州梁储、霍韬诸望族，俱发源于此”，珠玑巷被称为“七百年前桑梓乡”。

北方中原人与岭南粤人先后融合，形成了广府、客家和潮汕三大民系。广府民系由中原移民与南越族融合而成，中原人居于西江、北江流域及珠江三角洲，也把中原雅言带到岭南，粤语是中原雅言于秦汉传播至两广与当地古南越语融合产生的方言。客家先民入粤较迟，平原沃土已被当地人和先期移民占据，故多处闭塞贫困山区，靠艰苦奋斗图存，俗云“逢山必有客，无客不住山”。宋元移民入潮，闽文化南来，沿海潮汕开发，明清形成海上互市的潮汕民系文化，潮州素有“海滨邹鲁”美誉。在岭南三大民系中，广府占珠水，客家占丘陵，潮汕占沿海，山水相依，形成了各有特色的水文化、山文

化、海文化体系。

岭南是海上丝绸之路的源头之一，兴起于汉武帝灭南越国之后。从唐朝开始，沿海的广州就是世界主要贸易港口。梁启超《世界史上广东之位置》指出，早年广东在国内寂寂无闻，但在国外享有盛誉，因有海丝路。该文详尽梳理南路海道的分期发展史，大量引用国内外文献，以证明广东日益成为世界“交通第一等孔道”，“非徒重于世界，抑且重于国中”。如今大湾区海域海业发展更受重视。今世的海上丝绸之路愈加壮大，航海船业海产、海上贸易发展进入快车道。

在2200多年建城史中，广州与海丝路密不可分。黄勇梳理过广州商业史①：秦汉时南越国开始海上贸易；唐朝时期，广州已是海中蕃夷、四方商贾杂居的国际化城市。明永乐四年，朝廷在广州设怀远驿；清康熙二十三年开海贸易，广州成立十三行管理对外贸易；乾隆二十二年，清府实行粤海关对欧美一口通商，十三行成为清代的全球航运、商贸、金融中心。从汉代的“译长”到唐宋的“蕃坊”，再到近代的“买办、洋行”，珠三角是中国海洋经济的前沿地带，造就了千年商脉，逐渐演化为“天子南库”。2020年叶曙明出版《广州传》梳理广州四项历史：一讲城市形态变化，讲城池、建筑、街道等毁建过程；二讲生活形态、衣食住行玩、民间习俗节庆等；三讲经济形态变化，追溯对外贸易史，呈现广州海丝路的位置与作用；四讲文化形态如文化教育传承、民间工艺等变迁，首次为广州立传。

几千年海丝路使岭南人的海内外移出史、华侨史源远流长。自明代起，因航海业发展，岭南人更是不断移民到东南亚，岭南侨商在海外建会馆。晚清鸦片战争后，民生日艰，许多岭南人被迫背井离乡，甚至跨越大洋，移民美洲，筚路蓝缕，历尽艰辛。到1876年，移民到美国的粤籍华人已有4万余人。美加、欧洲、东南亚各地有大批华人扎根异国，建成唐人街，粤语不绝于耳。

澳门开埠四百多年，环球海洋贸易史更为悠久。1553年，葡萄牙船队从“娘妈角”登陆，入踞澳门。1849年，衰落的葡萄牙政府借英国等国发动的攻势，趁火打劫，迫使积弱的清朝驻澳官府撤离澳门。1887年签订《中葡和好通商条约》，葡萄牙人终于在东方找到了可以进行贸易的切口。

香港在汉朝时隶属南海郡博罗县，在东汉已有民居，1955年考古挖掘出李郑屋古墓。唐朝时青山（今屯门）一带有驻军、港埠，外国船舶先经青山再转广州。穗港唇齿相依，广州是清朝对外开放的唯一商埠，香港的对外通商也很重要。第一次鸦片战争

① 黄勇．浅谈粤港澳大湾区“千年商脉”的前世今生．（2019－09－18）．http：//www.infonht.cn/ViewMessage.aspx？MessageId＝8259&ColumnId＝21.

后，英国强占香港岛，以扩大对华及远东诸国贸易。通过《南京条约》《北京条约》《展拓香港界址专条》（新界租约）的签订，英国强占香港岛、九龙和强行租借新界等中国领土。近代中国战争无数，从鸦片战争到辛亥革命到抗日战争到解放战争，香港接受了大批难民，成为避风港。时移境迁，迁徙流转，港人对时运更为敏感。香港是典型的移民城市，难民潮、人口增长、人才引进成就了香港。香港主要有四次人口南下潮：清末前来的多是客家人；二十世纪初很多潮汕人扎堆长洲岛；二十世纪中期以上海移民为主。1984 年，中英签订《关于香港问题的联合声明》，决定 1997 年 7 月 1 日中国对香港恢复行使主权，实行“一国两制”。世纪之交，港澳引进全国各地人才，涌起一波南下潮。

大湾区人才流动、海内外文化交流频繁，粤港澳因此密不可分。岭南有十大名门望族：陈、何、许、梁、金、黎、崔、李、徐、凌，这些世家后代开枝散叶到了世界各地。广州长洲岛深井古村走出了凌福彭，他走向北京史家胡同，其女凌叔华作为“高门巨族的精魂”走向新加坡、英国等国。许家有名人许广平，许绍雄则成了香港影星。澳门行政长官何厚铧祖籍番禺。清光绪十四年，归国华侨陈瑞南、陈照南找到慈善名人陈香邻，倡议兴建陈家祠。梅州人黄遵宪历任驻日本公使馆参赞、美国旧金山总领事、新加坡兼马六甲总领事等职，被誉为“近代中国走向世界第一人”“近世诗界三杰”。

广东人唐陶华和唐瑜父子均对繁荣岭南当代文化卓有贡献。1945 年，唐陶华进入美国威斯康星大学研究所读硕并任教，1948 年回国，作为海归人才在华南师范大学任教 30 余年，有《美国历史上的黑人奴隶制》等著述，1972 年还参与翻译联合国文件。唐教授次子为北大教授；小女为高级工程师，著有《往事如云》；长子唐瑜早年参加革命，一生耕文种德，有散文集《掠波集》《眺望集》《风雨情怀》《海外风尘》《驿站》《在路上》，短篇小说集《绿谷》，作词《爱的小夜曲》，纪实文学《九连山黎明前的战斗》等。唐瑜的《前沿文化纪事》① 详尽记录改革开放十余年间广东文化事业如何在一片质疑声中艰难前行。凌云森书评《敢为人先创广东文化》② 分析唐瑜如何为广东文化繁荣作贡献：1979 年调任广东省文化厅，副厅 4 年，正厅 8 年，创下不少“全国第一”——第一个音乐茶座、轻音乐团、轻音乐调演、舞会、歌舞厅，全国第一个现代舞团“广东现代舞团”同一时期内在国际比赛中获金牌数最多，被视为“中国改革开放的象征，是认识中国现代艺术发展的重要窗口”。1984 年广东在全国首创“艺术节”，历时 38 天，

---

① 唐瑜．前沿文化纪事．广州：花城出版社，2008.

② 凌云森．敢为人先创广东文化．新世纪文坛，2009-07-18.

参演节目33台，话剧《特区人》和舞剧《牡丹亭》赴京演出，反响大。1987年广东举办“欢乐节”，9天观众达44万人次。当时文化部负责人称唐瑜是“全国最早研究文化市场的厅长”。

近几十年来，广东不断有从全国各地移居并获得本地户口的新移民，如今粤港澳依旧是移民城市群，是人口流动量名列前茅的区域，“外来务工者”“新深圳人”“港漂澳漂穗漂”等各类漂族都是大湾区人口的重要组成部分。南漂的文学书写与北漂相映成趣。二十一世纪前后，海归派回流日增。广州打造的“留交会”被誉为“中国海外留学人员交流第一品牌”。“中国留学人员广州科技交流会”创始于1998年，响应“大众创业、万众创新”精神。

在世界范围内，十八至十九世纪的移民多从中心到边缘，二十世纪的移民则从边缘到中心区域。而岭南的移民，自秦到明清多是自北向南移；明清后海外移民增多，自东向西的华侨日增；二十世纪改革开放后，从乡村到城市的移民增多；新世纪后，海归回流移民增多，大湾区内互流增多。自古以来，岭南人的移入移出、远道迁徙成为常态，移民历险渗入岭南人的文化心理，铸就了开拓冒险、勇开风气的创新精神；爱乡爱家的浓郁乡土观念又使他们回流，将从西方习得的先进技术和经营管理经验反哺，促进珠三角文化现代化和海洋经济化。流动自然造就文化融合，就像广府、客家、潮汕三大文化体系的差别已没有那么明显，因三大民系互相联姻，都讲普通话，均走向大城市，各地交通便捷、流动频繁……这些都是有形无形的催化剂。人才人力流动、多元文化活力是大湾区文化共同体的源头活水。

三、跨界融合创新铸造大湾区共同体文化的核动力

岭南是一个文化概念，是千秋万代传统文化塑造的文明之地。

自古以来，岭南就注重耕读传家文化教育。秦征南越，中原文化逐步渗透。汉代广州已有官学、书馆、精舍等私学。唐宣宗大中五年（851年），17岁封开人莫宣卿高中状元，为岭南第一位状元，遗憾的是他30多岁早逝，墓联云：“甲第开南粤，箕裘启后昆。”① 唐宋时，粤北诞生了张九龄、刘轲、邵谒等名人。梅关古道开通后，不仅有往来的商客使节，还有遭遇贬谪的唐宋文人，左迁岭南也许是诗家的不幸，却是岭南的福音，中原饱学之士南迁，以诗文重塑岭南形象。北大文学博士陈桥生著有《唐前岭南文

① 徐南铁．岭南纪事．广州：广东人民出版社，2017：371.

明的进程》①，探究中古时期的岭南文史。林岗教授的长文书评切中肯綮：“该书从贬谪文学入手研究岭南，也考量本地文化如何在与中原文化的交流融合中生长壮大，描绘出岭南地域文明成长的生动图景，研究角度令人耳目一新，既有史识也有文心。”② 全书脉络清晰，社会史、群体史与个人史结合，对唐前岭南文明发展进程进行爬梳剔抉，探讨中原文明如何经由文人引入而泽被岭南，促进当地经济、文明的推衍发展，以及岭南文明又如何反过来影响中原文明，展现了岭南与内地交融愈益密切通畅、成果日益丰富的过程。

经过漫长的文化淬炼，岭南开始崭露头角，珠三角名号也响亮起来，成为中国政治、经济、思想、文化革命和发展先导，开风气之先。近代广州万木草堂的康有为、梁启超师徒均为维新骨干，从郑观应《盛世危言》、何子渊的教育革新，到孙中山领导的民主革命，岭南文化是中国近代政治革命的重要代表和领导力量。清末民国年间，珠三角海洋经济化，以出口贸易为主体，岭南出海口是世界贸易的重要地带，通往世界各地，四通八达。岭南从农牧业发展到工商业，再到金融信息产业，经历了多次华丽变身。岭南人善于包容万有，因地制宜。

近代以来珠三角多被称为“省港澳”。十九世纪六十年代，英资企业在香港开设“省港澳轮船公司”，运货载客，旅游套餐的轮船所经路线将广州、香港、澳门三地并联推介：“省”有时指广东省，有时指省会广州；“港”指“港口”；“澳”指海边弯曲可以停船的地方，如澳门、大澳等；“门”指可通船的通道，如虎门、屯门。珠三角曾有俗语曰“广州城、香港地、澳门街”。1949 年以前，香港与广东文化一体，可谓省港一家。新中国成立更为岭南地方文化复兴提供了条件，但三地发展有时差。香港二十世纪五六十年代经济起飞，八十年代成为“亚洲四小龙”之一，逐渐发展成为享誉世界的国际化大都市。澳门经济以第二产业和第三产业为主。港澳是中国国际自由贸易港，货物、资金、外汇、人员进出自由，具有单独关税区地位，与国际经济联系密切。2016 年，澳门博彩及博彩中介业占生产总值的比重为 47.2%。改革开放后，广东经济高速发展，进入新文化时期，岭南的粤语文化、粤式生活方式引领风潮，深圳作为移民新城闪亮崛起。美国学者傅高义《先行一步：改革中的广东》一书从旁观者的角度，详尽记录了 1978 年底开始的广东改革风云及深层原因。当代广东急起直追，迎头赶上，经济发展带来了文化新气象。

① 陈桥生．唐前岭南文明的进程．广州：广东高等教育出版社，2019.

② 林岗．史识与文心：读陈桥生《唐前岭南文明的进程》．岭南文史，2019（4）：5.

新世纪后，“大湾区”概念逐渐成形。2015 年 9 月，“珠三角国家自主创新示范区”获国家批复，意在建成开放创新先行区、转型升级引领区、协同创新示范区、创新创业生态区。2017 年 7 月 1 日，习近平总书记出席《深化粤港澳合作　推进大湾区建设框架协议》签署仪式。2019 年 2 月 18 日，中共中央、国务院印发《粤港澳大湾区发展规划纲要》。

一是弘扬大湾区的优秀传统文化。岭南人有敢闯敢干、敢为人先、创新求变、与时俱进的文化精神。岭南学前辈刘斯奋先生将之总括为“不定一尊，不拘一格，不守一隅”的三不主义①，实为至理。大湾区一体化不仅可以挖掘传统民俗、风情、风物的相似性，也可以挖掘语言习俗、礼仪民俗的相似性，传统文化具象化代表更应受到尊重和重视，如保护粤语等方言，使之不成为化石。岭南被称为“千年商都”，粤商与晋商、徽商是明清中国“三大商帮”，商业文化也是岭南人骨子里的精神之一，其所带来的开放性、包容性也是大湾区成为共同体的重要原因。因此有必要对比研究古今商业文化特性，拓展新时代商业文艺创作，如梁凤仪的财经小说，如电商文学、商业网络文学等，都值得深化。大湾区从山水一体转为交通一体，如策划 2020 年城际铁路与地铁一体化互联互通运营、一票通达换乘快捷，还有全面放开澳门机动车进出内地。大湾区一体化，一方面要寻找民心相通、民向共鸣之道，各地文化慢慢渐变，互相吸收融合，以至总有一天，三地的个别性渐渐消失；另一方面也要讲究和而不同、美美与共，共性与个性并存，促进多元文化的繁荣与发展。其中的“度”最难把握。

二是弘扬现代印刷文化，出版相关书籍和创办报刊。岭南论著述丰硕。广东出版界前辈岑桑主持出版的“岭南文库”有 140 余种，“岭南书系”230 余种，可见岭南学已开掘成一口深井。《岭南文化知识书系·南粤先贤》为“岭南文库”延伸，一书一名人，如张九龄、韩愈、苏轼、文天祥、吴趼人、林则徐、丘逢甲、康有为、郑观应等。《广州大典》搜集整理广州文献典籍，传播广州历史文化，由广州市委宣传部、广东省文化厅策划编纂。该书系分经、史、子、集、丛五部，收录 4064 种文献，编成 520 册，底本来自国内 55 家、国外 14 家藏书单位及 6 位私人藏书家，珍本善本等文献众多。该书系自 2005 年至 2015 年十年坚守得成，时任文化部副部长周和平赞曰：“由地方政府出巨资，地方文化部门主持编纂的大型文献丛书，在全国尚属首创。”此外还有《广州掌故》《羊城风华录：历代中外名人笔下的广州》、李锦全《岭南思想史》、闫恩虎《广东客

① 林岗．史识与文心．南方日报，2019-09-01（A07）.

商》、朱崇科《鲁迅的广州转换》、李小松等编《历代入粤名人》等著述。但是，书写当代名人名业的当代岭南文丛书系还可拓展。

三是弘扬后现代的网络新媒介文化，打造新的文学艺术样态。大湾区创意文化是重要特色，尤其是香港的创意写作、跨媒介创意文艺早就很出色，不容小觑。创新、创意是大湾区文化共同体的内动力、核动力。

广东省作协张培忠书记、蒋述卓主席都很重视大湾区文化建设，2019年举办首届粤港澳大湾区文化艺术节，珠江、香江、濠江三江汇流，搭建人文之桥。2018年11月4日，蒋述卓组织举办暨南大学粤港澳大湾区会议。2019年11月1日至4日，华南师大文学院、审美文化与批判理论研究中心、粤港澳大湾区跨界文化研究中心在段吉方院长组织下举办"走向媒介融合的文学与文化研究"第一届国际学术研讨会。蒋述卓发表了系列论文如《创造一种大湾区文学新样式》《大湾区文学要创造新的文学样式和文学观念》《粤港澳大湾区流行文艺生态试探》《粤港澳大湾区文学的共时呈现》等，走在前沿。

在网络数码新媒介时代，新一代文学不再是汉赋唐诗宋词元曲明清小说，而转型为跨媒介文艺，如《跨媒介叙事》《跨媒介香港》《跨界网》等论述跨媒介文艺的成因、形态、特色、风格和意义，尤其是二十世纪八九十年代和二十一世纪初之际，港派跨媒介创意在边缘的夹缝中绽放华彩，走在前沿，其电影、电视、动漫、粤语流行曲、武侠科幻言情商业侦探通俗文学、高雅严肃文学、实验话剧都有大批佳作，在文学叙事与广播影视、数码网络、赛博符号、文化地理、空间叙事、展演艺术之间跨界贯通，挖掘文学艺术媒介科技之间的化学反应，而不仅是物理式连锁反应，更具有范式意义。香港跨媒介创意熠熠生辉，而且辐射影响到广东、广西、福建、台湾以及东南亚、北美唐人街等海内外区域，形成了特别版图，"东方之珠"美誉名不虚传。在互联网时代，大湾区文化借助新媒体平台优势已是必然走向。粤港澳是高端人才集聚的城市群，高科技和创新性是新媒介文化的特点之一，如广东动漫产业发展势头好，由此，还可进一步拓展大湾区跨媒介文艺创作。

随着大湾区建设的深度发展，新媒介文艺和传播均有新发展。如周报《大湾区时报》于2018年在澳门创办，打造多媒体平台，除报章外亦提供网页、手机App、微博及微信公众号、凤凰新闻号、今日头条号、Facebook专页版本，全方位出击，赢取多层次受众，以专题形式深入报道粤港澳大湾区经济时政、湾区快讯、澳门要闻、高端访谈，报道中国及国际新闻、产经、体育及文化新知等。2020年，广东省作协创办《粤港澳大湾区文学评论》杂志，由贺仲明教授主编。如今印刷体文章更注重借助微信公众号、网站等数字平台加以传播推广。

面向未来，我们可设想策划大湾区文化共同体的各类活动。第一，举办网民化时代的“大湾区跨媒介文化艺术大赛”，鼓励跨媒介文艺、赛博文艺创作，化用科技元素，活用传播媒介，创设虚拟意象，在伊托邦时代创造出新符码，将现代文化与后现代文化结合，挖掘佳作和经典精品，构造大湾区的文创品牌。第二，举办“大湾区文化考现学大赛”，拓展文学与地理交叉学科，以摄影录像、数码地图、大数据取证、网络传播等方式考察大湾区地志文化，漫游城市，挖掘港湾、街道、郊野、离岛内外，注重在场感和现场感写作①，个体考现范例如也斯《也斯的香港》，董启章《地图集》《永盛街兴衰史》《V城繁胜录》，潘国灵《城市学：香港文化笔记》，葛亮《小山河》，唐睿《脚注》，陈智德《地文志：追忆香港地方与文学》，廖伟棠《衣锦夜行》，还有集体考现作品如张美君《沙巴翁的城市漫游》、也斯《西新界故事》等。考现文学让空间成为主角，结合行万里路与读万卷书，融通文学与影像、视觉与听觉，搭建虚构与非虚构、个体和集体考现叙事等，城乡地景与文学风景交响，发展出新范式。第三，策划建设“大湾区多功能一体文化馆所”，集人文馆、文学馆、图书馆、省情馆、方志馆、博物馆、网络馆、动漫馆、电游馆于一身，实物与屏幕展结合，线上与线下一体，使受众的互动性与沉浸感更强，还可定期策划各地沙龙荟萃、高科技文艺展演等，利于弘扬大湾区精神，构筑大湾区文化一体化思想。

经济是长远的，文化是永恒的。两千余年来，粤港澳大湾区从由山脉水系构筑的山水共同体、史地共同体，变为由移民构筑的民俗习俗共同体，再到由文化构筑的政治经济文明共同体，再发展到由网络构筑的想象社区共同体，经历了翻天覆地的变化。印刷时代的民族共同体，重民权，切换到网络时代的网民共同体，重网权，网民讲究网感，有自成一体的网络话语系统。近百年来，大湾区由岛向陆发展，由海向天发展，由海洋蓝色文明向航空天空文明发展；由来料加工制造业，发展为电子产品制造业、网络数码创造业、人工智能创造业，并从实验室走向产业园，创新行业蓬勃发展，如华为、腾讯等高科技企业。人类从为空间、资源、纸媒而战，转向为太空、芯片、智媒而战。时至今日，现代印刷技术虽重要，但传播速度较慢，而数码网络传播更高效便捷，屏读日益取代阅读。若建立线上大数据库如“大湾区文化信息数据库”等平台，可精准分析区域文化与区域个体的文化取向；借智能化网络营造共时共情共

---

① 凌逾．城乡地景与文学风景：文学空间考现学．香港文学，2018（5）：22-39.

鸣的新型虚拟空间；通过跨媒介文艺、跨界艺术实现艺术与技术、人文与科技、文艺与媒介深度融合，这些都有利于加强大湾区文化的凝聚力，促进大湾区文化想象共同体建构，可以进一步拓展开发。

凌逾，华南师范大学文学院教授

本文刊载于《粤港澳大湾区文学评论》2020 年第 1 期

粤港澳大湾区城市群的文化生态及社会想象

赵静蓉

时至今日，当我们谈到粤港澳大湾区时，我们会不约而同地用“经济实力雄厚”“发展活力充沛”“国际竞争力强大”等词语来描绘它，把这个既具体又抽象的概念想象性地刻画成一个明亮、广阔的形象。实际上，这一形象也正是国家对粤港澳大湾区的发展定位。2019 年 2 月 18 日，中共中央、国务院印发了《粤港澳大湾区发展规划纲要》，其中明确指出，粤港澳大湾区应当致力于“建设富有活力和国际竞争力的一流湾区和世界级城市群，打造高质量发展的典范”，实现“社会文明程度达到新高度，文化软实力显著增强，中华文化影响更加广泛深入，多元文化进一步交流融合”。

在数字媒介迅疾发展的今天，从文化的视角审视城市建设、通过构建城市共同文化来增进城市间的价值认同，已成为城市发展和城市实力增强的重要途径。2019 年习近平总书记在上海市考察调研时也曾指出：“文化是城市的灵魂。……要妥善处理好保护和发展的关系，注重延续城市历史文脉……坚定文化自信，增强家国情怀。”作为一种特殊的城市群，一个从区域性经济合作体上升为国家级全球竞争体的城市群，粤港澳大湾区有着非常特殊的文化生态，它是一个以经济驱动为基础、以城市为主体、以历史经验和文化认同为助力的“理想共同体”。而提升粤港澳大湾区的文化凝聚力，深化内地和港澳的文化融合与交流，促进这一共同体的发展建构，则必将推动中华优秀文化的传播、传承和发展。因此，本文将从“文化”入手，多维度、多视角地辨析粤港澳大湾区城市群的文化生态，对其社会想象和理论可能进行阐释，探究粤港澳大湾区城市群文化发展的多种可能性，为文化认同、文化治理与国家形象建构等重大议题提供区域想象与经验。

一、大都市的“文化乡愁”

粤港澳大湾区城市群的文化生态不同于单一的城市，也不同于已有的其他三个大湾区，可以说，它是“另一个中国”（理论和制度层面）或“中国中的世界”（现实和文化层面），具有特殊的文化生态。一方面，它与其他城市（群）一样，必须经历一种与全球相连的世界转型，因此它是世界主义的，国家发展规划已经非常清晰地为之作出了界定。发展的、进步的现代性不仅是粤港澳大湾区城市群的必经之路，也是它被期待在未来社会中必须实现的目标。而另一方面，当我们致力于粤港澳大湾区的发展和未来时，与之同根同源的另一个问题，即“文化乡愁”问题也不得不引起我们的关注。

这里所说的“文化乡愁”与传统意义上的“乡愁”有着本质的不同。从时间的维度来看，粤港澳大湾区的文化乡愁不是怀旧式的乡愁，而是发展式的乡愁；不是以已经完成的过去而是以尚未实现的现实为缘由的，是切切实实朝向未来的、以目标为导向的乡愁。从空间的维度来看，“乡”（对象或寄托）不是传统的乡村、故乡、此岸，而是现代的都市、异乡、彼岸；“愁”（情感或表征）不是传统的感伤、忧伤、思乡等，而是现代的焦虑、孤独、破碎等，不是“回不去的乡村”，而是“进不去的都市”。从人的维度来看，主体不是离乡背井的“村民”或“游牧民”，而是寻求机会或满怀野心的“市民”或“白领”；“向乡”是向往理想之乡，“怀愁”是向往而不得的感伤之情。乡愁所表达的不仅仅是归属感的失落，还有安全感和成就感的获得，乡愁的本质就是人民日益增长的物质文化需求与不平衡不充分的发展之间的矛盾所导致的社会情绪。

显而易见，这样的文化乡愁是历史发展和时代前进的衍生品与必然产物，是需要我们留存和记忆，而非抛弃和遗忘的时代精神。究其根本，它的哲学依据还是现代性理论。尽管学界对这一经典的理论议题已经形成了诸多共识，但作为社会实践的现代性进程，在今日之中国，却仍然处于尚未完成的进行时状态，继续深刻地影响着中国社会的发展，以不可忽视的巨大力量形塑着现代人的精神生活。

1860年，法国诗人波德莱尔（Charles Baudelaire）在一篇题为《现代生活的画家》的文章里，对“现代性”做过一个很特别的界定。他说：“他寻找我们称为现代性的那种东西……问题在于从流行的东西中提取出它可能包含着的在历史中富有诗意的东西，从过渡中抽出永恒……现代性就是过渡、短暂、偶然，就是艺术的一半，另一半是永恒和不变……”① 在以启蒙、富强、文明和进步为主旋律的历史过程中，“另一半的现代性”就意味着反思和自省，意味着以人类内在世界的富足为标准去权衡进步的得失利弊，也意味着时刻对进步保持清醒和批判的立场。如果说“这一半现代性”主要被运用在我们对现代社会的经济、政治和法律等维度的认识上，是人类社会的“经济基础”，那“另一半的现代性”就更多体现在现代人的情感、精神、信仰和道德等方面，是人类社会的“上层建筑”。在发展的—困顿的、乐观的—感伤的、物质的—精神的、外延的—内敛的等多元化、多角度的二元研究模式中，“文化乡愁”关注的必然是“另一面的粤港澳大湾区”，是在辉煌绚烂的都市景观下，所隐藏着的现代人的文化焦虑。

二、移民文化作为核心文化

人类的迁移从来都不是无目的的。纵观我国漫长的移民史，我们可以看到，虽然农业文明使我们更执着于与土地的联系，但由于经济、政治、艺术、生态等原因，人口的流动从来就没有停止过。特别是随着现代性进程和城市化进程的不断加快，区域发展愈益不平衡，区域间的人口流动令人瞩目，尤其是从乡村移居到城镇，从小城市移居到大城市，从内陆城市移居到沿海城市的移民潮更值得关注。粤港澳大湾区的城市组成涉及同一个国家下两种不同的制度和三个单独的关税区，也包括港澳双城和另外的 9 个城市。作为一个复杂的城市网络系统，粤港澳大湾区的人群构成极其复杂，以人为中心的各种城市要素之间的流动也非常频繁，呈现出异质并存、多元统一的文化特色。

现代性的主体是人，城市生活的主体也是人，探究一个城市的文化，我们最终还是要回到鲜活的、多元的和在场的个体，从人与时代、人与世界的关系构建中寻求出路。从“人的维度”进入城市文化研究，我们可以看到，粤港澳大湾区城市文化主体最突出的特点在于移民与原住民的相互渗透、冲突及融合，这使整体的城市文化呈现出丰富的异质性和流动性。本土文化和移民文化相互形塑、改造与融合，在持续的吐纳更新中充满了活力。

移民源于发展的不平衡，移民文化也是基于不均衡发展的区域文化。“无论是作为时间、地域、文化三维空间移民的外来族群，抑或长期接触现代城市文化的城市原住族群，均面临多方面的文化交流和心理适应难题，缺乏对超出自身认知的文化新形式的认同感，导致他们难以摆脱生活经验中所形成的‘惯习’和相对封闭的‘小群体’。因

① 波德莱尔. 1846 年的沙龙：波德莱尔美学论文选. 郭宏安，译. 桂林：广西师范大学出版社，2002：424.

此，城市族群社会融入问题的产生实际上也折射出城市中各族群共同体意识的狭隘化。”① 建设粤港澳大湾区的城市文化，我们必须突破地域边界，通过“跨地方”的视角来构建城市文化共同体；必须突破封闭、单一与同质化的发展思路，大力践行文化包容、共生共赢，通过所有人的共同参与，通过城市间的融合与构建来营造“家园情怀”和“在地感”。

随着粤港澳大湾区的发展，未来的城市生活中，没有人不是移民。这不仅意指物理意义上的迁移所造成的地理距离，也包含心理意义上的文化疏离感。因为城市的高速发展及瞬息万变无时无刻不在刺激着人，各种印象和感觉纷至沓来，人不得不被动接受这些持续的现实冲击，“这导致了在我们自身和我们的社会及物质环境之间创造距离的努力”，而“城市生活，作为由货币经济导致的社会关系客观化的一种极端形式，要求个体与其社会环境保持一种距离”②。在德国学者齐美尔（Georg Simmel）看来，这种距离实质上是一种心理距离，它“来源于个人在面对不可抵抗的社会力量、历史传统、社会文化和生活技术时，保持他的存在的自主性和个体性的要求”，社会学必须努力去解决“大都市这样的结构在生活的个人内容和超个人内容之间建立的平衡”，并探求“个性是如何调整以适应外部力量的”③。说到底，这种距离就是丰富的城市生活内容与力不从心的个体所能提供的有限形式之间的差距，也是全新的城市生活体验与人旧有的时间认知、方位感及存在意识之间的差距。

所以，广义的“移民”将成为新城市群的行为主体，而“移民”（emigrant）这个词将被忽略其被附加的各种动机、缘由或方式等，恢复到它的词源学意义而使用，即“离开一个地方”“移居他国或地区的人”。移民的精神不是确定性而是流变性，不是回返性而是未来性，而移民文化则将依据未来导向设计、规划并管理现实。

三、风险社会中的“危机共同体”

以人为主体，从时间和空间两个维度来观照粤港澳大湾区的文化生态，我们给出了“文化乡愁”与“移民文化”两种思路，我们期待构建的是理想型的粤港澳大湾区城市文化共同体。粗略地讲，这是以“共同体”为中心目标，被特定的时代、地域和精神所

① 孙九霞，黄秀波．粤港澳大湾区城市族群“跨地方共同体”构建研究．学术研究，2021（8）：59-66.

② 弗里斯比．现代性的碎片：齐美尔、克拉考尔和本雅明作品中的现代性理论．卢晖临，周怡，李林艳译．北京：商务印书馆，2003：96-97.

③ 弗里斯比．现代性的碎片：齐美尔、克拉考尔和本雅明作品中的现代性理论．卢晖临，周怡，李林艳译．北京：商务印书馆，2003：104.

限定，以地域空间为基础，以共同的城市生活实践为支撑，以城市文化发展的共同历史进程为依托，以共同的价值观念为核心，以共同的现实关怀为诉求的一种生活形式有机体。这一有机体可以从三个层面来予以研究。

第一，符号和形象层面。在此层面，城市文化往往被视为一种空间构成，因为空间和地方是建构文化体验意义地图的核心力量，而地理景观则是价值观念的象征系统。城市文化集中在一系列形象和符码中，诸如家宅、街道、风景、河流、学校、博物馆、公共展览、事件性场所等地标建筑与人文景观。我们可以通过描绘由“记忆之场”所串联的城市文化地图来考察城市风貌及精神，剖析空间指涉及其所代表的社会生产关系，论述城市中人的生存体验与文化经验之间的关系。

第二，情感和记忆层面。记忆体现了城市形成的过程，关乎城市的历史和传统，是差异建构和城市主观性形成的过程。在此层面，我们可以主要依据经典影视、戏曲戏剧、地方志、回忆录、书信日记、书画、仪式、风尚、民俗等视觉化的艺术类材料，通过剖析跨媒介的城市历史书写来探察城市的传统如何转型，信息技术、数字媒介、网络文化等如何深刻影响和塑造了这一城市群的新生态环境，新的城市精神和情感如何被生成，文化共同体如何形成。

第三，观念和理想层面。这个层面的核心问题是城市群之“群像”形象的生成和演变，我们可以借助科幻文学与艺术、生态文学、非虚构写作、创伤书写与灾难写作、新传记文学、纪录片与报告文学等多种形式的城市文学，考察语言叙事如何构建城市的想象共同体，修正甚至重建以经验、情感、信念等为基础的“感觉空间”，重构城市文化的凝聚力。

不管是哪个层面，我们都需要了解的是，置身于“万物入网”的数字媒介时代，粤港澳大湾区城市文化共同体致力于建设“可沟通城市群”，即以技术和媒介为支撑，城市之间信息能够流通互动，意见能够自由表达，文化共识能够顺利达成，城市的构成基础依靠的是一个开放、平等、民主、有效的公共传播网络。城市群的未来应当构建多元融合的城市文化、多元主体的城市协作共治，培育真正现代化的城市文化共同体意识。粤港澳大湾区与其他城市群一样，正在经历一种全球相连的世界转型，粤港澳大湾区城市文化也正在发展为“中国中的世界”或“区域中的全球”等特殊的文化生态。所谓真正现代化的城市文化共同体意识，其实质就是真正坚持“关怀个体、扎根本土、拥抱现实”的责任和使命，通过多维度、多层面、多视角地探究粤港澳大湾区城市文化共同体的现实表征与未来发展，较真实地描绘这一共同体的样态图，为文化认同、文化治理等重大议题提供区域经验。

这是一项浩大的工程，需要研究者深耕细作，本文无法充分展开论述，只能着力强调一点，即粤港澳大湾区城市群处理风险、应对灾难的能力及其对建设城市文化共同体的重要性。对于粤港澳大湾区城市群（乃至整个国家和世界）而言，在全球范围内肆虐3年的新冠疫情是一个绝对的分水岭，它在文化史上的意义形同“9·11”事件对于美国和世界的意义。正是由于疫情，我们开始重新关注“风险社会”，并在一个跨学科的层面上重新解读现代社会的“风险”。

1986年，德国社会学家乌尔里希·贝克（Ulrich Beck）在他的著作中首次提出“风险社会”这一概念。在贝克看来，风险社会既是一种现代社会形态，也是现代性的后果，它的本质是一种与传统社会断裂所导致的不确定性和非连续性，以及由此带来的人类生活的危机感，风险是一种“超越国界的存在”，是一种“全球性危险”①。30年后，贝克又深化了他对风险社会的理解，在探讨全球气候变化的基础上提出了“解放性灾难论”（Emancipatory Catastrophism）的概念。贝克认为，我们对灾难的认知驱动了一种全球相连的世界“变形”（metamorphosis），而这种“变形”无疑具有重塑世界风险社会的潜力，由此我们应当更多关注灾难论的建设性力量②。美国社会学家丹尼尔·利维（Daniel Levy）批判性地重估了贝克的“解放性灾难论”，用“世界主义的灾难论”（Cosmopolitan Catastrophism）取而代之。在利维看来，贝克的观点是对早期现代性理论的线性误读，而世界主义的特殊之处恰恰在于它的非线性或关联性，因此对世界风险社会及灾难的理解应当以事件为中心，而不是以解放为目标③。

聚焦今天的风险社会，我们不难发现，今日之“风险”的含义早已突破了社会转型的特定历史框架，延展为一个与自然环境、生态平衡、经济危机、技术风险、国家安全、人类生命等多方面、全方位密切关联的“范式性”概念。如果说在“前疫情时代”，我们关注的文化认同主要体现为两种模式——发展式的认同与文化乡愁式的认同，归属感和成就感是建设和创造理想型城市的关键元素，因而我们对风险的理解更接近贝克意义上的“风险”，不同城市所应对的“风险”是同质的。那么，到了“后疫情时代”，情况则大有不同。正如列维所断言的：“随着政治上可行、文化上突出的进步叙事的削弱，灾难正在挑战曾经由民族国家关于未来的叙事所提供的本体论安全感。我们认为，灾难主义的盛行催生了第四个世界性的时间时代，与神话、宗教和民族时代并驾齐

① 贝克．风险社会．何博闻，译．南京：译林出版社，2004：7-9.

② BECK U，Emancipatory catastrophism：what does it mean to climate change and risk society?. Current Sociology 2015，63（1）：75-88.

③ LEVY D，Cosmopolitanizing catastrophism：remembering the future. Theory，Culture & Society，Vol. 33，No. 7-8（2016）：1-9.

驱。”① 城市文化共同体首先体现为一种“危机共同体”，与我们对风险和灾难的理解及应对息息相关。“风险”变成了一个“内部的他者”，呈现为异质的和他异化的，对城市的自救能力形成了严峻的考验。

“风险”（或灾难）为城市文化共同体的建设提供了一种新的实践资源，而粤港澳大湾区作为人员密集、社会财富高度聚集的城市群，也必须将重塑风险社会，“建设全球先进的韧性城市作为系统风险防控的战略目标”。杜雁认为：“建构高韧性、高弹性、可自我修复的城市管理能力和基础保障网络包括四个方面，一是全覆盖的基础设施，二是快捷的数据采集与处理，三是系统的科学研究与规划，四是多方联动的机制保障。”② 或许可以认为，未来的城市是否安全宜居，是否令居住者产生强烈的归属感、幸福感和认同感，最首要也最重要的问题未必在于这个城市的财富积累是否达到了一定的高度，也不在于它是否为居住者提供丰富多元的文化选择，而在于这个城市如何预防危机或者在危机时刻如何行动、如何保护城市生活的主体。与之相关的是，粤港澳大湾区城市群的社会想象不再是我们依据早期现代性理论所提出的“发展想象”，也不完全是对之予以反思的“文化乡愁”，而变成了对重塑风险社会的“情感建设”。由此，粤港澳大湾区城市群作为一个“理想共同体”，其未来的焦点问题之一就是修正甚至重建以经验、情感、信念等为基础的“感觉空间”。这也必然导致城市研究和大湾区文化研究的范式转变。而这就是另外一个庞大的理论问题了。

对粤港澳大湾区城市群的想象一定是与我们每个生动具体的个体密切相关的，同时又与“各美其美、美美与共”的区域文化紧密相连，最终则指向国家认同与文明互鉴。这就要求研究者必须把城市文化研究真正“落地”，充分关注其时代特点（数字媒介）、地域特色（粤港澳大湾区）和精神形态（城市文化），真正回归城市研究的“初心”和“本心”，以时空为经纬，以人为纵深，把抽象的理论与鲜活的人类生活联系起来，全方位把握城市文化精神的历史生成和现实映照。由此，我们才能在世界性的“整体历史”和“泛文化”中真正观察到粤港澳大湾区这一“局部的历史”和“地方的文化”，真正体现其“另一个中国”或“中国中的世界”的独特性。

赵静蓉，暨南大学中文系教授

本文刊载于《粤海风》2024年第1期

① LEVY D，Cosmopolitanizing catastrophism：remembering the future. Theory，Culture & Society Vol. 33，No. 7-8（2016）：6.

② 杜雁．粤港澳大湾区城市治理的沿革与发展．城市规划，2020（7）：8.

粤港澳大湾区文化认同路径研究

梁建先

自从2005年官方文件中首次提出“湾区”理念的发展方向，粤港澳大湾区就逐步进入了打造成为世界级一流湾区的进程。而粤港澳大湾区作为一个白香港、澳门两个特别行政区和广东省的广州、深圳、珠海、佛山、中山、东莞、惠州、江门、肇庆九市组成的城市群，有着复杂的现实背景，即一个国家、两种制度、三个关税区、四个核心城市。不论是在经济发展水平，还是政治、文化、教育、医疗、服务上，大湾区区域内的城市之间存在着很大的差异。随着大湾区国家发展战略计划的实施与推进，粤港澳大湾区城市之间在逐步加强各要素间的交流合作，但粤港澳大湾区要成为更强的经济实体，向世界一流的纽约、旧金山、东京湾区看齐，则必须打造强有力的文化支撑，才能更好地融合为一个整体。为此，区域内的文化价值链认同与融合成为了大湾区当下发展面临的首要问题。

粤港澳大湾区不仅是一个地域概念、一个经济单元，它更应是一个有着共同语境的文化符号。任何经济建设都离不开人文的交流合作，经济的发展为文化的融合、交流提供了基础条件，文化的认同与融合成为了经济交融与发展的核心与灵魂。三地十一座城市如果没有实现文化的全面交流合作，那么大湾区经济的发展只能是十一城的简单相加，而无法实现经济整体的最大公约数发展。相反，如果三地十一城能充分实现文化的融合发展，打造强大的区域文化自信，展现强大的区域文化软实力，必然能带来粤港澳大湾区经济协同发展，在较短的时间内建设成为一个经济高度发达的湾区，同时也是一个具有一定文化特色的人文湾区。

一、粤港澳大湾区文化认同的理论逻辑

文化认同通常包括了两个层面的内容：一方面它是认同主体的一种智性选择，体现了认同主体的价值诉求和文化内涵；另一方面也是文化各层面和各要素的主动协同和耦合。瑞典文化研究学者乔纳森·弗里德曼以古地中海地区人与文化文明的发展变化为例进行研究探讨，揭示了文化融合在地中海文明的产生和发展中所起的重要作用。不仅如此，他还对夏威夷人等其他几个古人种在民族国家认同上进行了大量的比较分析，强调了文化发展对社会、民族、国家的重大意义。经济学研究专家泰勒·考恩也强调了跨文化认同是“人类共同体最稳固而长久的黏合剂”①，同时他还指出当前全球化背景下更需要实现跨文化的认同。因此，从实践经验层面来看，实现粤港澳大湾区文化认同，首先必须是个体及群体作为主体的一种智性选择。“世界银行的统计显示，全球60%的经济总量、75%的大城市、70%的工业资本和人口集中在距离海岸100公里以内的湾区及其直接腹地。”② 这些数据充分表明世界湾区已经拥有了得天独厚的资源条件，不论是湾区内的个体主体还是群体主体，抑或是一定的社会上层建筑的主动诉求，都想要寻求更好的经济发展机遇与更好的人文生活条件。其次，粤港澳大湾区地域接近，因而在文化上有着诸多相似或相同的文化因子，如共享的岭南文化命脉以及相对较为统一的粤语语系，故形成了比较活跃的广府地方传统文化特色，在粤菜、粤曲、粤剧、岭南民间艺术和绘画等领域充分显示了文化主动协同的融合特质。

二、粤港澳大湾区文化认同的实践路径

当下，中国经济正以良好的发展势头前进，在融入世界经济体系中获得了很大的发展机遇，同时也正面临诸多挑战。如何为中国经济注入新鲜血液、寻求新的经济发展动力，成为了中国高层设计者们面临的首要问题。在此背景下提出的粤港澳大湾区建设，确实顺应了新时代发展潮流，粤港澳三地政府在中央政府指导下迅速启动了湾区设计规划，在2019年中共中央、国务院印发的《粤港澳大湾区发展规划纲要》（以下简称《纲要》）中，对湾区提出了更高层面的规划要求，即要塑造人文湾区，强调了湾区文化软实力建设的重要性。因此，推进粤港澳大湾区文化认同，提高湾区文化活力，成为推动

① 考恩．创造性破坏：全球化与文化多样性．王志毅，译．上海：上海人民出版社，2007：12.

② 刘毅，杨宇，康蕾，等．新时代粤港澳大湾区人地关系的全球模式与区域响应．地理研究，2020（9）：1951.

湾区经济可持续发展的强大支撑。

（一）打破制度壁垒，提供自由宽松的平台空间

不可否认，粤港澳尽管在地缘、历史上有诸多相似之处，但在制度、思想、文化、经济水平、价值观念等层面还存在很多差别。内地及香港、澳门一个国家两种制度，行政管理、法律制度、文化管理体制不同，因此要形成跨制度、跨境地的文化认同，还需要打破某些僵硬的制度、思想壁垒，打通文化交流互通的渠道，提升湾区内文化对话与交流，打造粤港澳大湾区人文交流共享新空间。早前有专家学者以“促进区域文化融合，推动粤港澳大湾区建设”为题开展了实地座谈调研，“通过座谈了解到，三地对通关不便反映强烈，希望能够更加便利化。建议三地适当放宽文化、教育等专业人员文化交流出入境限制，对文化交流中‘物流’通关给予优惠政策”①。粤港澳各地政府也在积极寻求打破各种障碍壁垒，如前海蛇口、横琴等自贸区早在《纲要》发布前，就已认识到政策、关税、法律、税收等制度上的差异，为大力吸引港澳人才、技术、服务、企业等开展了深入的政策探索。深圳前海管理局官网上政策及数据显示，凡是在前海梦工场创业、就业的港澳青年，可享受场租减免、住房补贴，以及跨境通讯、交通等补贴，对引进的人才也有相应的补贴，在购房、医疗等方面享有与内地居民同等的待遇。相关举措的实施，很快就吸引了大量的港澳青年。据统计，截至2019年上半年，前海深港青年梦工场累计孵化创业团队388家，其中港澳台及国际团队190家；截至2019年8月底，前海累计注册港企11 731家，注册资本12 393.08亿元，实际利用港资25.17亿美元②。

《纲要》印发后，制度、政策层面打开了交流通道，在诸多有力措施的保障下，随着大湾区内金融、电子、互联网、运输、高科技等行业的兴起，尤其在人工智能、智慧城市等方面开始展露特色，打造“文化硅谷”的呼声也越来越高涨，横亘在湾区内的各种政策制度、思想认识、价值观念等束缚、壁垒被现实发展需求逐渐打破，只有突破这些障碍，提供一个更有利于所有生产要素自由流动的空间平台，才能使大湾区人不断获得作为湾区人的荣誉感和认同感，才能摒弃彼此之间的分歧与矛盾，以更加开放、包容、积极的姿态在各自的文化差异背景下寻求共同话语，建设一个真正意义上的大湾区文化共同体。

（二）寻求优势互补，促进大湾区文化产业发展

促进高质量的文化产业的发展所带来的高水平的文化产品，在很大程度上与文化融

① 张永飞．人文是无形力量，是最高竞争力：粤港澳大湾区人文交流合作座谈会．中国政协，2018（19）：45.

② 石爱华，赵亮．从文化认同视角审视香港发展机遇与应对策略．南方建筑，2019（6）：36.

合和认同是一种共生共赢的关系。尤其是文化产业作为当下新模式、新产业的发展重点，必然忽略不了区域内文化存在着一定差距的问题。但文化融合在粤港澳区域内有着天然的优势，从文化根脉的角度看，粤港澳大湾区原本就是岭南文化一体同脉发展而来，它们在族群、语言上有着高度的同一性，只不过由于近代历史、殖民侵略，导致政治制度不同，从而在文化上出现了不同程度的分化。但在日常性的语言、性格特征特别是思想观念、风俗习惯等方面都存在着原生文化的高度契合，而重拾文化融合话题，让出现分化的文化再度相互吸收、调和以至融为一体有着强大的文化基础。从经济的角度来看，粤港澳地区已经是中国经济发展的前沿阵地，区域内的金融、科技、人才、服务等多个行业已经相互渗透，尤其是在政府各种导向、政策的指引下，粤港澳大湾区在文化贸易、交流、合作上不断向新的阶段迈进，为进一步的文化交流、融合打下了基础。但从当前区域内 11 城的文化现状来看，要实现真正意义上的人文湾区，成为未来世界级的大湾区经济实体，还需要从文化现实的角度出发来考虑，更准确一点来说，粤港澳大湾区城市之间在文化产业的发展程度上还存在着很大的差异。尽管《纲要》赋予了“人文湾区”的崭新目标，并强调了促进文化产业发展和文化交流合作的意义。但大湾区内文化产业的发展极不平衡，根据研究者对 2018 年各市的统计年鉴、广东省文化产业统计概览等统计资料以及各市政府部门网、粤港澳文化资讯网等相关网站的数据分析，特别是其中一项关于文化产出的数据统计结果显示，各市在文化产出指数上表现出了明显的差异，其中第一梯队的广州、深圳、香港高出第二梯队的东莞、惠州、佛山、澳门、珠海至少四倍，比第三梯队的中山、江门、肇庆高出五至八倍；在文化交流供给指数上，香港大大领先所有城市，是广州、深圳的两倍多，几乎是珠海、东莞、佛山、惠州、澳门、江门的十倍，是排名最后的肇庆的八十倍①。研究者还对文化设施供给、文化投入供给方面进行了全面的数据统计，总体来说，大湾区内各个城市尽管有着各自的文化优势，但区域发展不平衡已经成为了事实，香港、广州、深圳的文化产业发展较为成熟，东莞、佛山、澳门处于第二梯队，在文化产业上还有较大空间，而第三梯队的惠州、珠海、江门、肇庆、中山，文化产业的发展程度远远低于第一梯队。因此，可以充分利用第一梯队丰富的文化资源优势以及较好的文化产业规模来做大做强，助力、扶持具有较高品牌知名度以及较大规模的文化产业企业公司，不仅要扩大其区域影响力，使其产品能在大湾区区域内起到一定的辐射作用，还要充分利用区域内的转移趋势，从而减小差距，带动第二、三梯队城市的文化产业发展。总之，要想实现大湾区 11 城文化产业发展的最大公约数，就要在求同存异的基础上大力促进城市之间的文化融合，特

① 陈荣，杨代友．粤港澳大湾区城市文化产品供给能力比较研究．华南理工大学学报，2020（9）：7.

别是文化产业链的整合，有了这样的基础，粤港澳大湾区城市群的建设就能在文化相融中寻求一致共识的话语体系，能够克服不同文化之间的分歧疏离，从而实现优势互补、功能整合、品质提升，从文化内源上实现系统的融汇整合。

（三）整合媒介资源，提高文化传播力度

粤港澳大湾区文化认同的最高目标就是实现大湾区城市群内大众主体包括身份认同、历史认同在内的情感认同，并在此基础上实现政策宽松、贸易畅通、人才自由、货币融通的协同发展，向世界级大湾区发展看齐。加拿大著名的社会学研究学者金利卡在谈到群体与文化认同之间的关系时提出："处于相同文化社群中的人们彼此拥有共同的文化、语言和历史，正是这些东西规定了他们的文化成员身份"。① 因此，要在粤港澳大湾区让民众拥有共同的大湾区文化身份，就必须整合各种媒介资源，提高文化传播的力度，才能实现湾区城市群的文化融合。首先，要挖掘大湾区城市中的典型文化特色和文化资源。例如，对于中山而言，就要大力发掘与孙中山先生相关的文化资源，《纲要》就谈到了"支持中山深度挖掘并弘扬孙中山文化资源"，孙中山文化资源既是中山市的，也是大湾区重要的文化支撑。同样，对于佛山而言，这座城市有着深厚的历史文化底蕴，蕴藏着丰富的文化资源，如武术、龙舟、粤剧、剪纸、陶艺、美食等优秀的传统文化项目。佛山政府也充分利用了这些文化资源，打造了"旅游+文化"项目，全力推动了佛山的旅游、休闲、文化的发展。而广州就更具有可挖掘的文化资源优势，因为广州一直以来就是岭南文化的中心地，引领了岭南文化的发展方向。从广东作为改革开放的前沿阵地以来，广州推出了许多自己的文化品牌，如大型综艺节目《美在花城》、《外来媳妇本地郎》《外来妹》等典型广州题材的影视作品。特别是近年来，通过不断的交流创新、打通制度障碍、拓宽平台空间，广州在传承广府文化、提升广州市文化影响力上取得了明显成效，如打造了"广州文化周""我们，广州""丝路花雨"等著名文化品牌。当然，大湾区内其他城市也有诸多可挖掘的传统文化资源，只有善于将它们整合，才能在文化搭台的基础上做好发展经济这出戏。其次，要充分利用科技的力量，如利用微信、微博平台上的各种小视频来展现粤港澳地区的历史文化、改革开放的成果或故事以及大湾区的伟大蓝图等，整合后的文化资源通过各种媒体的传播，引导形成强大的影响力，为文化认同提供有利的条件。

（四）推动文化教育，完善大湾区精神家园

没有文化凝聚力的湾区就是没有生命力的湾区。打造一个有归属感和文化认同感的大湾区，实现既有共同文化特质又有不同文化元素交流沟通，首先要在教育上下功夫，

① 金利卡．自由主义、社群与文化．应奇，葛水林，译．上海：上海世纪出版集团，2005：129.

尤其是传统文化的教育。作为文化传播不可或缺的方式，教育是实现文化融合和认同的又一个重要突破口。著名的社会学研究学者李宗桂在接受记者采访时谈到："粤港澳大湾区青年人应该构建中华文化共同体意识，光大粤港澳是一家的家国情怀，以中华优秀传统文化作为粤港澳大湾区建设的精神纽带，形成对现时代的文化认同、价值认同和民族认同。"他看到了对粤港澳三地年轻人加强教育的焦点，即民族文化的共同性和共同价值。而当下粤港澳三地在政治、经济、文化、法律等的不同影响下，呈现出了多元的文化现实，相对来说，由于港澳地区在长期的发展中受到外来文化的影响，特别是年轻一代对民族传统文化的认知较为薄弱，所以加强对传统文化的学习，有利于增强民族意识与国家意识。为此，学校的课程设置在弘扬优秀传统文化方面应大力加强，让不同年龄层次的学生都能很好地接受祖国优秀文化的浸润，使他们对自己祖国、民族、命运和同胞有更深刻的认识，从而内化为对优秀传统文化的认同感与自豪感。其次，还可以将优秀的传统文化教育成果在粤港澳大湾区中推广传播，如 2018 年以"粤韵国风恰少年"为主题的粤港澳大湾区岭南优秀传统文化教育成果展在广州举行，来自粤港澳大湾区城市群的中小学校参加了成果展，其中在书法、团扇制作、编织工艺、粤绣、纸版画、珐琅画等方面，年轻一代展现出了对岭南传统文化的热爱，并自觉形成了传承岭南优秀传统文化的担当与责任之心。将传统文化中蕴含智慧的内容通过课程讲解、成果展览渗透到年轻一代的心灵深处，自然就能使其发自内心地认同并归属。再次，在推动教育的方式上还可以进一步深化，充分利用粤港澳大湾区的教育优势，开展合作办学，打造高水平的粤港澳教育集团，为区域内的年轻人提供一个自由交流的平台，将增进粤港澳年轻一代的融合。目前，教育部已经在逐步完善相关政策，为香港、澳门等地的学生在广东地区的入学、就业、生活提供更多优惠的措施，增加他们在内地学习生活工作的自由感、安全感和归属感，为未来大湾区建设提供更多的优秀人才。统计数据显示，截至 2020 年 7 月，共有 380 所内地（大陆）高校具备招收港澳台学生资格，1.62 万名香港学生在内地高校就读。其中广东地区共有 52 所本专科院校可招收香港学生，就读港生近 8000 人①。

三、结语

粤港澳大湾区无论是在文化认同可行性的理论前提上，还是在现实操作的路径上，

① 孙唯，陈亮．教育部：支持符合条件的香港高校在粤港澳大湾区开展合作办学．羊城晚报，2020-10-15.

都已经具备相当条件并且能够协同发展。正如投入使用的港珠澳大桥，作为一座连接海峡两岸暨香港、澳门的交通之桥，已经通行并发挥着它巨大的作用，而凝聚海峡两岸暨香港、澳门的“文化之桥”也已经在高速建设之中，不断打通“制度之桥”“文化产业链之桥”，搭好“文化资源之桥”“教育之桥”，将人文指挥棒握好，促进大湾区城市之间的交流合作，不断增强区域内的文化融合，实现思想文化和价值观念上的认同，那么，建设国际一流湾区和世界级城市群的宏伟目标，便指日可待。

梁建先，暨南大学中文系副教授

本文刊载于《广州城市职业学院学报》2021 年第 15 卷第 1 期

粤港澳大湾区“人文湾区”的内涵与建设路径

周　洁

《粤港澳大湾区发展规划纲要》明确提出，建设“宜居宜业宜游的优质生活圈”“共建人文湾区”。站在新的历史起点上，粤港澳大湾区的文化建设既谋划着新的发展蓝图，也肩负着新的时代使命。以粤港澳人文湾区建设为抓手，打造世界级城市群文化形象标杆，是将大湾区的文化发展战略纳入顶层设计的统筹考量，也是进一步激发区域内生活力、凝聚湾区文化认同、提升城市文化软实力和国际影响力的重要举措。

一、粤港澳大湾区文化发展基础

改革开放40多年来，广东从贫穷落后的农业大省蝶变为全国第一的经济强省，珠三角地区更是引领时代风气之先，不仅在全国范围内发挥了改革开放先行先试的示范作用，同时也在全省经济社会发展中作出了重要贡献。香港和澳门已经融入中华民族伟大复兴的壮阔征程，正追求更长远的稳定发展。粤港澳大湾区经济社会发展实力雄厚，又同属血脉相连、语言相通、文化相融的岭南文化圈，为三地未来的文化交流与合作奠定了坚实的基础。

（一）规模总量领跑全国，文化市场繁荣发展

广东文化产业发展迅猛，近20年来已经从最初的萌芽期进入到高速发展期。作为文化大省，广东文化产业增加值已连续16年位居全国首位，2017年，全省文化及相关产业增加值为4 817.17亿元，规模总量约占全国总量的1/7，文化产业产值占全省地区

生产总值比重达5.37%①，高于全国的4.2%②，文化产业已经成为广东国民经济支柱性产业。另外一项针对全国31个省份文化发展状况的评价报告显示③，广东省文化发展综合指数排名全国第一，其中包括文化投入、文化生产、文化供给、文化传播、文化消费在内的五项一级指标均在全国名列前茅。

在香港，文化及创意产业是最具活力的经济环节之一，同时也是政府确认的六项优势产业之一，年增加值由2007年的651.17亿元跃升到2017年的1 117.66亿元，占本地生产总值的4.4%，就业人数达21.3万人，占总就业人数5.6%④。资料显示，在过去20年中，香港文化及相关产业对生产总值的贡献已超出15%⑤，在经济转型中发挥着巨大的催化和推动作用，促进了整体经济向知识型经济迈进。

澳门以博彩业闻名世界，经济实力非常雄厚。尽管澳门是全球人口密度最高的地区之一，但在国际货币基金组织公布的2018年经济数据中，澳门以高达12.25万美元的人均地区生产总值位居全球第二⑥。依托独特的博彩产业和世界文化遗产资源，目前澳门正着力建设世界旅游休闲中心，推动经济适度多元可持续发展。

（二）优势产业基础雄厚，数字创意强势发展

近年来，广东文化产业结构布局在持续优化。根据国家统计局2018年重新修订的统计标准，目前，广东文化产业9大类146个行业门类齐全，产业链条完整。其中，2017年增加值过百亿元的行业有12个，新闻信息服务、创意设计服务、文化传播渠道、文化装备生产、文化消费终端生产等产业规模领军全国，新闻出版业营业收入、资产总额、净资产、纳税总额4个指标均名列全国第一⑦。

信息产业是广东经济的中坚力量，其中电子信息制造业规模连续27年居全国第一，约占全国的34%⑧，软件和信息服务业也在全国遥遥领先，这极大地推动了广东数字创意产业的发展。2016年，广东数字出版总产值1800亿元，位居全国第一；动漫业总产

---

① 文化事业蓬勃发展 文化产业快速发展：新中国成立70周年广东经济社会发展成就系列报告之十三. https：//www.thepaper.cn/newsDetail_forward_4553947.

② 2017年我国文化及相关产业增加值占GDP比重为4.2%. http：//www.gov.cn/xinwen/2018-10/10/content_5329134.htm.

③ 卿菁，申雪萍．中国文化发展指数发布与评价报告：2018//文化建设蓝皮书·中国文化发展报告：2019. 北京：社会科学文献出版社，2019：54-89.

④ 香港特别行政区政府统计处．香港的文化及创意产业：2017，2019-6-17.

⑤ 香港文化创意产业方兴未艾 乘粤港澳大湾区东风振翅高翔. http：//www.xinhuanet.com/gangao/2019-09/17/c_1125005105.htm.

⑥ 韩文嘉，林洲璐．广东文化产业交出高质量成绩单．深圳特区报，2019-5-18（A2）.

⑦ 广东电子信息产业规模连续27年居全国第一. http：//tech.southcn.com/t/2018-10/10/content_183604009.htm.

⑧ 广东已经出台多项措施推进发展数字创意产业．经济参考报，2017-10-24.

值400亿元，占全国1/3；网络音乐总产值约占全国1/2；游戏业总收入1345亿元，占全国总量的73.4%，占亚太地区的37.5%；游艺游戏设备生产和演艺设备制造产值占全国4/5①。当前数字创意产业已经成为国家确定的五大10万亿级战略性新兴产业之一，随着大数据、云计算、人工智能等新一代信息技术的快速发展和成熟应用，粤港澳大湾区将成为未来最重要的数字创意产业战略高地。

（三）体制改革不断深入，政策引导创新前瞻

在文化体制改革方面，广东在推动国有文化单位转企改制，构建文化市场综合执法体系，创新国有文化资产管理体制，搭建文化交易、会展和投融资平台，设立文化产业发展专项基金，开展文化消费补贴试点等多个重点领域和重点环节率先而为，实行一系列创新改革举措，为文化产业营造了良好的发展环境。

近年来，随着新一轮科技革命的蓬勃兴起和创新驱动发展战略的深入实施，各个产业都面临着转型升级的发展要求。广东先后出台《广东省推进文化创意和设计服务与相关产业融合发展行动计划（2015—2020年）》《关于进一步促进科技创新的若干政策措施》《关于深化产教融合的实施意见》《广东省超高清视频产业发展行动计划（2019—2022年）》《广东省进一步扩大旅游文化体育健康养老教育培训等领域消费的实施方案》《广东省关于加快文化产业发展的若干政策意见》等一系列产业引导和扶持政策，鼓励文化产业抢占发展机遇，推动文化创意产业与互联网产业、工业制造业、战略性新兴产业及其他领域的深度融合，这也为未来大湾区建设具有全球影响力的国际科技创新中心预留了数字文化产业的一席之地②。

（四）沿海区域开放包容，文化传播成效突出

珠三角地处东部沿海，长期以来就是改革开放的重要窗口；香港是国际金融、航运和贸易中心，被视为全球最自由的经济体之一；澳门是全世界博彩业的风向标和旅游目的地，同时与葡语系国家有着深厚的历史渊源，自由开放、多元包容的价值取向已经深深镌刻在三地人民的文化基因中，成为粤港澳大湾区交流合作的文化认同，也为新时代推动形成全面开放新格局奠定了思想基础。

港澳地区长期以外向型经济为依托，国际化程度最高。而作为内地外向度最高的省份，广东进出口贸易份额也一直位居全国前列，文化领域的对外贸易与交流合作长期领先于其他省份。2017年，广东位列全国文化产品出口第一位、文化服务出口第二位，文

① 2017年广东游戏出口营收218亿元 移动游戏占比超五成. http://game.people.com.cn/n1/2018/0120/c40130-29776470.html.

② 覃成林，刘丽玲，覃文昊．粤港澳大湾区城市群发展战略思考．区域经济评论，2017（5）：6.

化产品和服务进出口超过400亿美元，其中游戏出口营收规模达到218亿元①。2017年，广东对外出访文化交流活动367次，远超福建、江苏等东部沿海省份，超过1000次、近2万人的对外演出规模也十倍领先于其他省市②。建立与国际接轨的开放型经济新体制，建设高水平国际经济合作新平台，是对粤港澳大湾区的期许；在大湾区现有的对外文化贸易基础上，进一步提高文化国际传播的能力和效果，以优质的文化产品和服务向世界讲好中国故事，也将是提升中国文化软实力建设的重要手段③。

二、粤港澳“人文湾区”的发展内涵

《粤港澳大湾区发展规划纲要》中提出“共建人文湾区”，强调的是要依托现有的基础和优势，推动粤港澳三地民众在精神上的相互体认、情感上的相互支撑、文化上的相互交流和项目上的相互合作。要建设一个什么样的人文湾区，需要对其发展内涵有比较清晰的把握。本文认为，人文湾区至少指向文明、文化、文艺、文旅、文物五个维度，要以文化领域的供给侧结构性改革为指导，共同促进大湾区文化发展提质增效。

（一）精神文明建设引领湾区发展新气象

粤港澳大湾区的宏伟构想，是一幅凝心聚力、共谋未来的壮阔蓝图，需要三地人民以昂扬姿态并肩携手，共同创作。珠三角9市与港澳双城，虽然地理毗邻、血脉相连，但在过去百余年的岁月里却走过了截然不同的发展历程，形成了多元化、复杂化、差异化的思想文化脉络。新时代粤港澳大湾区的顺利建设和繁荣发展，有赖于湾区人民彼此的文化共识和价值认同提升。

以精神文明建设引领湾区发展，既要重视在社会各界的宣传和展示，也要加强对国民教育的引领和指导。在粤港澳三地，要积极采用当地民众喜闻乐见的生动方式宣传和诠释社会主义核心价值观，善于发挥文化产业的发展优势，借助数字创意的多元表达，依托公共文化服务的平台阵地，既要在内容上体现时代要求，又要在形式上注重创新探索。要在全社会弘扬良好的社会道德风尚，营造积极向上的精神文化氛围，树立遵纪、守法、诚信、公正的市场行为准则和爱国、求真、崇善、尚美的价值判断取向，从中华优秀传统文化中汲取文明养分，从现代法治文明建设中凝练社会规范，推动精神文明建设融入社会生活方方面面，使之转化为人们的情感认同和行为习惯，最终升华为三地人

① 国家统计局社会科技及文化产业统计司，中宣部文化体制改革和发展办公室．中国文化及相关产业统计年鉴2018. 北京：中国统计出版社，2018.

② 香港统计年刊2018. https：//www. censtatd. gov. hk/hkstat/sub/sp140_ tc. jsp？ productCode＝B1010003.

③ 申明浩，杨永聪．国际湾区实践对粤港澳大湾区建设的启示．发展改革理论与实践，2017（7）：5.

民的家国情怀和价值追求，推动新时代的精神文明内涵深入人心。

（二）文化产业成为湾区经济新引擎

当前文化产业正显示出强劲的发展势头，在充满活力的粤港澳大湾区，这一趋势表现得更为明显。2016 年，广东文化及相关产业同比增长 16.67%，高出全省地区生产总值增速 9 个百分点；2006—2016 年间，香港文化及创意产业增加值年均名义增幅为 6.7%，领先于 5.1%的本地生产总值年均名义增幅①。近些年，高度依赖博彩业的澳门鼓励发展创意设计、文化展演、艺术收藏、数码媒体，2018 年，由这四大领域构成的文化产业对经济贡献增加值达 26.0 亿元，同比上升 9.7%②。

而文化产业强大的渗透性和关联性，又使其成为具有高度融合性和辐射力的朝阳产业，并不断孕育出新兴业态，引领时代发展。在领先的数字信息产业的助推下，广东以“互联网+文化”为代表的文化信息传输服务业主营业务收入增长 67.5%，是全国增速（30.3%）的两倍③。在香港，广告、建筑、设计、数码娱乐、电影、音乐、印刷出版、电视八大创意产业发展基础良好，近些年更成为香港迈向高增值和多元化经济体的新动力。澳门旅游业发达，随着文化和旅游的深度融合与新一代信息技术的普及应用，文旅新业态将会不断推陈出新。以知识和创意为主要资源和核心资产的文化产业，也将从简单的产业叠加逐步释放出巨大的乘数效应，为湾区发展提供强大引擎，也为新常态下的中国经济提供续航动力。

（三）文艺精品提升湾区供给新高度

文艺是时代的号角。粤港澳大湾区的建设见证了中国经济的腾飞和中国特色社会主义制度的优越性，也展示了未来城市群发展的趋势和方向。从大湾区建设中捕捉灵感、发现主题，以全球化视野描绘当下、构想未来，以多元化视角记录历史变迁、风云变幻、技术变革、消费变化，以符合时代发展潮流、人民群众喜闻乐见的形式，以既体现文化积淀、又追求艺术创新的内容，创作思想精深、艺术精湛、制作精良的文艺精品，以优质、精彩、动人的艺术作品丰富粤港澳大湾区文化供给，提高湾区文化品位，满足民众日益提升的文化消费需求。

当前文艺作品“供需错位”“有高原缺高峰”的现象依然存在，处于领先地位的粤港澳大湾区也不例外。数据显示，2018 年广东居民人均文化消费支出仅占居民人均消费

---

① 文化产业统计 2018. https：//www.dsec.gov.mo/getAttachment/c7db35b7 - 2673 - 4720 - 821c - 842a5fdbc2d2/C_CIS_FR_2018_Y.aspx.

② 2016 年广东文化产业发展再上新台阶. http：//stats.gd.gov.cn/tjkx185/content/ post_1427917.html.

③ 2018 年，上海、北京、江苏居民人均文化消费支出占居民人均消费支出比重分别为 7.56%、6.40%、5.96%。根据《中国统计年鉴 2018》《中国文化及相关产业统计年鉴 2018》公布数据计算。

支出的4.86%，远低于上海、北京、江苏等地；二十世纪八九十年代，香港电影曾经在大中华地区首屈一指，在全球范围内也是独树一帜，但近20年来，香港电影从辉煌走向衰落，具有影响力和竞争力的经典作品难觅踪迹；而澳门在庞大的博彩业遮蔽下，受挤占的文化娱乐艺术行业发展空间有限，这也极大影响了当地民众的文化消费习惯和品位。因此，粤港澳大湾区文化消费缺口巨大、潜力巨大的现象应当引起高度重视，提供高品质的文艺精品仍然是推动文化领域供给侧结构性改革的重要举措。

（四）文旅融合带动湾区消费新领域

随着居民人均可支配收入的提升，服务性消费中的休闲旅游支出比重也上升，进而不断推动旅游产品消费升级。文化旅游产业的融合发展，既有利于旅游品质和内涵的提升，也有利于特色文化的体验和传播。在粤港澳大湾区，目前比较著名的旅游景区大致集中在自然景观、主题公园和城市娱乐三大类，文化类景区景点景观建设还相对薄弱。以文促旅、以旅彰文，文旅融合将拓展新时代湾区消费的新领域。粤港澳大湾区文化资源丰富，除有2处世界文化遗产（开平碉楼与村落、澳门历史城区）、5座国家级历史文化名城、8个国家级历史文化名镇、13个国家级历史文化名村外，还有众多历史文化建筑、民俗文化资源、红色革命史迹、非物质文化遗产等，亟待进行深入挖掘、系统整理、合理开发和有效盘活。特别是香港和澳门地区，过去长期以时尚之都、博彩之城闻名于世，但还有很多记录了开埠史、殖民史、民俗史、宗教史、贸易史等独特文化记忆的城市遗址，尚未被系统梳理和生动呈现。随着旅游需求的不断提升，以互动展陈、实景演出、艺术创作、文化创意、沉浸体验等诸多方式，打造若干特色文化旅游精品项目和精品路线，将进一步开拓大湾区旅游消费新蓝海，使文化旅游成为区域经济新增长点。

随着文化和旅游部的组建以及各地文化和旅游机构改革的相继完成，目前文化旅游产业已完成管理体制自上而下的初步融合，正在进一步理顺其内部职能分工并不断完善文旅产业的现代治理体系建设。作为改革开放试验田和风向标的粤港澳大湾区，还应在突破地区、行业和部门壁垒等问题上进一步探索“一国两制三税区”的文旅融合新体制，将全域旅游建设融入大湾区城市群发展规划，积极构建促进居民文旅消费的长效机制，不断培育文旅融合新业态，完善普惠于民的文化旅游公共服务，实现文化、旅游、科技及相关产业真正意义上的深度融合①。

（五）文物保护展现湾区文化新底蕴

据统计，广东省目前包括古建筑、古文化遗址、古墓葬、石窟寺、近现代重要史迹

---

① 向晓梅，杨娟．粤港澳大湾区产业协同发展的机制和模式．华南师范大学学报（社会科学版），2018（2）：4.

等在内的全国重点文物保护单位共有131处①，其中相当数量位于珠三角地区；香港、澳门多年来坚持的文物保育工作，也为后人留下丰富的文化遗产。随着对考古遗址和文物的发现评级、深入研究和保护修缮，南粤大地深厚的历史文化底蕴，粤港澳三地唇齿相依、血脉相连的文化发展脉络，不断获得印证和展示。例如，以南粤古驿道为代表的大型线性遗址点，保存了各个历史时期的文物古迹和非物质文化遗产，通过岭南文化的生成和流变，显示其悠久历史和博大精深，也反映了粤港澳三地古往今来的文化交融；红色秘密交通线，香港文化名人大营救路线，孙中山、林则徐等杰出志士革命活动路径的保护修缮和陈列展示，有力彰显了广东是中国近现代民主革命策源地，同时也证明了在中国近现代革命历程中，粤港澳三地联动合作，作出了突出的历史贡献。

因此，当前需要积极推动粤港澳大湾区的历史文物考古发掘与文化遗产保护利用紧密结合，科学保护、合理开发、统筹规划，以大湾区文化游径串联起南粤文化遗产廊道，推动古建筑、古遗址、古村落、古驿（栈）道、史迹径与文化旅游、革命教育、乡村振兴、精准扶贫、全民健身等有效融合。

三、粤港澳“人文湾区”的建设路径

（一）树立文化自信与文化认同，提升三地文化价值共识

粤港澳三地，制度不同、历史不同、发展水平亦有差异，但同属一个国家，亦同属岭南文化圈，有着共同的精神血脉、文化传统和情感记忆，这是三地相互合作扶持、区域协调发展、城乡以强带弱的文化根基。坚定对中国特色社会主义建设的文化自信，将对中华优秀传统文化、革命文化、社会主义先进文化的深刻体认，凝聚为拼搏进取、开放包容、团结友爱的意识，转化为更基本、更深沉、更持久的力量，既坚守根本，又与时俱进②。

（二）发挥产业优势与区域实力，打造数字创意国内标杆

粤港澳大湾区既是华南沿海经济发展的新高地，也将是新一代信息革命浪潮下数字文化产业发展的新标杆。立足现有产业基础，依托大湾区一系列国际化科技研发中心、国家级产业基地和世界顶尖创新企业集群，发挥三地外向型经济优势，把握物联网、大数据、虚拟现实、全息影像、人工智能、区块链等前沿科技的发展契机，率先探索新技术在文化和旅游产业领域的融合应用，带动新一轮的产业升级，推动人文湾区与智慧湾

---

① 黄堃媛．我省新增33处全国重点文物保护单位．南方日报，2019-10-17（A07）．

② 意娜．宜居宜业宜游：粤港澳大湾区文化产业发展的国际视野．深圳大学学报（人文社会科学版），2019（3）：8.

区、科技湾区、生态湾区共生共荣①。

（三）重视文化传承与文化创新，全面优化文化发展生态

尽管大湾区城市高度现代发达，但独特而久远的岭南文化，在方言、音乐、戏曲、建筑、技艺、民俗、餐饮等领域依然得以完整保留，在民间以各种充满生命力的方式代代相传，在日常生活中仍然生生不息，成为极具标识性的区域文化表征。保留古老的中华文化基因，继承和弘扬优秀传统文化，保育和活化历史文化遗产，培养和扶持非遗文化传承人，营造和保存文化发展生态，将文化创意和设计服务与博大精深的岭南历史文化资源有效联结，通过传统文化的创造性转化和创新性发展，使其表现形态和传播方式更加与当代文化相适应、与现代社会相协调，这是塑造特色人文湾区的重要维度。

（四）着眼国际前沿与面向未来，构建中华文化创新高地

在新的全球发展格局下，文化软实力成为国际竞争力的重要组成部分，高质量发展文化产业，营造多元包容的文化发展生态，展示开放创新的城市文化品格，提升中国文化的生产力、表现力、吸引力和影响力，是提高中国文化软实力的重要内涵。粤港澳大湾区代表着中国城市群发展的典范，大湾区的文化建设也将引领中国城市文化发展方向，既要展示卓越、领先、前沿的发展势头，也要呈现多元、协调、有序的发展格局。

随着粤港澳大湾区的建设启动，坚持立足本土与面向未来、坚持以人为本与中国特色的人文湾区也开启了创新发展的新篇章。对大湾区而言，将创新驱动与制度引领摆在首位，既兼容并蓄又不忘初心、既传承传统又不因循守旧、既遵守规则又敢于突破障碍、既发挥既有优势又敢于探索新路，将三地两种制度的衔接障碍转化为叠加优势，将经济实力、科技实力和区位优势转化为助推文化发展的资源禀赋，从政策、产业、市场、金融、人才等角度，全方位营造良好的文化发展生态，是构筑中华文化创新高地、建设国际一流人文湾区的基本旨归。

周洁，汕头大学中文系讲师

本文刊载于《城市观察》2020 年第 4 期

① 金元浦．创意经济是 5G 背景下粤港澳大湾区综合融会发展的头部经济．深圳大学学报（人文社会科学版），2019（3）．

文化先行，叙事创新：粤港澳大湾区的全球史传统与实践探索

郭丽娜

明代郑和下西洋是中国海洋经略历史和海洋意识形成的重要事件。欧洲“倚陆向海”的意识形成于大航海时代，启蒙时代法国自然史学者布封再次强调对南半球陆地和“南大西洋和太平洋进行研究”的重要性①。大陆国家与海洋意识是中法对话的意识形态基础，文化先行与海陆相济是中法文化对话的基本原则。鸦片战争之后，中法关系上升为近现代的主要中外关系之一，近现代东亚发展史上更留下深刻的法国文化印记，体现在语言文化、教育和医疗等不同领域。本文尝试从法国的东亚文献形成入手，指出两点：法国的南亚研究具有以语言文字为主要特色和尊重文化多元的基本特征；现存文献充分说明东亚融入全球史的进程。接着本文就建设“一带一路”和“构建人类命运共同体”两大时代命题，对粤港澳大湾区在未来国际文化交流中的叙事艺术形式做一点思考。

一、法国的南亚研究特色：以语言文字研究为多

西方传教士入华，遭遇巨大的文化差异，就适应与否问题，内部争论不断。十七世纪末法国传教士入华，激发“中国礼仪之争”，持续近百年之久。（争论是一把双刃剑，也起到促进文化交流的作用。）就中法关系而言，交流的向度更加明显，主要原因是法国人有从事语言文字保护的传统和重视文化研究的基因。在中法文化交流过程中，参与群体多，交流意愿强烈。在东亚研究方面，法国的学术范式呈现出以语言文字为多的整

① Etienne Taillemite, Bougainville et ses compagnons, Paris: imprimerie nationale, 2006, p. 7.

体研究特征。

法国对远东语言文字的重视受益于传教士的实践活动。早期不论是走中国社会上层路线的耶稣会还是深入民众的巴黎外方传教会，它们都在中国语言文字研究史上作出重要贡献。利玛窦入华提倡“适应”策略，语言学习是“适应”策略的基础与前提。鸦片战争之后，不论新教还是天主教，均重视东亚词典、语法和教材的编写，在传教士的推动下不断在欧洲出版。1814 年，法兰西学院汉学讲席设立，首位专业汉学讲席教授雷慕沙（Jean Pierre Abel Rémusat，1788—1832）把语言学习设定为从事汉学研究的前提条件，重视远东语言文字教学遂成为法国汉学研究的传统内容。法国汉学权威魏丕信（Pierre-Etienne Will）最近重申：

> 革新汉语语言教学法，是雷慕沙出任汉语教师所能做的事，也是他在汉学讲席上取得的重要成就。法国传教士的语言研究成果在雷慕沙时代广为流传。受此鼓舞，雷慕沙坚持与如下观点作斗争：中国语言是一种神秘的、异常难学的语言，无清晰的语法，也无书写体系。为此他坚持不懈，用正确的方法训练，学生在数年后终于达到熟练运用中国语言的程度。为了帮助学生学习汉文并宣传自己的理念，雷慕沙申请资助，出版《汉文启蒙》及其他汉语著述。①

就法国的东亚语言文字研究本身，巴黎外方传教会的贡献最为显著。据巴黎外方传教会档案馆前馆长穆塞（Gérard Moussay，1932—2012）统计，在 350 年的远东传教史中，巴黎外方传教会为东亚 13 个国家 53 种语言文字的保育工作作过贡献，其中中国方言种类最多，有 18 种；位列第二的是越南，有 15 种②。

这一成就得益于巴黎外方传教会有完善的印刷机构和出版网络。十九世纪之前，重庆沙坪坝印刷厂陆续出版西南方言作品，后越南河内出版社创办，增加出版语种与出版量。此外，巴黎外方传教会还协助巴黎印刷厂出版东方语言文字作品。法国印刷史专家拉戈-德尔古尔（Ragot-Delcourt）指出，传教士从东方带回模具，改善巴黎国家印刷厂的出版条件：

> 巴黎外方传教会改良印刷技术，使其专业化，与此同时，传教会也为法国国家印刷厂提供了大量印刷工具和模具。后者在传教士的指导下，铸造了好几种东方字模冲头，比如暹罗文、泰米尔文、坎纳拉文，有的字模则直接来自亚洲，比

① Pierre-Etienne Will, French Sinology, Journal of Chinese Histoire, 2022（1-50）.

② MEP, Bibliographie des Missions Etrangères: Civilisations, Religion et Langues de l'Asie, Paris: Les Indes savantes, 2008, introduction p. 6.

如汉字字模。①

1894年，巴黎外方传教会在远东最大贸易港口香港创办纳匝肋之家，为一所集灵修、印刷和出版于一体的文化机构，其创办“意味着巴黎外方传教在语言和文化上的影响力达到巅峰”②。创办人鲁塞耶（Jean-Joseph Rousseille，1832—1900）承诺：“印刷厂未来出版大量书籍，包括中英书籍，甚至马来语书籍，来传播福音……我们可以逐步筹建一个福音图书馆。”③

香港纳匝肋印刷厂的创办为巴黎外方传教会加入全球出版网络创造了条件。该出版机构首先雇佣有丰富远东工作经验和实战经历的传教士进行管理，加强与欧洲知识分子阶层的互动，保证出版运作和选题的国际化；其次，与欧洲（如巴黎、里昂、里尔、罗马）的出版机构建立起联系，与上海耶稣会徐家汇土家湾印书馆、北京遣使会北堂印刷厂、东南亚诸多印刷厂发展业务往来。

据穆塞统计，在语言文字方面，香港纳匝肋印刷厂的出版物共涉及75种语言，占巴黎外方传教会亚洲语言文字出版物总数的45.2%，主要是字典、语法、词汇、区域用语、语言分析、《圣经》译本和亚洲文学作品的欧洲语言译本，等等④。

拉戈-德拉古尔也指出，纳匝肋之家确实发挥了多语言功能，在1934年纳匝肋之家创办40周年庆典之时，档案馆展出其主要语言文化出版物，按语种比例排列，分别为：中文28%，安南文17.4%，拉丁文17.4%，法文11.9%，其余语种有英文、查莫罗文、藏文、老挝文、马来文……⑤

出版业发展，新语言信息不断导入，使欧洲知识界对中国语言文字的认识日益翻新，也推动欧洲比较语言研究向前发展。

除了传教士和汉学家的努力之外，法国东亚语言文字研究的另一个标志性历史事件是十九世纪末二十世纪初，法国外交部委托巴黎东方语言专校汉语教授微席叶（Arnold Vissière，1858—1930）制订官方汉字记音方案，作为语音纲要，从政府层面规范远东的重要语言之一——汉语的文字与读音关系。微席叶方案获批之后，在法国各政府部门和

---

① Véronique Ragot-Delcourt, LÂApostolat par la presse dans les missions, Les Missions étrangères: trois siècles et demi d'histoire et d'aventure en Asie, Paris, Perrin, p. 207.

② Gérard Moussay, Archives des ME, Etudes et documents 21, Asie religieuse 2005, chiffres et données, Paris: Eglise dÂAsie, 2005, p. 158.

③ Véronique Ragot-Delcourt, LÂApostolat par la presse dans les missions, Les Missions étrangères: trois siècles et demi d'histoire et d'aventure en Asie, Paris, Perrin, p. 204.

④ MEP, Bibliographie des Missions Etrangères: Civilisations, Religion et Langues de l'Asie, Paris: Les Indes savantes, 2008, introduction p. 6.

⑤ Véronique Ragot-Delcourt, LÂApostolat par la presse dans les missions, Les Missions étrangères: trois siècles et demi d'histoire et d'aventure en Asie, Paris, Perrin, p. 208.

科研机构推广，并获得法兰西远东学院和上海耶稣会的认可和支持，成为科研机构标记远东地区语言读音的唯一参考文献，也是后期法国最大东方语言教学机构巴黎国立东方语言与文学学院的语言教学参考文献。

记音体系既传承自欧洲传教士和法国经院汉学学者的古典学研究，也是微席叶虚心听取法国公使团的建议，结合自身的外交翻译经验，认真思考的结果。方案既是法国汉学界和西方外交界集体努力的结晶，也是微席叶的个人成果。方案实用性强，在法国各科研机构推广之后，形成学术规范，促进学者间的交流，提升了法国的南亚和中亚研究在国际学术界上的影响力①。

这一历史事件意义深远。从政治层面看，方案的实施系紧法国与中国之间的政治和经济纽带，推动中欧贸易关系，也有助于现代国际秩序的形成；从学术研究层面看，文件的落实夯实法国注重远东语言文字研究的基础，推动文化交流和学术研究，为后来法国南亚研究领先于其他欧美国家打下基础。

二、亚洲文献的保育效果：整体呈现东亚参与全球史的进程

十七至十八世纪中法之间的信息交流基本上靠传教士以诠释式翻译的形式零碎传递。1844 年，中法《黄埔条约》签订之后法国驻上海总领事馆成立，中法贸易和外交关系以及相关规则慢慢建立，在华外交官和商人与传教士一起成为法国社会的重要信息来源。法兰西远东学院成立为法国汉学实现理论与实践相结合、传教士汉学与专业汉学相依存并走向巅峰创造了极为便利的条件。

就东亚研究本身，自十七世纪末遣使会古伯察和秦神父从我国内蒙古西湾子辗转来到中国西南之后，东亚及其海域逐步进入了西方社会的视野，相关论著非常多，内容从语言领域慢慢进入生物学和博物学领域。近现代法国汉学专业化之后，东亚研究在前期文献积累的基础上，语言文字研究趋向专业化，文化研究呈现为在自然历史大框架之下，涵盖人类学、动物学、植物学等专业化学科的基本特征。从法国从事东亚研究的人群看，不同社会阶层和不同学科的研究各有侧重，最终形成了不同类型、领域互有交叉的档案和文献。

首先，科学活动、商业活动与福音活动同行是传教士这个特殊知识分子人群的日常，其东亚研究具有侧重语言和自然史的特征。语言问题上文已有论述，南亚区域语

① 郭丽娜，桑瑞. 微席叶与法国汉字记音方案. 广州：广东人民出版社，2022. Adrien Launay, Histoire générale de la société des Missions étrangères, Paris, Téqui, 1894, t. 3, p. 592-594.

言和方言词典、教材编写是各修会的必修事务。此外传教士穿街走巷，了解民风习俗，在民俗搜集、地图绘制上发挥过非常重要的作用。中国西南地区自然地理环境特殊、资源丰富，在此活动的法国传教士为西方人类学、种族学和动植物学诸现代博物学科建制提供了大量信息与资料，形成了巴黎外方传教会档案、遣使会档案等大型文献和档案库。

仍以巴黎外方传教会档案为例，据其前馆长南志恒（Adrien-Charles Launay，1853—1927）统计，十九世纪末巴黎外方传教会在华共有2165家公共教育机构、39家修院和81家职业教育学校，分别接受学生59 386名、1715名和1849名，另有孤儿院243所，接收 12 484名孤儿①。教育、慈善事业与出版业的发展是中国社会进入近现代的重要特征，并反映传教士的介入程度，由此所产生的档案不仅涉及语言文字，而且涵盖了医药、教育、动植物学、疾病、社会情况和自然环境等领域，见证和记录了不同时代的人和事，反映时代风貌、社会文化和某个群体的认知状况。

第二种档案和文献来自外交和殖民者。法国外交官与清政府涉外部门的外籍雇员既是政府公务人员，也是科学爱好者。作为一个特殊的知识分子阶层，他们除了公务，还参加社会活动，创办期刊，从事远东语言文字研究、翻译与文学创作。在清朝海关和邮政系统中任职的帛黎和铁士兰，在华法国外交人员克洛代尔、谢阁兰、德·莫朗和微席叶等人都对远东研究作出贡献，形成非常有特色的外交档案、殖民地部档案和国防档案。

在东亚研究方面，清代中国西南一度为法国传统活动范围，中法文化交流非常活跃。仅以乔治·苏列·德·莫朗（George Soulié de Morant，1878—1955）为例，他受法国著名女作家朱蒂特（Judith Gautier，1845—1917）的影响，对中国文化情有独钟，先后以法国外交部译员和领事的身份在中国生活多年，成为中国问题专家，在中国医学、语言、翻译和文学上均有建树。他译介过《西厢记》《金瓶梅》《西游记》《风月传》《三言两拍》等中国古代文学作品，其中《西厢记》译本 *LÂAmoureuse Oriole, jeune fille, roman dÂamour chinois du XIIIe siècle LÂAmoureuse Oriole*（1928，翻译书名为《热恋中的少女奥利奥，中国十三世纪爱情小说》）是《西厢记》的最早法文全译本；此外，他还以中国古典文学为蓝本创作小说 *Bijou-de-Ceinture*（1925，《佩玉：男旦》）和 *La Passion de Yang Kwe-Fei*（1924，《杨贵妃》），并著有中国语言文法书 *Éléments de grammaire mongole*（1903，《蒙古文法概要》）和中国文学研究专著 *Essai sur la littérature chinoise*（1912，

① Peng Yuping、Guo Lina, A la recherche des émotions fugitives, subtiles et délicates: Acculturation du《Ci》en France sous la perspective de la Qiao-Yiologie, Monde Chinois-Nouvelle Asie, 2022, p. 51-68.

《中国文学简本》）和 *Théâtre et musique modernes en Chine*（1926，《中国现代戏剧和音乐》），是第一位认识到“词”这一中国特有文学体裁的创作特征的西方学者，也是第一位对中国文学与音乐的整体关系有深刻认识的西方学者①。他的另一重要贡献是通过翻译中国针灸术，出版 *Sciences occultes en Chine: la main*（1932，《中国科学：手相》）、*Précis de la vraie acuponcture chinoise*（1934，《针灸术简要》）、*LÂAcuponcture chinoise*（1939—1941，《针灸法》）等科学著作，把中国针灸术和养身术引介到西方医学界，对法国当代养生理念的形成产生了关键性影响。在中国文学方面，德·莫朗是第一位认识到“词”这一中国特有文学体裁的创作特征的西方学者，也是第一位对中国文学与音乐的整体关系有深刻认识的西方学者②。

第三种文献是专业中国学研究者的成果。1900 年法兰西远东学院成立，微席叶汉字记音方案普及，法国学者在越南河内发起首届“远东研究大会”③，以南亚及其海域为活动区域，发展“科学、商业与实业”。法兰西远东学院院长菲诺在该次会议上致辞：

> 以往，学者们单枪匹马从事研究，各有封邑，不乐意见到闯入者。一般而言，大家不愿与他人合作，以尽快达成科研目的，而是希望独自到达目的地。独自发现更为重要，而不是尽快有所发现。科学发现成果的先后排序问题也会引发争论；所用文献不同，也会出现意见分歧，并使敌意公开化。

我相信，当下学术界的同行们有着更为开阔的视野，更重视合作和团结，而非自立；更注重成果，而非个人得失④。

这一基于语言文字的学科整合，确实如菲诺所言，达到整合学术力量和减少学术纷争的效果，为法国东方学家专务东亚语言文学、历史和艺术研究并进行理论建构提供了可能，也为法国汉学研究执西方之牛耳创造了有利条件。此后涌现出葛兰言、戴密微、谢和耐、艾田蒲等具有国际影响力的中国研究大家。

三、粤港澳大湾区的全球史与未来使命：叙事艺术的探索

粤港澳大湾区不仅是一个经济和地理概念，也是一个文学和文化概念。广州临近港澳，曾是中国唯一对外口岸、当代中国对外开放的重要城市。在当下，广州是粤港澳大

① Henri Cordier, Congrès des Orientalistes de Hanoï, TÂoung Pao, Second Series, Vol. 4, No. 1 (1903), p. 53 -69.

② Henri Cordier, Congrès des Orientalistes de Hanoï, TÂoung Pao, Second Series, Vol. 4, No. 1 (1903), p. 55.

③ Henri Cordier, Congrès des Orientalistes de Hanoï, TÂoung Pao, Second Series, Vol. 4, No. 1 (1903), p. 55.

④ 关于安菲特利特号商船的主要研究成果，参见《环旅与邂逅、想象与诠释》（广州：广东人民出版社，2022 年版）一书中的《专题一：安菲特利特号与法国耶稣会》文章。

湾区连接西南和其他区域的枢纽，势必在未来湾区对外文化交流中发挥重要作用。就中法关系而言，法国驻穗领事馆是法国首个在华领事机构，设立于1777年。中法战争之后，法国以亚洲最大殖民地法属印度支那（即越南）为据点，向东亚渗透，进行殖民，与英国殖民势力既开展合作，又进行竞争。过往中法文化交流文献中，不论外交殖民档案，还是修会档案，均有大量文献涉及大湾区和广州，以两个例子来说明问题。

首先是法国商船“安菲特利特”号。该船是史上首艘赴华进行经济贸易的法国船只，在广州和湛江有过停靠。除了我国保存的档案文献之外，法国国家档案、国防档案、洛里昂东印度公司档案、耶稣会档案均有大量文献存留。自耿昇老师提出“安菲特利特”号议题至今，国内学术界对该船只的研究已有20年之久①，分别从政治、经贸和文化交往等角度阐发问题，对广州作为对外经济口岸在历史上的地位已有相当深刻的认识，也由船只来华牵引出更多相关文献、档案和议题。

另一个例子是巴黎外方传教会档案中的区域文献。在该修会档案中，牵涉大湾区的内容可以大体分成三类。第一类与历史、传说与信仰相关，穆塞曾说：很多传教士都通过写作为未来的远行者提供信息，或准确转达他们的发现。他们的作品通过各种途径出版，如书籍、专业杂志上的文章，或者以手稿形式保存在外方传教会档案馆内。

所谓“历史、传说与信仰类”出版物，主要是指传教士的各种人类学考察报告和心得。据穆塞整理，在南亚从事此类文献写作的主要有传教士陈嘉言（Georges Caysac，1886—1946）、唐定球（Auguste Dalle，1875—1965）、周怀仁（Camille Héraud，1867—1937）、Paulin Renault（1846—1913）、陆文思（François Labully，1866—1941）、罗惠良（Joseph Lavest，1850—1941）、赖嘉禄（Charles Rey，1866—1943）、Alfred Fabre（1878—1967）、沙百里（Jean Charbonnier，1932—2023）和庞乐培（Bruno Lepeu，1966—）等等。

第二类是与语言文字文学相关的文献。粤港澳地区有粤、客家和潮汕三大方言，主要出版物有：何神父（Louis Aubazac，1874—1919）著《粤法字典》《粤语常用词表》《粤法字典：附偏旁部首和汉字表》《新传教士粤—法语言考试测试指南》《粤法信仰词汇》《粤语俗语》《粤语言最常用汉字表》；陈嘉言（Georges Caysac）著《粤方言入门》《粤方言入门：增补版》；祝福（Gustave Deswazières，1882—1959）著《现代粤方言表达法》；江神父（Isidore Le Tallandier，1857—1931）著《法粤会话手册》；赖嘉禄（Charles Rey）著《客—法词典，附发音方式和练习》《汉法字典：客家方言，附句法解

① MEP, Bibliographie des Missions Etrangères: Civilisations, Religion et Langues de l'Asie, Paris: Les Indes savantes, 2008, introduction p. 6.

释》《客家方言会话，附语法解释》《汉语会话增补：信仰词汇（客家方言）》，等等。

巴黎外方传教会编写字典，主要目的是为即将赴远东传教的传教士提供当地的语言文化信息，让他们尽快地适应地方风俗习惯。因此此类字典并非严格现代意义的字典，而是更像百科全书，无所不包，又有所选择和侧重，编写范式和词条收录都有一套基本规范，大致包括“序言”“正文”和“附录”三个部分。“序言”会介绍语音和文化背景，有时也会介绍句法和语法规则；“附录”一般是关于中国历史文化的知识点，也收录一些严格意义上的文学作品。法汉两种语言属于不同语族，法语表音，汉字表意，汉语文言不同。这点早期来华传教士已有认识。汉外字典的编写一般是以“文”带“言”，而外汉字典的编写则以“言”带“文”为多。记音虽适用法语正字法，但仍然体现中国语言文字的特殊性。在粤港澳地区三种方言中，粤语是唯一有文字的语言，因此在上述语言文字研究中，《粤法字典》的编写最成熟，也是影响最大的。最后是地图，修会档案馆内保存大量手绘地图和海图，至今未曾出版。

以上仅为一个修会档案，容量非常大，其他档案和文献的保存量更是难以估计。从某种意义上讲，海量的文献、丰富的内容见证了东亚和粤港澳大湾区参与全球史的进程和介入海洋活动的过程。

“一带一路”和“构建人类命运共同体”既强调区域意识与全球意识，也强调人文回归。文学界重视粤港澳大湾区作为一个文化核心圈和一个文化符号的功能，不断呼吁“加快构建中国文学话语和中国叙事体系，讲好中国故事、湾区故事”。那么当下的问题是：在现有条件下，如何整合海量文献，有说服力地做好区域、民族、国家和全球叙事？

艺术是一种与感官、情感和本能相关的人类智识活动，与“自然”和“科学”相对[①]，因此艺术源自生活，又高于生活，既有真实的成分，又有虚构的一面。著名人类学家马塞尔·莫斯（Marcel Mauss，1872—1950）认为，“艺术品是一种获得一个群体共同认可的、具有某种价值的物品”[②]。在“一带一路”和“构建人类命运共同体”的时代命题下，叙事的艺术是学术界面临的另一考验。

---

① 在西方的知识体系中，“自然”（nature）是一种“无需经过思索、脱口而出的表达能力”，“科学”（science）是“不考虑应用功能的纯粹知识”，“艺术”（art）则强调“人工”精细加工。参见“art：définition de Art”，sur www. cnrtl. fr. 。

② Marcel Mauss，Manuel d’ethnographie（Cours professé entre 1926- 1939），Paris，Payot，1971，p. 89，cité par Thierry de Duve，Au nom de lÂart，Paris，Minuit，1989，p. 10.

四、结语

概言之，中法同为海陆国家，两国的传统文化中具有相似的陆地观念和海洋意识。在过往中法文化交往过程中，形成大量东亚文献和档案，充分反映东亚参与全球史的过程。用传统学术研究范式，即文献收集、整理进行诠释，建构学术史是必不可少的。与此同时，新时代形成新的问题意识，粤港澳大湾区在未来的中外（中法）文化交往中，运用新技术，组织好文献，创造性地做好新时代的区域、民族、国家和全球叙事，也是另一必然的学术趋势。叙事艺术与传统经典研究并不相悖，而是互补，将在不同时代和不同领域各自发挥重要作用。

郭丽娜，中山大学中文系教授

本文刊载于《粤海风》2023 年第 1 期

辑二

大湾区文学论

粤港澳大湾区文学的文化底色与未来品质

蒋述卓

2019年2月18日，中共中央、国务院正式印发《粤港澳大湾区发展规划纲要》，7月6日，广东省作家协会、香港作家联会、澳门笔会代表三地的文学组织，在广州签署战略合作协议，成立了粤港澳大湾区文学联盟，拉开了合作建设粤港澳大湾区文学的帷幕。关于什么是“大湾区文学”，学者们还在探索、研究、争议，尽管说法不一，但大致相同的意见都认为必须是一种既承接岭南文化传统又具有新质的文学，是一种面向未来的文学。从承接传统来看，以1840年划界，有中国近代以前的岭南文化的远传统，又有近代以来直到现在将近180年间所形成的文化的近传统，这两个传统与粤港澳三地同属岭南文化的文化底色密切相关，同时又为未来大湾区文学的发展打下了坚实的文化基础，影响着大湾区文学的发展路向和品质。本文从大湾区文学未来品质的三个方面：开放与创新创造性、流动与多元共生性、当代前沿与世界性，去探究它们与岭南文化底色的关系，坚定大湾区文学的文化自信，让大湾区文学在人文湾区的建设中发挥重要的作用。

一

从岭南文化远传统和近传统的衔接来看，它展现出一条清晰的线索，那就是从受容、包容再到创新创造的相互交织相互推进的发展线。

总体来说，岭南文化在1840年以前，受容程度大许多，但在受容中也时有包容和创造。受容状态是一种被动的接受，正如从汉、唐到宋、元，随着汉、魏晋南北朝、唐末、宋末几次大移民的进程，也随着被贬谪迁徙官员的南下，中原文化逐渐进入并影响岭南文化，岭南文化也融入中华文化之中，成为中华文化的一部分。但在受容的过程中，又呈现出主动状态的包容和创新创造。如惠能和陈白沙。惠能到黄梅求佛时，被人看不起，被视为岭南“獦獠”，似乎还是没有进化好的另类。但他靠极高的领悟力创造了震惊佛坛的偈语，在被人追杀后逃回到岭南，创立了第一次佛教中国化的禅宗，成为开宗立派的新一代佛教祖师和中国思想界的革命大师。江门的陈白沙，熔儒道释于一炉，中和诸家，推崇“自信”“贵疑”“自得”“觉悟”，主张以独立的主体意识，大胆怀疑，独立思考，创造了与传统理学相区别的独具岭南特色的“江门学派”，其重“心”重“自得”的理论与方法比阳明心学还要早。

从明朝开始，岭南地区的受容状态逐渐向主动包容方向发生着变化，尤其是随着西学东渐的展开，以罗坚、利玛窦为代表的西方传教士等从西方来到澳门、广州、肇庆、韶州等地传教。以及随着清朝唯一开放通商的广州口岸的繁华，岭南地区变得更为开放和包容，树立起一种不怕“异端学说”，以开阔的胸襟、宽容的态度接纳外来思想，择善而从、为我所用的文化姿态，岭南地区逐渐形成了一种开放与融通互为表里的文化心理和文化性格。

到了近代，随着中西文化的相互激荡，在反抗帝国主义侵略和追求西方进步思想的双重变奏中，岭南思想界发生巨大变化，近代岭南文化的整体精神风貌就是在主动接受西方思想中建立起经世致用、爱国救亡的启蒙之学，在追求个体自由和群体觉醒的过程中实现中国的改变与崛起。林则徐在岭南虽然只住了两年，但他组织人员编撰中外文书刊以了解西洋事情，广求“夷务”新知，他所编译的《四洲志》成为魏源《海国图志》的基础。他还带头冲破禁区，在实际操作上仿制洋船洋炮，开启了“开眼看世界”潮流。魏源的《海国图志》在林则徐《四洲志》的基础上扩充而成，成为进一步打开世界视野的标志。他提出的“师夷长技以制夷”的思想进一步推进了在全方位上（军事、器物到西方政制）向西方学习的理念，这成为其后的洋务运动的指导思想，也成为维新变法和辛亥革命的先声。香山人郑观应的《盛世危言》借阐述西方制度和思想，提出要张扬国威、抵御外侮，起到警世鸣钟的作用。康有为在西方思想的启发下，融中西各国文化精华，托古改制，提出了“大同说”，其思想自称来自中西文化的一切优秀方面，幻想在继承中西优秀文化传统的基础上超越一切既有的文化，创造先进的新文明，这成为其维新变革思想的源头。梁启超在对新文化的追求中，提出要更新与重塑传统文化，改造民性，铸造新国民，从开民智、兴民权、育民德入手，倡导“合群”和追求自由，建立一种新的世界秩序观，开启了从个体与国家关系切入，力图建立一个崭新的民族共同体的新思潮。这种“新民说”一直影响到五四运动之后的思想界。孙中山决心学习西方改变中国并击败西方的侵略，从不亡国灭种的动机提出革命，矢志推翻满清帝制。他自称“余之谋取中国革命，其所持主义，有固袭我国固有之思想者，有规抚欧洲之学说事迹者，有吾所独见而创获者”①。开放的视野使他融通中西文化而提出具有颠覆性和创造性的革命思想。“开放不仅是岭南人的精神，也是岭南人的实践模式和生活方式，是精神和实践相结合的一种价值取向。”② 开放使岭南人有兼容并蓄的胸怀，也为求新求变以及创新创造提供了社会文化心理的基础。近代岭南文化逐渐由地域文化成为引导中国文化路向的主导文化，具有强大的辐射作用。

研究岭南文化的多项成果都提到，岭南文化之所以会形成这样的开放、融通并继而实现创新创造的特点，一是与岭南的地理状况相关，因为两面濒海，形成了内靠大陆外向海洋的地理环境，故从汉以来就有了“海上丝绸之路”的发端。外贸业在唐宋时期就很发达，到清时作为对外唯一口岸更使岭南成为中国对外的窗口，加之还有重商的传统，共同促进了岭南地区开放意识的形成。二是近代以来东西方思想的碰撞，民族矛盾、阶级矛盾空前尖锐，社会形态的剧烈动荡促使了从被动开放向主动接纳的转变，形成了兼收并蓄的博大气魄和开阔胸襟。三是岭南地区从来就有向外拓展的移民传统，“过番”谋生者历来就存在，到晚清时除南洋有数十万人之外，新老金山客也达二三十万人，形成了遍及南洋和欧洲、美洲的华侨华工群体，更何况还有主动派出幼童出国留学的行动。“中国留学生之父”容闳就在香山，晚清幼童赴美，广东籍占大多数。广东人主动留洋再将西洋知识带回中国，在中国实现创新创造的例子，在二十世纪上半叶的中国也有突出的表现。如孙中山、张竞生、李金发、冼星海、林风眠等等。

粤港澳大湾区文学有这样的文化做底色，未来品质也必然具备开放与创新创造性。我在论人文湾区建设时曾经这样说：“粤港澳大湾区是中国开放程度最高、经济活力最强的区域之一，其目标是要创造国际一流湾区和世界级城市群，一个内地与港澳深度合作示范区、宜居宜业宜游的优质生活圈。那么人文湾区的建设就要有与大湾区整体目标相匹配的标杆，即打造一个文化创造力兴盛活跃、文化产业体系完善、文化交流的国际化水平极高、文化消费动力充足的优质文化生活圈。”③ 从黄遵宪、梁启超提出的“诗界革命”“小说界革命”以来，岭南文学就是开中国文学风气之先的文学，我佛山人（吴趼人）在梁启超主编的《新小说》上开始小说创作，先后写出《痛史》《二十年目睹之怪现状》等轰动文坛的小说，成为晚清“谴责小说”巨匠。二十世纪六十年代

① 孙中山. 孙中山全集：第七卷. 北京：中华书局，1985：60.
② 李权时，李明华，韩强. 岭南文化. 广州：广东人民出版社，2010：64.
③ 蒋述卓. 人文湾区建设，扬帆正是好时节. 南方日报，2021-11-14（A06）.

到九十年代，香港出现了以金庸作品为代表的武侠小说，昆南、刘以鬯、李碧华等的带有先锋性的小说，以西西为代表的“城市小说”，梁凤仪的“财经小说”，倪匡的“科幻小说”，黄易的“玄幻小说”，亦舒的“言情小说”等等，广州则有章以武、张欣、张梅等的“城市文学”，深圳、东莞、佛山兴起的“打工文学”。新世纪以来广东的网络文学在全国领先一步，许多著名的网络作家如当年明月、南派三叔、天下霸唱、慕容雪村、李可等都是由广东起步，尔后闻名全国的。最引人注目的就是广东阳江人林庭锋和中国台湾籍人士罗森在 2001 年 11 月就筹办起点中文网，2002 年 6 月试水，2003 年就实行 VIP 制度，11 月开始在线收费阅读，2004 年就是中国网络文学第一大网站，成为中国网络文学最重要的孵化器之一。“网文出海”也是他们创造的，开拓了网文海外传播的“起点模式”。广东最早创办《网络文学评论》杂志，最早将政府文艺奖“鲁迅文艺奖”颁发给网络小说，也是中国最早成立网络文学作家分会的省份之一。现在，香港的网络文学也盛行起来，薛可正、张晨等的创作也极有香港的独特韵味和市井气息，更为重要的是带有科技创新发展的色彩，是黄易、倪匡、亦舒等人传统的传承与发扬。上述文学发展之种种，与岭南文化的底色密不可分，而在未来大湾区文学的发展中，有大湾区的良好文化环境和多年来文学打下的基础，这种开放创造的品质必定会得到进一步彰显。

二

岭南文化又是一种流动的文化，人员的南来北往以及与外国人的贸易往来和文化交流，让岭南文化具备多元共生的品质，这也是影响未来大湾区文学发展的重要因素。

岭南先民可以追溯到 13 万年前的马坝人，“商与西周时代，居住在这里的古越族先民与商王朝有直接间接的交往和贡物关系”①。秦始皇三十三年（公元前 214 年）秦统一岭南，设置南海郡，今广东大部分地区属南海郡，郡治番禺（今广州市）。南路一带属象郡，西部一部分属桂林郡。岭南从此直接归属中央王朝。秦始皇时期，曾迁中原五十万人戍防五岭，与越人共处杂居。又批准赵佗将一万五千名无夫家的妇女送到军中与秦军婚配，繁衍后代。汉以后，中原人避乱移居岭南，与当地人杂居通婚，岭南逐渐成为移民之地。唐时，在岭南经商而流寓岭南的外国人也与汉族通婚。据载，公元 879 年，黄巢的兵攻入广州城，寄居在城中的外国商人被杀的达十二万。当时广州城人口也就五十万左右，外国商人及其寓居者几乎占四分之一。宋灭之后，南宋遗民大量滞留岭

① 方志钦，蒋祖缘. 广东通史：古代上册. 广州：广东高等教育出版社，1996：9.

南。清初入粤的八旗防军及其眷属（其中部分也是汉人），构成了岭南居民“混杂”的复杂状态。进入改革开放时期，广东人口骤增，其中以珠三角增长最快，内陆省份到广东务工经商的流动人口将近3000万。广州、深圳、东莞、珠海、中山、江门、惠州等市，以及台湾籍人士到此工作和经商者众多。深圳就更是一个移民城市，90%居民为外来移民，仅湖南籍常住人口达350万，湖北籍常住人口达250万。蛇口一地，长期生活与工作的外国人达1.5万，成分涉100多个国家和地区。为了推动广东科技与经济社会的发展，广州自1998年以来就创办中国留学人员广州科技交流会（简称“留交会”），至今已成功举办15届，有约3万名海外人才携1.5万个科技项目参会，有的在广东落地创业。华大基因就是其中最为显著的标志企业。广东同时又是一个向海外移民的省份，有3000万华侨华人，占全国华侨华人总数的三分之二。

澳门一直就是岭南的一部分。1535年葡萄牙人取得在澳门停靠船舶和进行贸易的许可，1557年上岸定居，也有葡萄牙人娶当地人为妻的状况出现，土生葡人也由此产生。澳门的多元文化色彩明显，目前长居澳门的华侨占其总人口的12%，来自东南亚、南美、北美、欧洲等的55个国家和地区。香港在汉代时属于南海郡，岭南人居住最多。抗日战争期间，内地人避乱于香港，再后来内地移民香港的成分逐渐增多，其中以沿海省级行政区上海、江苏、福建、广东的移民最多。后来菲律宾人、印度尼西亚人、印度人、英国人亦在香港居住或工作。同时，内地出国留学后作为引进人才在香港工作的人数也非常可观。

总之，岭南文化是一种流动多元的文化，既呈现出与中原文化相互交融的特点，又有中西文化相互交流交融的色彩。岭南文化在文学中的表现也带有这种流动与多元共生性。

比如岭南文学风格，一般都认为岭南文学平和温婉，清淡明丽，轻快平易，但在特定时刻岭南文学又呈现出雄直之气。像明清之际的岭南文学，文学家处于易代的转折时刻，又广泛游历中原与江南大地，吸收中原的厚重、江南的灵动、秦晋的坚实、湘鄂的刚烈，熔铸出岭南的雄奇雅正之风，这正是在流动中出现的文学风貌。洪亮吉高度评价岭南诗派，称“尚得昔贤雄直气，岭南犹似胜江南”①。书画艺术中也有这种现象，“靖江后人”石涛，为明代遗民，后期的画风也转向沉雄质实，不拘成法，豪放淋漓，饱含着他胸中的郁勃之气。黄遵宪的诗歌中充满坚贞、雄直之气，如他歌颂梅州客家先民参加宋末的崖山之战的诗——“男执干戈女甲裳，八千子弟走勤王。崖山舟覆沙虫尽，重

① 洪亮吉.洪亮吉集：第3册.北京：中华书局，2001：1244.

戴天来再破荒"①。与此相似的还有客家诗人丘逢甲，他不仅是誓死保卫台湾的将领，而且是甲午战后痛哭失去台湾的第一诗人，其诗《离台诗》《春愁》《往事》等沉雄顿挫，苍凉悲壮，骨气充盈，雄气完足。广东现当代文学中，欧阳山来自湖北，在广州写出了颇有岭南风味的《三家巷》等作品。改革开放之后，移民作家带来了各地的文学感悟和表达特点，结合广东的实际写出了风格多样的作品，形成了多姿多彩的文学局面。杨黎光、陈启文等的报告文学，杨克、卢卫平、郑小琼等的诗，章以武、张欣、南翔、邓一光等的小说，放眼看去，从外省移民来广东的作家很是耀眼夺目，他们与广东本土作家一道构建起了广东文学的殿堂。港澳文学也是如此，既承接岭南文化传统，又广纳海内外作家与文学。年轻一代的南来作家如葛亮、周洁茹等创作成绩可观。香港作家联会还牵头搭建起了"世界华文文学联盟"的平台，《香港文学》杂志经常开辟海外华文文学专辑。"海外华文文学带来了世界各地文化，使得香港文学的文化混合更加繁复，显示出独特的文化交错形态，有着不可替代的重要价值"。② 澳门将土生葡人的文学纳入自己的范围，一座小城却容纳着五洲的文化。多元共生的局面在大湾区之内已经显山露水。

当然，近代以来，尤其是近百年以来，粤港澳三地在政治制度、经济发展、社会治理、文化教育等方面差异明显，港澳回归之后，"一国两制"政策也保证了港澳文化相对的独立性。如何在构建经济共同体的同时构建文化的共同体，在多元化的前提下构建共生的文化生态，还得回到岭南文化的底色上。因为三地的文化根基没变，语言、生活习惯、文化习俗有共同性，在未来的文化交流与合作中可以寻找到最大公约数。经济、人才可以跨区流动，文化也可以跨区合作共建。在流动中保护多元，也可以在流动中构建共生和谐的文化生态。

三

至于当代前沿与世界性，虽然更多的是面向未来提出的，但依然有着岭南文化的底色做基础。

近代以来，"广东成为中国近代社会革命的策源地和新文化的生长点"，岭南"以鲜明的世界性、民族性、先进性和岭南特质引领中国近代以来的文明进步"③。孙中山领导的推翻封建帝制的革命就顺应世界潮流，站在文明进步的前沿。黄遵宪、梁启超对文学

① 黄遵宪. 黄遵宪集：上. 天津：天津人民出版社，2003：240.

② 赵稀方. 回归后的香港文学：以《香港文学》说开去. 文艺报，2022-06-29（3）.

③ 田丰. 岭南人文精神与人文湾区. 学术研究，2022（2）：43-50.

的振臂高呼成为后来五四新文化运动的先声，他们是思想与文学进步上的先锋。张竞生敢于冲破传统，介绍西方的性学，被称为“中国性学第一人”，具有与世界齐步走的眼光。以高剑父、黎雄才、关山月、赵少昂等为代表的岭南画派，将西方美术与中国写意画相结合，以西方技法表达中国美学意境，掀起了一场艺术革命。李铁夫成为中国油画的先行者，李金发成为现代中国“意象派”诗歌的最早实践者。电影界内，有蔡楚生、郑君里、黎民伟、胡蝶、阮玲玉等，他们都是中国现代电影的弄潮儿。音乐界则有萧友梅、冼星海、马思聪。其中的冼星海，出生在澳门，之后到法国接受西方音乐教育，他熟练地运用西方音乐技法，与中国传统音乐和民间音乐相结合，创造了不少优秀的音乐作品。他的《第一交响曲》是中国第一部交响曲，其中的第一乐章中副部主题采用了从小熟悉的珠江渔民号子《疍民歌》。在延安，他用一个星期的时间就创作出《黄河大合唱》，引领了中国音乐的时尚，其中除了陕北等西北地方音乐元素外，还用了广东音乐元素《顶硬上》。他用西方音乐艺术形式如歌剧、交响曲、艺术歌曲等来表达中国感情、中国故事，成为引领时代的举旗手。他的音乐，既是民族的，又是前沿的、时尚的、世界性的。

在大湾区文学进行时中，有了新的更为宏阔的视野。过去的岭南视角是以山作为地理划分的，“不仅隐藏着陆地的视角，而且与中心相对的某种‘偏远’也从中一览无遗。但现在这个‘大湾区’所蕴含的地理视角无疑是指向海洋的”①。大湾区文学对新城市文学、新工人文学、海洋文学、泛科幻写作、新南方写作等等的探讨，在艺术内容与形式上必将有新的实验与开拓。

关于“新城市文学”，邓一光、张欣、鲍十、南翔、杨黎光、吴君等有了对城市题材的新探索。吴君的《皇后大道》《万福》是深圳与香港“双城”的双重变奏，《晒米人家》是向特区生活深度的开掘。王十月、郑小琼等开始写作他们对城市的碰撞体验。新生代作家王威廉、陈崇正、蔡东等探索城市人的内心思辨。葛亮将写作视角从江南转向大湾区，新作《燕食记》触角细腻，通过大湾区共享而特有的饮食文化深探大湾区文化底蕴和未来的一体化途径。周洁茹用港漂的眼光透视暂时还不属于她的“我城”，唐睿则在移民与香港的融入中写出香港青年成长的心路历程。“新城市文学”必然要具备现代意识，是在面向世界、面向现代化的视野下来观察与书写城市。作家必然会站在现代性的时间与空间下去体验城市的生命律动。海湾城市、社区、工业园区、湿地公园、电子屏幕、楼宇、地铁与城轨、网约车、快递物流、养老院、购物商场、健身、跑酷、

① 王威廉，陈培浩. 地理空间及其文明活力的精神烙印：在大湾区思考一种文学地理学. 粤海风，2021（1）.

电竞、抖音、快手等等都将在现代性的时间内得以展现。城市作为二十一世纪的人类命运共同体，活色生香，复杂、裂变、快速度、多向度的城市景观令人炫目，充满刺激，富有极大的写作扩展空间。大湾区城市一体化的进程必定会使“新城市文学”具备新质，必将在大湾区城市中构建起崭新的文化认同。

海洋文学也将进一步得到开发与拓展。海湾文化、沙滩文化、岛屿文化、台风、红树林、滩涂、海水养殖、出海捕捞等等，将给人带来新的生命体验。大海广阔、美丽而神秘，充满挑战，正如大湾区诗人黄礼孩写到过的大海：潮汐的金属圈，如文字般在或蓝或白的海面扩展，既有荒年的歌唱，又存在无法解密的视像。目前，海洋文学正在广东作家的笔下出现井喷现象，陈继明的《平安批》、林棹的《潮汐图》、厚圃的《拖神》等长篇小说透露出了蓬勃生机。

“新工人文学”与科幻文学、科技文学紧密相连，量子科技、大数据、人工智能、无人机、云计算、数字经济、媒介革命等等，会促进各种跨界的写作。顺德和东莞都是以制造业闻名的城市，“新工业文学”与“新工人文学”交织在一道，开启了大湾区文学工业书写的新空间。最近，顺德作家魏强的长篇小说《大凤来仪》正是以顺德的家电与厨卫行业的创业与竞争为描写对象，展开对制造业在技术创新和管理理念创新上的书写。工业所带来的新空间以及创业之人不断迎接新挑战的心理抗压力的描写，都是以往文学中所不具备的。如小说中写模具厂车间的设备，有美国穆尔坐标磨床、日本瓦西诺光学曲线磨床、冈本高精度精密平面磨床、瑞士阿奇全自动数控慢走丝和火花机以及西班牙立式铣床等等，给人一种震撼。而走进机加工车间，每台机床都配备了专用的工具箱，柜子每层放置的物品名称、数量都有图片与文字标明。最上层的刀具架，每把刀的刀刃都戴上了防护套。看不到凌乱的电源和网络线，机台上的各种管理文件、工艺卡、排产计划单等都整齐地摆放在文件筐里。小说中还通过人物的汇报和对谈，将各种企业管理的术语镶嵌在其中，如海因里希法则、PDCA 循环等等，对工艺流程，作者也有精到的介绍，如钣金的头道工序开料，喷涂的标准等等。

此外，金融文学、商业文学在香港财经小说和广东《商界》小说的基础上，也有了新的尝试。网络文学是大湾区作家的强项，汇通科幻、科技、军事文学，在大湾区的新时代里必将得到更为强劲的发展。

虽然“新南方写作”的讨论尚没有进入与实践相适配的阶段，但理论先行却能开启作家的写作阀门，更何况大湾区内有的作家已经在觉醒和反思中有意识地进行“新南方写作”的探索，力图创造出大湾区以及南方文学的新特点、新风格。

粤港澳大湾区的崛起代表着中华民族伟大复兴的重要实践，顺应着世界文明的发展潮流，它必然也是充满活力的世界文化高地。只要立足大湾区的火热生活，写出大湾区人民为实现未来图景的合作奋斗，未来大湾区文学就必定是当代前沿与世界性的。

面向未来，粤港澳大湾区必定是世界历史上人类的最好喜剧，我们不必犹疑，而应在创新创造中捧出文学的璀璨明珠。

蒋述卓，暨南大学中文系教授

本文刊发于《名作欣赏》2022 年第 31 期

粤港澳大湾区文学的共时呈现

蒋述卓　龙扬志

在粤港澳大湾区建设提升为国家发展战略的背景下，“大湾区文学”作为一个富于文化意味与想象空间的表述，不仅为粤港澳文学互动提供了新的契机，也使区域文学植根传统、立足当下、面向未来这一问题变得更加现实而迫切，因为文学需要回应历史文化与区域生活的演变，以创作实践丰富区域文学的内涵与边界扩张，从而探索文学见证时代、参与时代的书写可能。从文化区的角度重新理解粤港澳文学的共同属性与多元景观，对文学创作与研究或许会起到意想不到的刺激作用。

虽然美国人类学家奥蒂斯·梅森在1895年便使用“文化区”这一术语以确认不同类型的美洲印第安环境，但是有关“文化区”的认知与讨论主要在二十世纪展开。克拉克·威斯勒认为文化区的理想情况呈同心、圆形分布，但在实际运行中，逐渐形成以地域特征为主导的文化中心与边缘区域。二十世纪六十年代中期，米尼格将基督复兴教徒按数量分布划分核心带、主权带、领域带、外围带，进一步发展出文化区空间结构的模型。“文化区”成为人文地理学一个极为重要的概念，通常用来描述文化的历史区域分布和动态发展，由此也可以大致看出，文化区首先是一个基于地缘因素形成的文化空间，其中既有主导文化，也有构成文化多样性的文化元素，各文化元素之间互相交流、融合，不断生长，形成更大的文化圈。共同的语言体系与生活习惯，则是促成文化圈的前提条件。

粤港澳作为以岭南文化为主导的文化区，其文化特征受中原文化和海洋文化影响。众所周知，岭南文化是一种面向自然生活、日常感性的原生型文化，同时又拥有多民族迁徙中形成的宽厚包容的品格；因为有近海之便，相对于建立在传统农耕文明基础之上的中原文化更具开放灵活性，在眺望、体验、参与世界文明的过程中形成了开拓进取的探索精神；此外，岭南地区远离传统政治文化中心，慢慢发展出一套以市民社会和日常生活为价值主导的世俗文化。

因为同根同源的文化基因和紧密相连的地理位置，粤港澳拥有共同的文化传统与历史记忆，又在各自不一样的政治文化空间中吸纳外来文化元素，分别形成各具主体性的文化风格，并彼此参照和影响。如果说所有充满活力的文化具有某种共同的品质，首要提及的无疑是吸纳他者文化的能力，反过来也同样如此，越是具有吸纳异质元素补充自我能力的文化，越是充满生命的强力，越能在诸种文化的竞争中长盛不衰。威斯勒说："正是文化的积累特性及其明显的顽强生命力才需要迅速地移植和传播，或用一个更好的术语说，就是对启示的敏感性。"传统意义上的岭南文化以广州为中心，自十九世纪中期香港开埠以降，岭南文化与西方文化融合，发展为风味独特的都市文化，这种不同于上海、北京、台北的"港味"文化又在粤港澳交流互动中不断溢出本土界域，成为标志时尚的文化潮流。

正如所有异质文化进入传统认知领域时必然遭遇误解一样，自二十世纪三十年代开始，香港就被个别内地文人称为"文化沙漠"，又在后续的他者叙述中延伸到整个岭南地区，并一度成为粤港澳确证文化主体性的焦虑来源。如果说域外他者的言说姿态植根于某种"正统"的文化结构，则显然忽视了文化对于现实的积极参与功能。正如香港资深报人、文化学者罗孚所说，香港衣食住行的文化相当丰富，出版自由，资讯发达，影视艺术空前繁荣，这些来自"文化沙漠"的文化产品，你尽可以说它是"次文化"，却不能说它是"非文化"。

尽管港澳新文学在历史发展过程中呈现出省港、省澳的结构化现象，但并非某种单一化的主导或依附模式。例如，由中国大陆（内地）、中国台湾、中国香港、中国澳门建构的中国新文学版图，在长期以来的历史叙述中，澳门文学通常被轻描淡写，一笔带过。然而随着文学史研究的深入，有学者从西学东渐、中西交汇的源头梳理，提出中国文学的近代化与现代化应从澳门讲起："中国的近代化和中国文学的近代化，中国被动地向西方开放的近代史，在某种程度上应该从澳门说起。作为一种独特的文学记忆，澳门文学无论多简陋、粗糙，都将这样的历史以生动的形态记录下来，以丰满的精神状态得以保鲜。包括早期诗僧结社及其相应的创作，包括清代一些隐居澳门的官员感时忧世之作，澳门文学最早传达出近代化的强烈信息，为中国文学的现代进程注入了最初的活力与资源。"事实上，在中国走向世界尤其是近代以来开启的现代化进程中，粤港澳就扮演过不同寻常的先导与中介作用，然而在强调中国内部生产力/生产关系冲突与变革的历史叙述结构中，外来的影响已被明显削弱，或者只将其视为装饰宏大历史的一段小插曲。我们固然承认历史的车轮由强大的集体力量所推动，却也不能忽略那些看似不起眼的因素对历史产生的刺激与启迪。

正如梁启超所述，岭南地区背岭面海、连接中原的地理格局便于交通海外，“故其人颇有独立之想，有进取之志；两面濒海，为五洲交通孔道，故稍习于外事”。因地理之便，西方文化不断输入，“粤人遂为这种新文化的先锋队，广东成为新文化的策源地”。尽管一个区域的文学往往由伟大的作品来表征，然而阐发、引领时代风气的开创价值，经常需要借助政治、经济、文化诸因素的激发，而文学观念的变革又会加速社会的发展。于是，我们看到近代以来岭南地区“诗界革命”“文界革命”“小说界革命”的爆发，“二高一陈”的岭南画派的兴起，“中国油画第一人”李铁夫的探索，中国现代电影创始人蔡楚生、司徒慧敏、黎民伟的三足鼎立，等等，背后都能梳理出地理因素对思想文化艺术的刺激作用。

以近代印刷术和出版业的兴起为例，澳门、香港、广州之所以发挥极为关键的作用，跟三地开放、相互毗邻密切相关。1815—1830年，传教士马礼逊在澳门、香港、广州尝试以活字取代木刻印刷中文书籍，在澳门成立马家英式印刷所，后又将石印机搬移到广州十三行，逐渐开启中国出版的现代之门。伍廷芳筹办的《中外新报》1858年创刊，中国迈入自主创办中文报纸的历史新阶段，现代报刊的兴起成为中国走向近代化的重要环节。维新派先驱王韬与麦都思因创办的墨海书馆结缘（1848），他在从事编校工作期间结识了一大批传教士，对西式印刷有深切了解，这二者对王韬后来投身出版产生了巨大影响。游历欧洲之后他回到香港，集资购买英华书院印刷设备，成立中华印务总局（1873），次年创办《循环日报》。王韬打造传播现代思想的媒体平台，目的在于“发幽光于潜德，开悔悟于愚民”。而体现他国际化视野的政论文章大半在《循环日报》发表，自由畅达、直抒胸臆、不拘一格的文风奠定其在近代散文史的地位，其标举文学革新的主张对黄遵宪、梁启超等形成直接的启示。突飞猛进的报刊业有力地促进了香港文化的繁荣，据统计，从1864年《华字日报》（前身为《中外新闻七日刊》，1872年改名）创刊到1934年的70年里，香港停办的报纸有58家，存续的11家，报纸副刊与杂志对文学作品的大量需求，为粤港澳培养出一大批作家，也建构了一个基于现代媒体的文学生产、传播与接受的都市文化空间。

可见，粤港澳凭借得天独厚的舆地条件，在社会文化与文学发展方面发挥着一种独特的整体性作用。一直到二十世纪上半叶，受惠于港澳自由出入境的便利政策，不仅粤港澳之间的文人往来、文学互动成为常态，而且港澳与内地文坛保持着密切交流。特别是抗日战争期间，蔡元培、茅盾、夏衍、郁达夫、于伶、萧红、骆宾基、端木蕻良、陶行知、欧阳予倩、戴望舒、穆时英、陈衡哲、萨空了、冰心、郑振铎、萧乾、许地山、叶恭绰、巴金、温源宁、施蛰存、林语堂、胡风等大批文人南下，港澳文学艺术迎来前所未有的活力。仅1937年至1939年间，香港即组建了华南戏剧研究社、香港中华艺术协进会、香港戏剧协会、中华艺术剧团、中华全国文艺界协会香港分会、儿童戏剧协会、中美文化协进会、中英文化协进会、中华文艺协进会粤剧救亡服务团等大批文艺社团，先后举行“香港文化界座谈会”、港澳马文化界致电国际和平会、“抗敌画展”、“香港诗歌工作者座谈会”、“鲁迅先生逝世二周年纪念大会”、现代中国漫画展、通俗文艺座谈会等系列文艺活动，除大量创办刊物以外，还推动《申报》《大公报》《学生杂志》《中国诗坛》等报刊在香港复刊、生活书店设立香港分店……以著名诗人戴望舒为例，可以大致看出南下文人对香港文学的贡献。除了负责《星岛日报》文学副刊编辑，他还参与《星岛周报》（1939）、《顶点》（1939）、《中国作家》（1939）、《耕耘》（1940）等报刊的编辑出版，而在主持《星座》期间，刊发了大量名家作品，后来他说，“没有一位知名的作家没有在《星座》里写过文章的”。澳门以战时中立地位吸引了李供林、陈洵、朱希祖、黄节、詹安泰、章士钊、叶恭绰、廖平子、陈蝶衣、陈融、郑春霆、高剑父等大批文化界、教育界人士前来躲避战火，他们发起成立“四界救灾会”、文化协会、前锋剧社、晓钟剧社、起来剧社、绿光剧社、呐喊文学研究社、怒吼社、淘声社、晓社读书会、前哨读书会、暴风剧社、中艺剧团等文艺社团，爱国华人社团则纷纷捐资创办劳工子弟学校、银业公会小学、菜农子弟学校、水电工人子弟学校、粮食公会小学、鲜鱼子弟学校、航业公会小学、猪腊工会子弟学校等学校，在华人社会普及发展初级教育、中等教育和成人教育。正因为诸种因缘际会，穗港澳迅速成为南方的“新文化中心”。

所以，陈残云、黄谷柳、舒巷城、秦牧等作家经常被当成书写岭南本土文学的标杆，粤港澳作为彰显地方特色的文学空间对于中国文学的意义，实际上远远超过了一般区域文学的作用。如果粗疏罗列一份大体反映二十世纪五十到八十年代港澳文学状况的作家名单——马朗、徐訏、徐速、叶灵凤、侣伦、昆南、黄思骋、李辉英、林以亮、夏果、曹聚仁、司马长风、张爱玲、姚拓、何紫、倪匡、阮朗、舒巷城、戴天、刘以鬯、金庸、梁羽生、东瑞、白洛、施叔青、余光中、郑树森、钟玲、董桥、张晓风、西西、也斯、李碧华、罗孚、亦舒、陈浩泉、颜纯钩、金东方、穆凡中、陶里、韩牧、云力、鲁茂、周桐、谢雨凝等，就不难发现这些来自不同地区的作家集聚港澳而产生的文学史意义。他们利用自由港的便利条件，先后创办《诗朵》《文艺世纪》《南洋文艺》《海光文艺》《文艺新潮》《伴侣》《文艺伴侣》《新思潮》《好望角》《盘古》《红豆》《诗风》《四季》《中国学生周报》《大拇指》《澳门学生》等大批文艺刊物。文学空间的开辟既为现实主义、现代主义和都市通俗文学的延续与进一步实践提供了丰富多元的生存土壤，又为身居东南亚、北美等海外地区的华人作家打通了相对畅通的交流渠道。即便1949年后形成了某种文化政治的区隔，港澳文学不仅仍然承担着有关国家叙事的想象，而且继续保持着与内地文学一种更深层次的互动，以不同的方式及时呼应民族国家与时代命运的重大课题。粤港澳文学从二十世纪七十年代末重新拉开互动的序幕，曾敏之、刘以鬯、金庸、饶芃子、潘亚暾、陶然、潘耀明、许翼心、傅天虹等作为重要的推动者，除了验证“地域内部不同文化之间的交互作用要比不同地域之间的文化的交互作用频繁、深刻得多”，也说明文学与文化的关联总是从具体的主体开始，而由地缘、文化甚至血缘所塑造的情感结构，很大程度上决定了文化区内在的凝聚力量，并强化为一种建立在“交往”基础之上的“地域共同传统”。

如果试图描述近40年来岭南文化区发生的新变，首先是在国际政治与经济新秩序重构的过程中，珠三角成为极具经济竞争力的重要板块，涌现了深圳、东莞、佛山、中山、珠海等一批制造业发达和贸易实力雄厚的城市，空前活跃的流动性带来了文化的活力，彻底改变了以往由广州作为单引擎驱动的文化面貌；其次则是迎来了香港和澳门的相继回归，港澳实现了特别行政区的文化政治身份转变，广东除了获得传统意义上的窗口毗邻优势之外，还为内地与港澳之间的经济与文化交流承担着引桥的作用，粤港澳朝互鉴互动互补的局面推进；再次就是国家战略层面的粤港澳大湾区规划启动实施，大湾区是受全球视野启示形成、基于地域之间协同发展设置的政治经济框架，正如不同历史年代持续呈现的那样，粤港澳的共同地域传统对文化共同体的想象与操作，本身就是以语言为根基，以血缘、文缘为纽带，紧密联结着民族国家的现代叙事。人文湾区体现出对既有行政区域划分的超越，回到文化源流，为人们重新审视本区域的文化、文学发展提供了新的维度。

正如谢有顺所说，“粤港澳大湾区原本是一个地理概念。之所以要把它变成文学概念，说明在技术空间、物理空间和社会空间以外，我们必须假定有一个文学空间、审美空间和艺术空间”。“粤港澳大湾区文学”这个提法，就是开创这种审美和艺术的空间，开创想象的空间，这是超越了物理学、社会学意义上的空间概念。“如果我们把粤港澳大湾区当作一个文学的、审美的、想象的空间，就要意识到在这个空间里，不仅有敞开的东西，比如说借此认识到很多新的人群、新的经验、新的生活，也有很多被遮蔽的东西，那些不被辨识的、无名的经验，而这更应成为被书写的主题。”所以，“粤港澳大湾区文学”理应强调对未来的关注，顺应文学主题由乡村向城市转移的历史趋势，共时呈现湾区城市居民在信息时代工作与栖居的现代生活状态，具备现代性的意义，既书写一代人的理想与追求，也抒发寻梦者在生命途中的悲欢与困境，从而创造出反映新时代、立足大湾区的创业史与抒情史。

从这个意义上，粤港澳大湾区文学应该着眼于岭南文化区地域共同传统的接续打造，历史翻开新的一页，需要从多元化角度出发，丰富“一个地区长时间互相关联的诸文化钩连而构成历史的整体单位”的内涵。只需假以时日，大湾区文学将在当代中国的都市文化和地域书写领域展示全新的内涵，因为“大湾区”是新的，生活的经验转化为文学的经验必然也是新的。

蒋述卓，暨南大学中文系教授；龙扬志，暨南大学中文系副教授

本文刊载于《当代文坛》2020 年第 1 期

“粤港澳大湾区文学”的现在和未来

谢有顺

“粤港澳大湾区文学”这个提法是有前瞻性的，是一个未来主义的概念。中国文化的强项是向后看，是回忆自身悠久的历史，但对比美国文化，因为美国历史不长，历史负重也就没那么大，故美国文化不是长于回望，而是充满了前瞻和未来主义的特征。

近年来，中国科幻文学在世界开始有了较大的影响。刘慈欣的书在美国卖得很好，科幻电影《流浪地球》让人眼前一亮，这让美国人认识到了中国文学具有未来主义视野的一面。由此，把大湾区文学作为一个概念提出来时，也要重视它未来和前瞻的特质。岭南文化固然悠久广博，但我不赞成总去追忆她有多么辉煌的历史。事实上，一百多年前，香港还是一个渔港。几十年前的深圳，也不过是一个小渔村。广东人常有一个思想误区，就是没有充分认识到，岭南文化最有价值的部分是其1840年以后的近现代文化。近代以来，在中国各个时间节点，岭南文化都是独领风骚的。从康有为、梁启超、孙中山这几个重要人物到引领改革开放这样的重大事件，都有一种“杀出一条血路来”的精神。所以，岭南文化中的现代文化对中国发展影响很大。

如果不强调这种现代文化，就是把岭南文化的优势搞没了。正如我们要理解深圳的精神，不是简单地讲深圳的历史，而是应讲深圳这40年来贡献了怎样前所未有的经验，是什么样的城市精神让它可以容纳数以千万计的外来人口，让不同的文化在这里激荡。只有通过强调现代文化，才能使岭南文化变得与众不同。为什么深圳这样一个看起来没有什么历史的地方，文化产业却遥遥领先？因为文化产业属于现代文化，与历史是否悠久并无直接关联。文化是有可能在另外一种形态上实现自我发展的，关键要有开新的气魄。

"粤港澳大湾区文学"要有新气象，也不妨从岭南的现代文化中找寻资源，而不是去追忆、回望。

应该看到，好的文学从来都是对"今天"的思考，是对"未来"的思考。在今天，尤其需要强调文学是对当下和现在的思考。当下很多文学作品，有点儿老气横秋，更需要强调一种当代意识，一种面对现在的担当精神。

很多人都以为时间是线性的，有过去、现在和将来三个维度。本雅明有一种时间观，他认为时间不一定是线性的，时间有可能是并置的，是一种空间结构。这一点在粤港澳这个区域里尤其突出。在这些城市群里，有太多豪华的大楼和高端的喝咖啡的地方，但你走到一个小巷里，看到的不是像星巴克、哈根达斯那样的时尚生活，而是一种古老的生活。好比我们经常读一些"80后""90后"的作品，都在写都市时尚生活，但在宝安、东莞这些地方，大量的"80后""90后"过的是另一种流水线、铁皮屋的工厂生活，这就叫时间的并置，是一种结构性的时间。

葛亮的一些小说，就写出了这种并置性。他写的多是民国传奇，但我很看重他小说中那种对日常生活的传承。之前只要讲到文化的传承，很多人就以为是博物馆、展览馆、名胜古迹，很少想到文化传承最重要的载体是日常生活。只要有一种生活方式还在，没有被颠覆，文化就还在。所以，守护一种日常生活，写出对日常生活的传承，有时比守护老房子、名胜古迹更重要。文学写的不就是对日常生活的传承吗？文学不就是生活的肉身吗？文学是活着的历史，如果文学只写一种逝去的历史、符号化历史，而完全无视生活的肉身，文学存在的价值就很可疑了。

因此，书写时间和空间里并置的作品，粤港澳作家大有可为。这种经验是以前没有的。尤其是这么多种文化和这么多人在这个土地上生活、成长、激荡、实现梦想，更是前所未有的。写好这个主题，本身就是对中国文学空间的开创。

粤港澳大湾区是一个地理概念。为什么要把它变成文学概念呢？这说明在技术空间、物理空间和社会空间以外，我们必须假定有一个文学空间、审美空间和艺术空间。"粤港澳大湾区文学"这个提法，就是开创这种审美和艺术的空间，开创想象的空间，这是超越了物理学、社会学意义上的空间概念。海德格尔说过，空间既是敞开的，也是遮蔽的；既是容纳和安置的，也是聚集和庇护的。如果我们把粤港澳大湾区当作一个文学的、审美的、想象的空间，就要意识到在这个空间里，不仅有敞开的东西，比如说借此认识到很多新的人群、新的经验、新的生活，也有很多被遮蔽的东西，那些不被辨识的、无名的经验，而这更应成为被书写的主题。

从这个角度上说，敞开和遮蔽是相互交织的。现在粤港澳区域的文学写作，是不是能容纳这么多复杂的经验？是不是在敞开一种生活的时候也在遮蔽另外一种生活？如果把这些问题放在一个艺术的、审美的空间里来重新认识，新的写作可能性也许就出现了。当前有些书写是单一的，甚至是简陋的。如何面对这个问题，值得粤港澳的写作者一起思考和努力。

谢有顺，中山大学中文系教授

本文刊载于《光明日报》2019 年 5 月 29 日

寻找作为增量的“大湾区文学”

陈培浩

一

“粤港澳大湾区文学”概念的提出乃是粤港澳大湾区这一经济规划概念推动的。大湾区文学概念的提出包含了这样的预设：一个区域的经济繁荣离不开文化所缔结的认同共同体的助力。这种预设某种意义上为所有参与者提出了一个深刻而艰难的价值命题，即文学如何在全球化时代担负起建设作为想象的共同体的民族国家的任务。全球化、地球村的时代，文学如何在具有多种文化类型和多元社会制度的区域中建构起一种勾连你我他的身份认同，这可能是这个概念更深层的使命。所以，大湾区文学不应是大湾区涵盖的“9+2”城市群文学在量上的叠加，它需要有基于大湾区历史、现实和未来而进行的内涵建构。

讨论大湾区文学，有二种基本路径：一种面对现实和历史，一种则面向未来和可能。所谓面向现实和历史，是指对大湾区所属空间的文学现象进行现实和历史梳理、文化概括和精神提炼。这是一种面对存量进行工作的思路，它使粤港澳三地的文学现象和历史文脉得到全面的检视，从而为三地文化同脉同源做出论证，为三地文化更紧密融合寻找契机。这种工作当然是必要的，但从根本上它并不创造增量。因为在没有大湾区文学概念之前，分别基于粤、港、澳的现实和历史梳理并非没有，假如在“大湾区文学”框架中，仅仅是将以往三地的文学存量做加法，在某种意义上浪费了这一概念应有的未来性文化潜能。在我看来，打造“大湾区文学”，不能忽视其面向未来的维度。所谓面向未来和可能，是指对“大湾区”的界定，不仅着眼于区域历史文化，更关注技术迭代和时代新变赋予“大湾区”的新质，以对文明转型的预判，把握“大湾区”将为中国当代文学创造的前所未有的“可能性”。如此，作为增量的“大湾区文学”才更加具有建设性的意义。

在中国当代文学的概念地图中，或许并没有任何区域文学概念跟大湾区文学概念可以完全对称。大湾区不同于北京、上海、广东、广西这样的行政区域概念，不同于西北、华东、华南这样的泛区域概念，也不同于江南、岭南这样带有鲜明文化指向的文化区域概念。大湾区作为一个区域概念，超越于一般的行政区域概念，是一个跨行政区域的生产性概念。所谓生产性概念区别于一般的描述性概念，后者对既存事实做出描摹和概括，而前者则带着前瞻性和建构性，在准确把握事物发展规律的前提下，创造性地催生尚未显形的事物。作为一个生产性概念，“大湾区文学”这一概念的瞭望镜，可以为中国当代文学提供怎样崭新的可能性，这是本文特别关心的问题。讨论大湾区文学，应关注“大湾区文学”将为“当代文学”提供的独特文学经验：

其一是独特的“新城市文学”经验。大湾区不是一般的城市群，而是最具高新科技含量的城市群。所以，大湾区贡献的城市文学经验，不是传统的城市文学经验，而是一种带着未来性的新城市经验。只有从“新城市文学”视野来提炼大湾区的文学经验，方能彰显其独特性。当代中国社会和文学正在发生崭新转型，科技使人类的生活及赖以信仰的价值话语发生巨大变化。大湾区汇聚了中国最多的高新科技公司，科技新变与人类未来生活的可能性息息相关。这些经验既是人类未来将共同面对，并正引起热议的话题，也是最具“大湾区性”的文学经验。

其二是高速城市化过程中独特的中国新工人文学经验。作为大湾区重要组成部分的东莞、深圳、佛山等广大珠三角地区在二十一世纪以来高速的发展中，催生了与之匹配的新工人文学经验或新移民文学经验。这是在世界文学视野中最具辨析度的中国文学经验，这些经验正来自大湾区。

其三是中西文化碰撞、交汇下中国与世界文学的融合经验。大湾区必然追求一种具有自主性的文化，但大湾区也坚持一种具有开放性的文化襟怀。大湾区与其他区域的不同就在于它是中西文化碰撞交融的桥头堡。“湾区”的天然属性就是开放和创造。“大湾区”是一个面向未来、面向创造而做出的规划，所以敢于在融合中创造便是大湾区文化的内在基因。对“大湾区文学”这一必须以实践来充实的概念，一个非常重要的内在召唤恰在于，有效地建立一种自我与他者、本土与世界的平衡和循环。

二

本节将以大湾区作家对“新城市文学”的探索为例，说明大湾区写作如何借助于转型的此在而催生出全新的美学。“新城市文学”概念的提出，意在区分既往“城市文学”书写与具有当代性的“新城市文学”书写，也鲜明地标识出“城市文学”所依凭的存在土壤已经发生了怎样内在的变化。事实上，城市并不是一个新事物。在西方，古希腊的城邦便具备了早期的城市形态；即使是中国这样长期以农耕文明为主的国家，在原始社会结束进入奴隶社会之后的先秦时代就已经有了各种著名的城市，如秦之咸阳、赵之邯郸、齐之临淄、楚之寿春等等。进入封建时代之后，长安、洛阳、建业、临安、汴梁便是历代著名的城市。古典时代的城市与现代城市在内质上具有极大的不同。事实上，现代化以其技术手段和全新的社会组织形式极大地改造了传统城市的内涵及城市人的情感体验和感受方式。如果做一个简单的区分，传统的城市是有根的，它虽然跟农耕劳作有着相当的距离，但人们仍然在某种代代相承的区域文化的荫蔽下生存。这造就了古典城市的文化特色。二十世纪中国城市文学中被书写得最多的城市，比如北京（北平）、上海、西安、南京、成都、广州、香港，每一个城市都附着在自身的历史和文化传统中。因此，此时对文学家的要求在于，通过一个人去书写一座城，城以人立，人以城传，人和城是一体的。

然而，作为高科技巨型都会的“新城市”却是去根性、同质化、景观化的。纵横交错的高速交通网络，无处不在的镜面摩天大楼，行色匆匆、衣着妆容千篇一律的都市白领……这是“新城市”大同小异的面孔。作为大型移民城市的深圳就是这种无根之城的典型代表。即使是北京、上海、广州、杭州、武汉、成都、西安等具有独特文化传统的城市，其身上的“新城市”特质占比也越来越大。后者小心翼翼地辟出一小片复古区域，用于流连过去，眺望历史。可是，这种被科技和现代化严格规划过的“城市”，文学触摸传统的日常通道已经丧失了。“传统”不在日常，而在“景观”中。显然，面对这样的“新城市”，寻根式城市书写必然难以为继。换言之，作为存在经验的“新城市”在召唤着崭新的城市想象力和审美方式。

事实上，近年从写作上敏锐地捕捉到这种“新城市性”的作家，恰恰是身处大湾区的作家，这绝非偶然。如邓一光、王威廉、陈崇正、黄金明、庞贝等作家，就将科幻、未来等元素融入城市书写之中，从而探讨裂变时代人将何去何从的难题。邓一光是一位站立于典型“新城市”深圳而创制了“新城市文学”的作家。他的深圳三部曲《深圳在北纬22°27′—22°52′》《你可以让百合生长》《深圳蓝》让人们惊呼：深圳还给了读者一个新的邓一光。必须说，邓一光在现代城堡中想象人的出路，使人们得以从中辨认城市诗学的内在秘密以及城市书写的文学伦理。王威廉也是一个感受城市新变，既以城市为对象，更以城市为方法的作家。他的《城市海蜇》等作品探讨文明转型期新城市的书写方法。在其作品中，从来没有一个时代像今天这样，科技高度介入和塑造了人们的生活和思想，也从来没有一个时代像今天这样，人们如此热衷于通过科技想象和设计未来。当传统被斩断，世界向未来无限投诚的时候，一种未来尚未完全到来就被更新的未来所淘汰，人将何去何从的追问呼之欲出。

陈崇正是一位擅长乡土题材的作家，他的《半步村叙事》“将所有人物都栽种在一个叫半步村的虚构之地。在这样相对集中的时空之中，一些人物不断被反复唤醒，他们所面临的问题也反过来唤醒我”。在半步村中，碧河、木宜寺、栖霞山，麻婆婆、傻正、向四叔、破爷、孙保尔、陈柳素、薛神医等地点或人物反复出现，对半步村的反复书写投射了作者深切的当代焦虑，形成了一种文学地理与民族寓言相映照的审美效果。不过，半步村事实上来自作家对故乡生活资源的虚构处理。在作家进入大湾区（东莞、广州）生活多年之后，湾区生活体验也沉淀在其写作中。陈崇正的长篇小说《美人城》（尚未出版）下部充满科幻和未来主义色彩，“美人城”已经从二十世纪八十年代乡村现代化转型过程中的实体空间变成一个带有强烈体验性的拟真游戏空间，其间也寄托了作者对人类的生与死、过去与未来、时间与空间的宏大思虑。这种充满未来性的思考绝不是偶然的，它正是大湾区存在经验的结果。

考察一个迁居大湾区作家写作上的变化是很有意思的。黄金明同样是从边远地区进入大湾区生活工作的作家，他的写作也呈现了从乡土反思到对探索未来城市的转变。他的“地下人系列”小说，通过对未来世界的空间异化想象（胶囊公寓、人造天空、人造宇宙、逆进化的人等等）而包含了对现实的寓言化指涉，想象了人类在二十一世纪中叶的生存境遇、精神生活及其出路。“地下人系列”虽以未来叙事为主要框架，以荒诞科幻为想象特征，但它显然透射着关于环境破碎、乡土不再的种种现代乡愁，这显然也正是大湾区城市群高科技存在语境对作家写作经验的内化。

考察这几位大湾区作家的城市书写，其立足点固在现实，但其思维方法却不是对现实亦步亦趋的反映论。作家们敏感地意识到，某种现实是古老历史逻辑的结果，但某种现实却隐藏了历史轰然断裂的逻辑裂变。所以，他们的写作都努力走到现实的前面去，站在未来迎接这即将蔓延过去的现在。这种面向未来进行审美革新的勇气正是一种独特的大湾区文学气质。

三

谢有顺先生也指出“‘粤港澳大湾区文学’这个提法是有前瞻性的，是一个未来主义的概念”。在他看来“广东人常有一个思想误区，就是没有充分认识到，岭南文化最有价值的部分是其1840年以后的现代文化。近代以来，在中国各个时间节点，岭南文化都是独领风骚的。从康有为、梁启超、孙中山这几个重要人物到引领改革开放这样的重大事件，都有一种‘杀出一条血路来’的精神。所以，岭南文化中的现代文化对中国发展影响很大”，“如果不强调这种现代文化，就是把岭南文化的优势搞没了。正如我们要理解深圳的精神，不是简单地讲深圳的历史，而是应讲深圳这 40 年来贡献了怎样前所未有的经验，是什么样的城市精神让它可以容纳数以千万计的外来人口，让不同的文化在这里激荡。只有通过强调现代文化，才能使岭南文化变得与众不同”。我想发挥一下这种“未来主义”的看法。对于“大湾区文学”，我的基本看法是：面对历史研究，面对未来写作。所谓面对历史研究，是指要找出“大湾区文学”的“来龙”大可倚仗于知识钩沉和文脉梳理，但要把握其“去脉”光靠“历史”可能是不够的。因为我们所处的文明转型时代，过去的“历史逻辑”很可能会在未来被一套新的逻辑所取代。对文学而言，沉淀在历史中的审美传统可以尊重，但只有面向未来的骚动创制新的美学，才可能使大湾区文学真正成为当代文学上独一无二的增量。

陈培浩，福建师范大学中文系教授

本文刊载于《花城》2022 年第 1 期

“粤港澳大湾区文学”概念与经典化[①]

杨丹丹

近期，学术界高频率、高密度地举办“粤港澳大湾区文学发展峰会”“粤港澳大湾区文学研讨会”“粤港澳大湾区文学构建论坛”“粤港澳大湾区文学工作坊”“大湾区文学对话”“走向媒介融合的文学与文化研究”“粤港澳大湾区文学地理从属暨手绘文学地图集”等一系列学术活动，短时间内生产出“粤港澳大湾区文学”概念。但学术界持续关注和阐释的重心基本集中在“粤港澳大湾区文学”的召唤性上，“把大湾区文学作为一个概念提出来，要非常重视它身上这个未来和前瞻的特质”[②]，而忽略了对这一文学概念的历史合理性、现实真实性和未来有效性的考察，似乎这是一个先验的不言自明的文学概念，从而使这一文学概念的指涉对象、主体内容、审美特质、精神向度、实践路径和未来走向等重要话题变得模糊而多变，充满了不确定性。或者说，“粤港澳大湾区文学”并不是一个自在性和自足性的文学概念，而是从政治意图和经济诉求明显的“粤港澳大湾区”战略规划中衍生出来的概念，“粤港澳大湾区文学”是“粤港澳大湾区”一体化板块的重要拼图。这种文学概念产生的逻辑关系隐藏着难以察觉的陷阱：“粤港澳大湾区文学”成为“粤港澳大湾区”战略规划的“剩余物”和“残留物”[③]，“粤港澳大湾区文学”滑向“向外转”的岔路，被文学之外的诸多因素掌控和压抑。但这种文学发生逻辑并不意味着“粤港澳大湾区文学”概念本身的虚假和失效，因为，“粤港澳大湾区”一体化理念的提出一方面调整和改变了城市空间的地理布局，及其承担的政

---

① 本文为2019年国家社会基金重大项目“鲁迅的文化选择对百年新中国文学的影响研究”（19ZDA267）阶段性成果；教育部哲学社会科学重大课题“汉语国际教育视野下的中国文化教材与数据库建设研究”（18JZD018）阶段性成果。

② 谢有顺．“粤港澳大湾区文学”的现在和未来．光明日报，2019-5-29（14）.

③ 埃尔，冯亚琳．文化记忆理论读本．余传玲，等译．北京：北京大学出版社，2012：99.

治、经济和文化功能，另一方面也赋予了文学和文学交往以新的属性，从地理空间概念延伸出文学概念，“说明在技术空间、物理空间和社会空间以外，我们必须假定有一个文学空间、审美空间和艺术空间。粤港澳大湾区文学这个提法，就是开创这种审美和艺术的空间，开创想象的空间，这是超越了物理学、社会学意义上的空间概念。粤港澳区域文学需要从艺术、审美空间重新认识写作的目的与意义，容纳复杂的经验，敞开丰富的生活，呈现新的写作可能性”①。但“呈现新的写作可能性”的前提是对“粤港澳大湾区文学”的历史图景和现场样态进行细致的清理和仔细的爬梳，在粤港澳文学发展脉络中发现这一概念的文学史意义上的合理性，同时，在对当下粤港澳文学现场的勘察中寻找其中的同质性和差异性，在此基础上才能真正看清“粤港澳大湾区文学”的未来面相，而不是以区隔和断裂的姿态单向度地制造一个“新”的文学概念，“一方面，文学艺术作为一种激进的思想形式，直接表达现代性的意义，它表达现代性急迫的历史愿望，它为那些历史变革开道呐喊，当然也强化了历史断裂的鸿沟。另一方面，文学艺术又是一种保守性的情感力量，它不断地对现代性的历史变革进行质疑和反思，它始终眷恋历史的连续性，在反抗历史断裂的同时也遮蔽和抚平历史断裂的鸿沟。”② 因此，我们需要从“粤港澳大湾区文学”的历史、现实和未来三个维度上确认“粤港澳大湾区文学”概念的历史真实性、现实有效性和未来可能性，理清“粤港澳大湾区文学”在何种背景下讲述、讲述什么、如何讲述，唯有如此才能构建“粤港澳大湾区文学共同体”。

一、粤港澳文学的“互文性”与“地方性”

1969 年法国思想家朱莉娅·克里斯蒂娃在《符号学》中提出“互文性”概念，后经罗兰·巴特、德里达、热奈、里法泰尔等人的不断建构，成为西方结构主义和后结构主义理论体系的重要维度，并与形式主义美学、结构主义语言学、精神分析学、西方马克思主义产生紧密的内在关联。虽然在“互文性”理论的阐释角度和重心上存在差异，但他们都认为语言是世界存在的基础，世界及其内部事物转化为一个边界消失且无限循环、相互指涉的文本，世界是一种文本化的存在。这意味着文本由原初的封闭走向敞开，文本之间的界限消失，每一个文本都面向其他文本开放，并与其他文本互为文本，“任何作品的文本都像许多文本的镶嵌品那样构成的，任何文本都是其他文本的吸收和转化”③，文学成为文本之间的相互游戏，并被文本替代，文学写作主体仅仅是为这种文

① 谢有顺．“粤港澳大湾区文学”的现在和未来．光明日报，2019-5-29（14）．

② 陈晓明．现代性与中国当代文学的转型．昆明：云南人民出版社，2003：11.

③ 克里斯蒂娃．符号学．史忠义，译．上海：复旦大学出版社，2015：89.

本游戏提供必要的场所和空间。或者说，一个文本是建立在对其他文本的移植、复制、拓展和重塑基础上，只有依据文本之间的相互影响和影射才能理解这个文本，甚者是“不存在文本，只有文本之间的关系”①。

如果以“互文性”理论来勘察粤港澳文学史，会发现广东、香港和澳门的文学之间存在明显的“互文性”，三个区域文学史都清晰镌刻下对方的印痕，接收了对方遗留的精神遗产，并将其转换成文学的思想资源和审美借鉴。以澳门文学与广东文学的“互文性”为例，广东文学对澳门文学的发生和演进产生了极为重要的影响，1591 年明代广东戏剧家汤显祖游历澳门，书写了《香澳逢贾胡》《听香山译者之一》《听香山译者之二》《香山验香所采香口号》《南海江》与澳门独特的“地方性知识”和“地方性情境”相关的诗篇，“记述他在‘香澳逢贾胡’的新异印象”②，这些诗篇成为澳门古体诗歌的发轫之作，确立了澳门文学史叙述的起点，因为“最早在澳门文学名作之林出现的，要算是汤显祖了”③；除了汤显祖，1656—1690 年期间，“岭南三大诗人”之一的屈大均也曾多次访问澳门，书写了《澳门》（六首）等诗歌，描述了澳门社会的“殖民性”危机情境，并在诗歌中植入强烈的民族意识和抗争精神；同时，魏源、陆希言、何绍基、康有为、张道源、丘逢甲、阮元、汪兆镛、吴道熔等人也都深入澳门社会，讲述独特的“澳门故事”“澳门精神”和“澳门性格”，书写了《澳门杂诗》等文学作品。据李德超统计，明清时期到访过澳门的中国文人有 130 余人，创作了 400 多篇诗文④，其中广东本土文人和长期生活在广东的中原文人占据了绝大部分，在此意义上，“夫澳门之中国文学，实可视为岭南文学之支脉”⑤；尤其是 1931 年日本发动九一八事变，中国内地社会陷入危机情境，为了摆脱现实战争的苦难，大批内地作家南迁澳门，其中不乏大量的广东作家，他们在生存危机中为澳门文学带来了生机，“点燃了澳门文坛新文学之火”⑥；新中国成立之后，广东作家秦牧、杜埃、华嘉等人也经常出入澳门，与澳门作家进行文学创作交流，为澳门报刊和文学期刊撰写稿件，同时为澳门文艺发展规划合理路径，时任《澳门日报》的编辑周桐就是在秦牧的指引下走向文学创作的道路，创作了澳门文学史上的经典作品《错爱》⑦；1979 年之后，广东作为中国改革开放的探索者和实践者，与澳门之间的对话和交往成为常态和惯例，广东作家韦丘、沈仁康、黄伟经、黄培亮、

① 布鲁姆．误读之图．牛津：牛津大学出版社，1975：3.
② 刘登翰．澳门文学概观．厦门：鹭江出版社，1998：18.
③ 郑炜明．16 世纪末至 1949 澳门的华文旧体文学概述．许昌师专学报，1998（A01）.
④ 李德超．中国文学在澳门之发展概况．韩国：全北大学，1973.
⑤ 陶里．澳门文学概貌．香港文学，1994（3）.
⑥ 饶芃子，费勇．文学的澳门与澳门的文学．文学评论，1999（6）：7.
⑦ 张剑桦．澳门文学的四种传统．学术研究，2009（9）：10.

黄树森等人经常与澳门作家开展文学交流活动，粤澳作家之间的“唱和”行为进一步强化了澳门文学中的“广东文学传统”和“广东文学因子”。从上述简短的梳理中可以窥见从明清时期至今的澳门文学始终在广东文学的“影响焦虑”① 下演进和蜕变，广东文学在澳门文学作家队伍的形成、文化资源的提供、文学审美样态的借鉴、文学发展方向的转型等诸多方面产生了难以消除的影响。

单向度的呈现和强调广东文学之于澳门文学的重要作用并不是真正意义上的“互文性”，“互文性”理论的核心是文本之间的相互吸引和重塑，只有澳门文学对广东文学也具有关键的价值和意义，发挥难以替代的文学功效，二者之间才产生了实质性的“互文性”，而广东文学发展史中的史实恰切地证明了澳门文学对广东文学的重要影响。在二十世纪八十年代大量西方文化思潮集体涌入中国的背景下，澳门文学以广东的《花城》《特区文学》《华文文学》《深圳特区报》《广东侨报》《羊城晚报》等文学期刊和报纸文艺副刊为中介和通道密集进入中国内地。例如，《花城》以“海洋特色与南国花香”为办刊重要宗旨，注重文学的“地缘意识”，刊发了大量澳门作家的文学作品，同时也积极介入对港澳文学的研究，1979 年 4 月在创刊号上发表了曾敏之的《港澳及东南亚汉语文学一瞥》，成为中国内地华文文学研究的滥觞②。时至今日，《花城》推出了“粤港澳大湾区文学特刊”，选发了李尔、姚风、袁绍珊、贺绫声等澳门作家的小说和诗歌；再如，《特区文学》在创刊之初就致力于搭建粤港澳文学之间的桥梁和纽带，把“港澳及海外的关系，都与内地有很大的差异”③ 作为选发作品的重要标准，并设置“港澳作家之页”栏目，选载了大量澳门作家的作品。可以说，广东文学期刊成为澳门文学最重要的传播渠道，同时广东也成为澳门文学最直接的接受者，澳门文学携带的多元混杂的文化意识、西方化的先锋思想、个性化的审美诉求必然对广东文学产生潜移默化的影响。同样，香港文学与广东文学的逻辑关系也遵循这种“互文性”，而且体现得更为直接和鲜明，例如香港文学中的“南来作家”④ 现象。正是广东文学、香港文学和澳门文学之间的“互文性”使“粤港澳大湾区文学”概念有了坚固的文学史的合理性。

虽然，粤港澳文学的“互文性”有着清晰的历史脉络和谱系，在文学实践和文学实绩上也有着鲜明的体现，为“粤港澳大湾区文学”概念的提出奠定了深厚的文学史基础。但这种深厚的文学史基础不仅仅是建立在共性基础上的，更强调个性和差异性，而这种个性和差异性又是文学外部和内部之间的差异，并形成了区域性的文学和文化冲

① 布鲁姆．影响的焦虑．徐文博，译．南京：江苏教育出版社，2006.

② 饶芃子．大陆海外华文文学研究概说．广东教育学院学报，2002（1）：29-32.

③ 特区文学·编后记，1982（1）.

④ 犁青．从“南来作家”到“香港作家”．新文学史料，1996（1）：8.

突。也就是说，“互文性”存在文本之间难以调和的内在矛盾，而这种矛盾始于文本的“地方性”，“粤港澳大湾区文学”概念面临如何处理“粤港澳文学”中的“广东性”“香港性”和“澳门性”的问题，“唯有处理好了这个关系，一种富有建设性的城市主体间性才能够生成，大湾区才能重新升格为新时代的文化高地①。”例如，广东文学在中国文学史中经典地位的生成和确立是地方意识、中国意识和世界意识“合谋”的结果，其中“广东性”成为不可替代和无法消除的重要因素。因为，“广东性”从广东文化内部滋生出来，在时空上具有共时性、延续性、封闭性和稳定性，与广东的宗教信仰、精神特征、风俗习性、生活习俗等相关联，同时成为支配个体行为的精神原则和价值准则，“重商性、开放性、兼容性、远儒性”② 成为“广东性”的主要表征。因而，广东文学在题材选择、主题设置、人物塑造、审美范式、精神取向和社会功效等方面始终与“广东性”有着内在的关联，也正是这种文学的地方性和地方意识使广东文学与其他区域文学相比呈现出明显的差异性，并构成广东文学的标识。在普遍意义上，广东文学更加强调文学的日常性和现实社会效用，文学和意识形态之间的联系较为松散，文学触动、撩拨和激发的是世俗社会的脉搏和心跳，契合市井社会的情感和情绪，呈现出非宏大化和史诗化的叙述美学特征；同样，香港文学中有着迥异于其他区域文学的“香港性”，使香港文学在身份认同、国家意识、族群归属等问题上更为敏感，但又使香港文学先验地带有现代视域和世界意识，都市文学更为发达，“香港这一既非中国传统的封建城郭，也不是典型的西方现代城市，东西交汇、华洋并处，成为香港文学最具特色的一个符征”③；而澳门文学由于汉语、英语、葡语等多种语言的混杂，带来多元文化的杂糅，儒释道、天主教、基督教、伊斯兰教、拜火教、基士拿教、巴哈伊教等多国别、多民族、多种族的文化信仰相互交织在一起，构成多样态的文化背景；更为重要的是，在不同区域内部的文学也呈现出独特的“地方性”，例如，珠海文学与潮汕文学之间的差异既有外部人文环境之间的不同，又有文学传统的区分，同时也存在个体写作者文学观念的区隔，另外，在文学生产机制、文学传播方式、文学接受群体等方面都存在较为显著的区别。这种小区域差异性的不断历史化逐渐形成了广东、香港、澳门文学之间大区域的冲突状态。也由此生成了如何在文学历史的差异化和文学差异的历史化中构建“粤港澳大湾区文学”共同体的难题，这种差异性的历史遗产留给我们的是思想资源，还是

① 王晓华．差异、多元共生与粤港澳大湾区的文化建构．广州大学学报（社会科学版），2018，17（12）：41-47.

② 刘益．岭南文化的特点及其形成的地理因素．人文地理，1997（1）：3.

③ 刘登翰．香港文学的文化身份：关于香港文学的“本土性”及其相关话题．福建论坛：人文社会科学版，2000（3）：20-27.

需要进一步清理的废墟？如果这个问题没有辨识清楚，被有意地忽略和掩盖，那么“粤港澳大湾区文学”的概念在某种意义上就无法真正地确立。

二、粤港澳文学的“核心文学区域”与“区域文学核心”

粤港澳文学历史的差异性和个体性并不意味着“粤港澳大湾区文学”失去重组文化共同体和文学共同体的可能性，而是为其预留了进一步整合的空间，这就关涉到“粤港澳大湾区”文学的现实性和现场性问题，我们需要在大的区域性空间内寻找到一个核心区域和核心区域中的核心问题，从而确立“粤港澳大湾区文学”的引领区域、主导方向和普遍精神，更确切说是搭建一种辐射关系。但这种辐射关系并不是领导与被领导的关系，也不是意图构建一种文化主导权和文化霸权，而是尝试塑造“一种关于秩序性质的价值观和协议的结构，而这种秩序渗透到国家和非国家实体的整个体系当中”①，并得到其他区域的一致认同。这个核心区域应该是广东，核心问题是城市的现代化和现代性问题。因为，广东改革开放 40 多年的历史既呈现了广东现代化进程中形成的独特经验，又代表了中国社会的现代化想象及其衍生出来的各种问题。广东的改革历史和对应的文学表述具有更为广泛的辐射面、影响力和认同度，同时，广东文学对现代城市的讲述也具有一种普遍意义。例如，深圳在几十年时间内从一个边远落后的小渔村转变为现代化的国际都市，由早期的劳动密集型产业转化为知识密集型和资本密集型产业。在此期间，深圳产生了独特的人口结构“倒挂”现象，早期的劳动密集型产业依托中国人力资源的优势，大量劳动力涌入深圳，致使深圳拥有庞大的流动人口，而本地人口十分稀少，高峰阶段达到二八倒挂。这种人口“倒挂”现象一方面使深圳城市文化呈现出开放、自由、包容、进取的特性，但也缺乏本土性和地方性特征；另一方面，由于产业结构转型使人力资本不再具有优势，从而产生大量的剩余劳动力，这些劳动力一部分返回乡村，一部分成功转变为深圳人，还有一部分滞留在深圳，成为无固定职业、无稳定经济收入、无明确的社会身份、无社会地位、无存在价值、无人生未来的特定人群，且基本集中在“90 后”和“00 后”身上。这种由“人口倒挂”产生的特定社会现象牵扯出一系列问题：为什么深圳会产生这一特定人群，它表征了深圳在现代化进程中滋生的何种问题及其复杂性？为什么这一特定人群大部分集中在“90 后”和“00 后”身上，而传统意义上的农民工却没有出现这种极端群体？这一特定人群是否具有反抗意识和抗争精神，他们精神世界的真实动态是什么？这一特定人群隐含的是深圳的问题，还是普遍

① Cox, Sinclair. Approaches to World Order. Cambridge: Cambridge University Press, 1996: 151.

意义上的中国问题？除此之外，“人口倒挂”使深圳社会阶层重新划分，制造了大批的“新穷人”和“新富人”，他们共同彰显了深圳的内在分裂和弥合。同时，深圳既是典型的国际化大都市，又是无可辩驳的社会主义城市，社会主义话语和资本主义话语处于一种对峙而暧昧的复杂状态。或者说，广东作为中国特色社会主义现代化的试验田和开拓地，在其背后隐藏了一个大的问题群，而这一问题群在粤港澳大湾区城市中具有普遍意义。

而广东文学也针对上述普遍问题和普遍意义而创作。例如，王威廉的《你的边际》① 在此方面用力颇深，并显现出十分独特的面相。从叙事表层看，小说并没有纠缠故事本身的复杂性，而是越过故事的纠缠直接潜入人物精神世界，将对人物精神世界的暗黑和隐痛的探索提升到一个新的高度和峰值。无论是对人类精神世界原生性创伤的深度挖掘，还是对个体成长过程中无法摆脱的痛苦、焦虑、迷茫、无助等情绪褶皱的细节展示，抑或是对救赎精神暗伤路径的找寻，都呈现出一种全新的特质。小说主人公石冬心的母亲意外被狗咬伤，并因此而丧命，而作为祸源的狗也被小区保安虐杀，残忍而充满仪式感的行刑场面被王然目睹，并成为王然少年记忆中无法清除的精神创伤。发生在王然与石冬心之间的恋爱、离别、寻找、重逢、婚姻、离婚等重要人生事件都与母亲的死亡和狗被虐杀的场景有着隐秘的关联。王然和石冬心始终无法从创伤记忆及其衍生出来的低沉黑暗的情绪中逃离，“这个画面从我十五岁那年起，就腐蚀着我的记忆，从我正常的记忆序列里丢失，诡异的是，它却经常在我心情低落的时候浮现，在不由自主地用意念再三再四地复现后，反而变成了一种坚硬浮雕般的存在，然后将我的情绪整个囚禁”，小说中的故事、情节、人物和语言都浸泡在这种灰暗情绪中，从而使个体精神世界的创伤转变为对普遍意义上人类精神世界伤痛的勘察。但尤为独特的是，小说对精神世界暗黑空间的搭建，并没有滑向和下沉入无边的深渊，而是始终有一种诗意的力量在拖拽着下沉的力量，这种诗意来源于对探索人类生命本身的执着和迷恋。这也就不难理解小说为何为石冬心设置了诗人的身份，王威廉试图通过文学来寻找突围的路径。也就是说，王威廉对人类精神的思索从来不沉溺于对人类肉身的打量，而是穿透肉身的迷障，将其纳入文学、哲学、社会学和人类学的框架和范畴内思考，从精神伤痛中发现人存在的价值和方式。石冬心和王然及其发生的故事是个体人生边际的一种哲学思考，发生在二者之间的生存与死亡、享受与离别、记忆与遗忘都存在明显的边际，但又相互交织和轮回，“看来边际不一定在远方，在那与无穷交接的地方，而就在你存在的每一处。你存在的地方便有边际。你给无名的事物命名，便是试图消弭身边的边际。你若是静止

① 王威廉．你的边际．北京文学（中篇小说月报），2019（12）．

不动呢？你不再区分万物，你承受着边际的吞噬，从而你与边际化为一体。你还会不安吗？也许你就像风一样在世间不安地吹拂，但也像风一样失去了边际，超越了‘惟’与‘是’的限定①。”

从王威廉的创作中可以窥见，广东的城市化进程不仅塑造了“小镇”“小县城”这样的城乡灰色地带，也不断生产出如北京、上海、广州、深圳的巨型城市和超大城市，这些城市内部的真实生活景象、城市人群的精神样态、城市发展的症结和城市的未来形态等与巨型城市密切相关的内容，成为广东文学表述的重点内容。张柠的《幻想故事集》将叙事视域集中到广州生活场景，以城市欲望为入口，窥探城市内部空间的纷乱复杂，“我的‘幻想故事集’，是对我在广州生活的一种‘叙述’和艺术呈现。它直面新兴的现代城市文化和欲望的诱惑。它在欲望展开和叙事抑制的边缘上，既有欲望叙事的快感，又有对欲望的疑问和逃避②。”《幻想故事集》由几个相对独立的故事构成，《身世》敞开主体精神空间，对自我主体进行辩证否定，在否定中重申“自我意识”，在重申中试图重建自我主体；《鸟语》打破了现实与虚幻的界限，在迟疑、彷徨、等待和退缩中发现另外一个自己；《蓝眼睛》试图通过宗教信仰将肉身从欲望的旋涡中解救出来；《故事》理解起来有些艰涩，阐释了个体存在与语言的关系，以及由语言构建的世界的合理性；《修梦法》对欲望的满足与想象的虚幻之间的关系进行哲学思考；《遗产》是以现代城市生活为参照，对即将消失的传统进行祭奠。同时，《幻想故事集》在叙述方式上呈现出明显的先锋特征，现实与虚幻的交织、意识的不规则跳动、故事整体性的有意淡化、情节的逻辑断裂等叙述形式，使小说充满了实验主义色彩。同样写巨型城市的内部景象，吴君的《前方一百米》则更注重写实，讲述了深圳“新穷人”的生活。在人们的普遍认识中，出入深圳高级写字楼的白领本应属于精英阶层，但外在的成功表象掩盖了他们贫穷的事实真相。高昂的物价和房价、失衡的经济、严重的阶层分化，贫富差距的扩大、充满竞争压力的工作，使他们变成了彻底的“新穷人”。这种外在和内里的差异使他们的精神时刻处于紧张、焦虑、分裂和绝望状态。

所以，当我们从粤港澳大湾区中透析出一个核心区域、一个核心问题和一条核心主线的时候，“粤港澳大湾区文学”就有了构建文学共同体的可能性。但在“粤港澳大湾区文学”框架下，要警惕文学同质化和脸谱化的威胁，为此要时刻保持自己的空间意识，也可以把这种空间意识理解为个体与空间的关系，例如，王威廉与广州、陈再见与汕尾、林培源与潮汕的关系，类似于沈从文与湘西、鲁迅与鲁镇、贾平凹与商州、莫言

① 王威廉.《你的边际》创作谈.北京文学（中篇小说月报），2019（12）.

② 张柠.幻想故事集诞生记.小说选刊，2019（5）.

与高密乡、双雪涛与沈阳的关系。这种个体与空间的关系决定了粤港澳大湾区在文学叙述中的位置，也确认了写作者在粤港澳大湾区文学场域中的位置，甚至是文学史中的位置。

三、粤港澳文学的“生产性”与“经典化”

青年批评家陈培浩在阐释“粤港澳大湾区文学”概念时，把“生产性”与粤港澳大湾区文学关联起来，“大湾区作为一个区域概念，超越于一般的行政区域概念，是一个跨行政区域的生产性概念。所谓生产性概念区别于一般的描述性概念，后者对既存事实做出描摹和概括，而前者则带着前瞻性和建构性，在准确把握事物发展规律的前提下，创造性地催生尚未显形的事物①。”实际上，强调“粤港澳大湾区文学”概念的“生产性”，指涉的是“粤港澳大湾区文学”与其他区域文学的差异性，这种差异性构建的基础是“粤港澳大湾区文学”能为中国文学和世界文学提供新的审美样态、新的美学范式和新的写作经验，能从“粤港澳大湾区文学”中生发出具有普遍意义的价值观念和精神话语，以此产生与世界文学对话的契机和权利。但另一方面，“生产性”的文学概念又带有某种不稳定性和不确定性，“粤港澳大湾区文学”是否能够准确地描述、总结和概括广东、香港和澳门庞杂多样的文学现场？在这种超区域的文学概念内部是否存在具有统摄性质的审美范式和精神话语？这一概念能否催生出真正的新崛起的文学势力，能否保持概念的长期有效和坚韧生命，能否与世界其他湾区文学实现有机联系？这些仍然悬而未决的问题既给“粤港澳大湾区文学”带来挑战，同时也带来进一步拓展的机遇，这些问题有多种解决路径，而“粤港澳大湾区”文学的经典化是一个行之有效的方法。

我们可以以中国现代文学史上的“东北文学”为参照，“东北文学”能够进入中国现代文学史的叙述视野，是因为其经历了漫长的经典化过程，在文学批评家、读者和文学史家的反复阐释下才确立了经典地位。鲁迅、胡适、茅盾、冯雪峰、周扬、李健吾等文学批评家对“东北文学”的推崇，使其进入文坛之初就得到广泛认同，并推使其文学影响力迅速提升，让其能够真正参与中国现代化进程中。尤其是鲁迅在其中扮演了最为关键的角色，对“东北文学”的成名起到了至关重要的作用，“若没有鲁迅，单是九一八事变很难说能够形成‘东北作家群’。鲁迅在与两萧为代表的东北作家的接触中，深

---

① 陈培浩．寻找作为增量的“大湾区文学”．花城，2022（S1）．

在的中华民族观得以展开。鲁迅的存在使东北文化在无根漂泊中向母体回归而得到接纳[①]。”萧军和萧红在九一八事变之后出版了小说集《跋涉》，但影响力和辐射范围仅限于东北地区，在真正接触鲁迅之前，萧军和萧红仍然没有取得主流文坛的接纳和认同。萧军和萧红流亡到上海以后，萧军第一次写信给鲁迅，讨论文学创作与现实革命语境的关系问题，鲁迅在回信中指出，“写出来的东西一定是斗争的”，鲁迅对“斗争性”的强调为萧军指明了文学创作的基本方向，也解开了萧军创作中出现的疑团和困惑，“鲁迅先生这封信犹如从什么远远的方向照射过来的一线灯塔上的灯光[②]。”更为重要的是，鲁迅凭借自己的社会地位和影响力把萧军、萧红引入上海文坛，成为萧军、萧红与上海文坛的中介和通道，使其与聂绀弩、胡风、周扬、郑振铎、巴人、冯雪峰等人建立长期联系，以及与文学期刊保持长期合作，仅在1935年至1936年期间，鲁迅就曾向《文学》《东方杂志》等期刊，以及文化生活社书店推荐萧军的小说和散文9篇、短篇小说集1部[③]。同时，经由鲁迅介绍，萧军的散文《东北义勇军》被史沫特莱翻译，并发表在《中国呼声》，得以在海外传播。而萧军和萧红的成名作《八月的乡村》和《生死场》更是在鲁迅的策划下完成出版，并引发了轰动效应，而鲁迅为小说撰写的序言进一步确立了萧军和萧红的文学价值和意义，“鲁迅的‘二萧序’显然有着要将这样一种特定时代、特定形式、特定内容的‘东北文学’推介到中国文坛上引发聚焦关注的强烈动机[④]。”除了萧军和萧红之外，其他东北青年作家都得到过鲁迅的帮助和支持，《鲁迅日记》记载，仅孟十还、端木蕻良、杨晦、李辉英等东北青年作家与鲁迅通信的次数就高达152次，可以说，鲁迅为扶植东北青年作家“苦心孤诣，煞费了许多精力[⑤]。”端木蕻良曾回忆，自己的《爷爷为什么不吃高粱米粥》《鸶鹭湖的忧郁》《大地的海》等小说都是经由鲁迅运作得以面世，“奠定了我走上文学创作道路的基础”[⑥]；鲁迅对东北青年作家的“母性”关怀“大振了‘东北流亡作家’的名声”[⑦]，并引发了连锁效应，白朗、舒群、于黑丁、罗烽、杨朔、骆宾基等众多东北青年作家选择流亡上海，接受鲁迅的指导和推荐，成为上海文坛的新势力。

以鲁迅为代表的文学批评家对东北青年作家的扶植和推介使其迅速崛起，但东北文学作为一个区域性文学出现始于1936年短篇小说集《东北作家近作集》，这部小说集以

---

① 郭淑梅．“红色之路”与哈尔滨左翼文学潮．文学评论，2008（5）．
② 萧军．鲁迅给萧军萧红信简注释录．哈尔滨：黑龙江人民出版社，1981．
③ 萧军．鲁迅给萧军萧红信简注释录．哈尔滨：黑龙江人民出版社，1981．
④ 吴俊．东北文学的多元性及其新文学史意义．文艺报，2015-12-21（8）．
⑤ 锡金．鲁迅和东北作家．社会科学战线，1981（3）：8．
⑥ 端木蕻良．自传．沈阳：辽宁人民出版社，1995：42．
⑦ 沈卫威．东北流亡文学史论．郑州：河南人民出版社，1992：16．

地域籍贯为收录标准，在一定程度上为东北文学勾画出区域文学的轮廓和面相；1947 年蓝海在撰写《中国抗战文艺史》过程中，对 1937 年以来的抗战文艺进行总结，从整体上对东北作家在抗战文学中的同质性因素进行概括，使东北作家呈现出区域文学的基本特征；1947 年高兰在《抗战期间在后方的东北作家群》中首次提出“东北作家群”的概念，东北作家以区域文学群体的方式被接受和认同；1951 年王瑶出版《中国新文学史稿》，首次以专题的形式对“东北作家群”进行阐释，东北作家正式以区域文学的身份进入文学史，得到主流话语的接纳；1980 年之前，中国现代文学史对“东北作家群”的叙述基本上都是沿着王瑶设定的“区域文学”的叙述框架展开。

从以上简要梳理中可以发现，一个区域文学概念只有“经典化”，才能真正确立这一概念的真实性和有效性，但“粤港澳大湾区文学”概念并没有经历“经典化”的过程，仍然停留在理论的设想阶段，这一概念的未来发展仍然需要时间的检验和文学实践的确证，同时也更加需要学术界客观理性的构建，而非陷入对新概念的追逐和迷思中。

杨丹丹、河南师范大学文学院教授

本文刊载于《粤海风》2020 年第 6 期

当代文学与粤港澳大湾区文化建设的思考

马　硕

一、粤港澳大湾区文学的定义

在探讨粤港澳大湾区文学的概念前，首先要从文学创作的时空层面明确两个问题。一是文学是否存在地理边界，湾区文学与其他如潮汕地区文学、客家梅州地区文学是否存在差异？二是这个区域内历史上的文学作品是否也可以认为是大湾区文学？

从古今中外影响了一代代人的伟大作家以及他们的作品来看，作家身份与地域界限之间的确存在紧密的联系，受到地域环境与文化的影响，他们的作品也总会带有独具特色的地域特征。如俄国作家托尔斯泰、陀思妥耶夫斯基、屠格涅夫、肖洛霍夫等的作品中，人物性格粗犷而倔强，这与作家生存地域的广袤与寒冷的气候存在关联；美国诗人惠特曼，作家杰克·伦敦、马克·吐温、玛格丽特·米切尔、海明威等，则在作品中表现出对勇气的执着、对自由的向往、对张扬个性的赞美等文学价值趋向；法国作家让-雅克·卢梭、雨果、大小仲马、巴尔扎克、罗曼·罗兰等则从无处不在的社交活动中展现出欧洲上流社会的优雅、做作与烦冗，以及人物强烈的自尊心与民族自豪感；还有以卡尔维诺为代表的意大利文学，以卡夫卡为代表的奥地利文学，以加西亚·马尔克斯为代表的哥伦比亚文学，以亨里克·显克微支为代表的波兰文学等，都显示出与地域息息相关的各异风格。回到中国当代文学中，地域同样影响着作家的不同文学气质。陕西作家贾平凹、陈忠实、路遥的作品承载着厚重的历史记忆，而同属于大西北的甘肃作家雪漠、马步升笔下则充满着戈壁大漠的荒原气质，东北作家迟子建大气而敦厚，上海作家王安忆细腻入微，山东高密东北乡的莫言沉重且不羁。将目光放回到粤港澳大湾区的土地上，也能看到广州作家刘斯奋的作品包容而务实、香港作家金庸深沉的情感中不乏理性等特点。

历史上的大湾区曾饱经磨难，而现在的大湾区则意气风发、精神抖擞，它居于改革开放的前沿阵地，被英国《卫报》誉为“现代世界七大奇迹之一”的港珠澳大桥一端挑起历史，一端指向未来，在这样的土地上生根发芽并成长的文学，犹如奇花初胎，矞矞皇皇。法国哲学家查尔斯·博纳尔德曾说，“如果一个人阅读过一个民族的文学，即使之前对这个民族的历史一无所知，这个人也能辨别出这个民族曾经是怎样的；如果一个人了解一个民族的历史，即使之前对这个民族的文学一无所知，这个人也可以很有把握地假设，这一民族的历史构成了其文学的基本特征”①，民族和地域是一体中的两面，博纳尔德口中的民族置换成地域，其结论也同样成立。大湾区的历史文化、地域风貌、民俗风情是其文学创作得以形成的基本保障。由此可见，没有历史不足以谋发展，没有历史无以谈文化，没有历史更无从“讲好中国故事”。大湾区的文学创作，以丰富的历史信息与浓厚的历史感作为创作基底，同时其拥有的无比强大的文化包容特性，使“包容”“坚定”“创新”不仅成为文化湾区的地域诉求，也成为大湾区文学最具吸引力的标识。

大湾区文学是包容的文学，是发展的文学，是开放的文学，更是创新的文学。在回答了关于大湾区文学概念成立可能性的两个问题后，可以对其做一个简单的概括。粤港澳大湾区是指“包括香港特别行政区、澳门特别行政区和广东省广州市、深圳市、珠海市、佛山市、惠州市、东莞市、中山市、江门市、肇庆市，总面积达 5.6 万平方公里”的区域，而文学一般被认为是以语言为载体，并通过文字艺术表现社会文化的一种形式。因此可以认为，大湾区文学即指长时间扎根于该区域的作家，以大湾区独特的历史和文化为创作背景，通过在文本中表现该区域的文化风貌、都市生活、民间信仰、精神价值等多层面的内容，使最终创作呈现出一种可以反映大湾区文化独特性的文本形态。大湾区文学是具有独特性的，但其特殊性又寓于文学创作的普遍性之中，它脱离不开中华民族文化的普遍性，因此大湾区文学是特殊性与普遍性的结合，是中华民族文学创作的特殊形式。

二、大湾区的文化浸润与文学创作

鲁迅先生在《且介亭杂文集》中有一句著名的论断，“只有民族的，才是世界的”。每个民族的历史和文化，都值得被书写、被记录，因为它代表了人类生存的一种方式，揭示了一种文化得以产生并延续的原因，这种方式和原因绝不孤立存在，而是在各种形

① 洛文塔尔．文学、通俗文化和社会．甘锋，译．北京：中国人民大学出版社，2012：2.

式的社会交流中直接或间接地对其他民族、文化产生影响。同样，只有地域的，也才是世界的，因为地域是民族文艺创作最为根本的载体，失去地域的规约，文化性和民族性都无从谈起。中国当代文学既是民族的、地域的，也是世界的。从莫言、贾平凹、韩少功、李锐到刘慈欣，中国当代作家给了世界文坛太多的惊喜，这些作家风格各异，然而在表现对地域的情感和执着方面却存在相似性。当刘慈欣的科幻小说《流浪地球》被拍成电影，让世界为之震撼时，一些网友善意地戏谑道，中国人的地域情结没有任何一个民族能与之相比，哪怕地球已经寸草不生，早已被其他国家抛弃，中国人也会永远带着地球走。相比起上帝或其他救世主，中国人对家园和民族的情怀更为质朴，更留恋其生于斯长于斯的土地。

从这个意义上来看，地域是一个中国当代作家需要重新审视且应予以重点关注的主题。当大湾区被作为一个世界级城市群看待时，隶属于该地域的历史、民俗、传统、语言等诸多信息都应该被纳入文学的视野。芒福德认为，“关于城市，一个最核心最重要的事实是，城市，作为一种社会器官，通过它的运行职能实现着社会的转化进程。城市积累着、包蕴着本地区的人文遗产”①，人文遗产固然是文学表达的重要方面，但文学能做的事情显然更多，它最终必然要关涉到人类的生活，探讨人类生活的意义。卡尔维诺曾说，“文学应该表达现代的生活，它的严酷，它的节奏，也包括它的机械性和非人性，以便找到当今人类生活真正的基础”②。因此，与其说大湾区文学蕴含着书写时代的机会，不如说这是文化湾区建设进程的整体规划对文学提出的要求，文学又一次站到了时代发展大潮的风口浪尖。

从二十世纪八十年代起，香港作家便大放异彩，金庸的武侠小说、亦舒的言情小说影响了几代人，男生读金庸、古龙，女生读琼瑶、亦舒已经成了当时的一种社会现象，金庸的武林世界中始终坚守着中国传统文化中“仁义礼智信”的道德观念，正义与邪恶的冲突在一定程度上象征着传统与现代的抵牾。而亦舒笔下人物的价值观看似冷酷无情，面对爱情与未来有着超乎寻常的理智，这又何尝不是对香港资本经济在急剧发展中产生的各种问题和困境的回应呢？还有风靡一时的卫斯理，在武侠小说与言情小说中劈开一条血路，使科幻小说有了更多面貌，他关于科技、未来，以及外星球的想象，显然影响到了后来科幻小说的创作。武侠、言情、科幻等小说类型显然不只是通俗流行小说这样简单，早在二十世纪九十年代末，陈平原教授就看到了金庸小说的深刻意义，他指出武侠只是“铁肩担道义”的噱头，以另一种姿态介入了“现实政治与思想文化的进

① 芒福德．城市文化．宋俊岭，李翔宁，周鸣浩，译．北京：中国建筑工业出版社，2009：5.

② 卡尔维诺．文学机器．魏怡，译．南京：译林出版社，2018：100.

程”①。从整体来看，香港的当代小说主题中，或多或少地隐含着人物出于对未来的不确定而显示出的一种焦虑感，如金庸的武侠世界中总是伴随着政权的更迭，身边暗藏的无数杀机使众多武林高手也不时落得“长使英雄泪满襟”的结局，尽管在最后总会有一位如同救世主般的、武功无人匹敌的盖世英雄，却也不是身世凄惨、年少失怙，就是陷入了生离死别、万劫不复的情感当中。残缺的精神感情迫使这些有志青年不得不拼尽全力成长，而实际上，这正是香港在二十世纪社会发展过程中的一个精神剪影。

从表面上看，尽管香港“拥有高度国际化、法制化的营商环境以及遍布全球的商业网络，是全球最自由的经济体之一”，但经济繁荣的背后也隐藏着香港人缺失的情感血脉，因历史原因而被迫与祖国长时间骨肉分离，使香港人的自信和自尊中总缺少了一份厚重和踏实。这颗“东方明珠”犹如亦舒笔下的女主角，聪慧美貌，不时得到外界的青睐，只要肯依附，前途就能一马平川。然而，人无千日好，花无百日红，富豪的馈赠和包养不可能也不会到地老天荒，能够真正倚靠的，只有自己的自尊、拼搏，以及尽管不够富裕却从不求回报的血亲。这些源自作家笔下的情感表达，既可认为是一种时代精神的记录，又可被认为是对失落记忆的文学表现。

这种带有浓浓情愫的写作不仅限于香港文学，还有作家笔触温婉的澳门文学。在许多读者看来，文化小散文传递出澳门文学的独特魅力，如林中英的《头上彩虹》、赵阳的《没有错过的阳光》等，都体现出澳门极具生活化的城市气息。作家对衣食住行等生活细节的娓娓道来，能使读者感受到一种与世无争的豁达态度。澳门与香港有着相似的历史过往，但因受到地域限制，其发展重点便发生了转向。作家于字里行间对香云纱制法不厌其详的描绘，通过“钢笔”见证历史的变迁，体现出澳门文学因地制宜的特点，进而生发出一种怡然自得的舒适感。当代著名文学评论家雷达不断强调，“文学是人学，关怀人是文学的根本要义所在”②，尽管地域文化总会影响作家观察世界、思考问题的方式，然而对人的关注却是文学创作的永恒主题。

珠三角地域的文学，又显示出与香港、澳门截然不同的面貌。珠三角文化的多元，使其文学创作更具包容特性，又因岭南文化在近代历史中受洋枪洋炮洋思想的冲击，所以从岭南诗坛的领袖张维屏到宣扬革命的黄小配，皆以表现社会的矛盾与危机为文学创作的第一要务，这使文学中“务实以致用”的文化底蕴又得到了进一步加强。从近四十年珠三角文学的发展历程可以看到，珠三角地域的作家不同于香港作家对精神寄托和人文情怀表现的执着，他们在文学中表现更多的是谨慎、怀疑，以及对现实的妥协和挣

① 陈平原．超越“雅俗”：金庸的成功及武侠小说的出路．当代作家评论，1998（5）：25-31.

② 雷达．雷达观潮．北京：人民文学出版社，2018：287.

扎。整体上来看，珠三角尽管有着傲人的经济实力，但却没有与之相称的精神实力。文学评论家张奥列在二十世纪八十年代末就看到了这个问题，“广东作家喜欢捕捉时代的足音，但不大重视对文化意蕴的开掘，因此作品也难以深化”①。事实上，这片土地也有着悠久的历史、璀璨夺目的文化，以及勤劳朴实而又勇敢的人民，但在最该表现这些主题的新时代，珠三角的作家们似乎还未准备好，这也使在文学史中颇具盛名的秦牧、刘斯奋等老一辈文学家显得形单影只。新生代作家如张欣、盛可以等笔下的喧嚣与浮躁，不仅不能唱出时代的最强音，反而极大地影响了文学该有的“真善美”品质。习近平总书记早就看到这类问题的严重性，他严肃地指出：“一些人觉得，为一部作品反复打磨，不能及时兑换成实用价值，或者说不能及时兑换成人民币，不值得，也不划算。这样的态度，不仅会误导创作，而且会使低俗作品大行其道，造成劣币驱逐良币现象。”② 务实的文化是值得肯定的，但当务实成为珠三角作家写作只追求经济效益的借口时，就变成了这片地域上文学的悲哀。

三、大湾区文学的发展方向和前景

大湾区要提升软实力，塑造人文精神，进一步提升居民文化素养与社会文明程度，共同塑造和丰富湾区人文精神内涵。相较于科技创新、基础设施、现代化产业体系等硬件建设，人文精神是最难以具体化和量化的，因此也最难以控制和管理。人类精神层面的艺术表达是难以数字化的，博物馆和入馆参观的数字可以统计，音乐会和书画展可以数字化，但精神的满足和愉悦却无法从百分比的变量中进行精准分析。在广东省为文化建设搭建了大量平台，投入大量资金后，广州这座有着两千余年商都历史的城市却仍被诟病是文化沙漠时，问题到底出在哪里，又该如何改变？在人文湾区的建设中，该借鉴哪些经验和教训？这都是值得深入思考的问题。

在大湾区土地上的音乐、美术、书法、雕塑、戏剧、小说等艺术创作领域，曾经群星璀璨，产生过一大批优秀的作品。出生于澳门的冼星海，创作出让近一百年后的听众也感动不已的《黄河大合唱》，乐曲以磅礴的气势、雄浑的旋律热情地歌颂了人民群众面对困境时的坚强与执着，其带给听众的振奋与昂扬绝非通俗音乐所能比拟。由高剑父、黎雄才、关山月、赵少昂等艺术家组成的岭南画派，将西方美术与中国写意画相结合，以西方的技法表达中国美学的意境，掀起的艺术革命不仅深刻地影响了后来的画

① 张奥列．岭南文学的流行意趣：广东小说创作态势．当代作家评论，1987（4）：6.
② 中央文献研究室．十八大以来重要文献选编：中．北京：中央文献出版社，2016：124.

家，也为提升人民大众的审美素养作出了重要贡献。还有驰名中外的粤剧表演艺术家红线女、散文家秦牧、小说家欧阳山等，都以艺术的形式体现出勤劳勇敢、自强不息的民族精神，同时充实着大众的精神境界。黑格尔认为："艺术的使命在于用感性的艺术形象的形式去显现真实，去表现那种更高的矛盾。"① 然而，令人遗憾的是，本应该成为文化建设排头兵的大湾区文学，在新世纪以来却鲜见佳作。

在一定程度上来说，文学在所有艺术中拥有最重要的作用和最高的地位。因为一切的宗教、哲学首先都是以神话的文学形式展现出来的，人类最伟大的想象也首先体现在文学作品之中，文学对美以及情感的描绘，不同于音乐、美术等的艺术展现，它以超越时空的形式，实现了人类想象的多种可能。进一步来说，要想欣赏美术、雕刻、音乐，特别是戏剧、建筑的艺术美，文学修养是必备的基础，否则便无法理解艺术家艺术创作的初衷。美学家朱光潜在《谈文学》中说，"文艺是一种'象教'，它诉诸人类最基本、最原始而也最普遍的感官机能，所以它的力量与影响永远比哲学、科学深厚广大"②，诚然，文学不是方法论，它无法教会一个人如何测量物质的质量和密度，或是计算一个容器的容积，但是一部伟大的文学作品能够激励一个人的一生，能够改变一个人看待世界的视角，更能催生一个人在面临困境时的勇气。卡尔维诺智慧地指出，"文学是一种教育，只能在一件事情上为他们服务，那就是帮助他们变得越来越聪明、敏感，并且在道德上变得更强大。文学可以探寻和教授的东西不多，但却无可替代"③。

大湾区的伟大建设开启了一个新的时代，在这个时代中，数字和科技跃居到了最前沿，电影、网络等新媒体的发展更让传统文学从二线退居到了三线、四线，在资讯极其发达的当下，经典文学作品的摆设功用早已超越了内容功用。然而，如果语文永远是基础教育的重中之重，属于优秀传统文化的诗词歌赋还需要继承研究，那么文学就不该遭到轻视。事实上，许多南下打工者在接受记者采访时都表示，《平凡的世界》中描写的孙少平兄弟，让他们感受到了鼓舞，也看到了奋斗的希望，《人生》中的巧珍和高加林让他们反思爱情的价值。还有二十世纪七八十年代中反映改革的优秀作品《乔厂长上任记》《沉重的翅膀》《都市风流》等，让人更为深切地体会到如螺丝钉般的人们在国家发展进程中所做出的努力和坚守。这种来自心灵深处的情感激荡，正是下一代城市建设者们仍然需要坚守的信念和原则。

大湾区这个世界级城市群的建设，在彰显中国硬实力的同时，也需要软实力的支撑。一个没有文化素养的大湾区是难以想象的，城市文化的传承绝非是通过科技方法的

① 黑格尔．美学．寇鹏程，编译．重庆：重庆出版社，2016：65.

② 朱光潜．谈文学．北京：北京大学出版社，2013：202.

③ 卡尔维诺．文学机器．魏怡，译．南京：译林出版社，2018：18.

指导完成的，而是需要通过建设者对“建设”内涵的理解、对未来的憧憬、对美好的赞叹、对发展的感恩、对国家民族的忠诚实现。作为大湾区文化建设核心的文学创作，正是通过表现这些内容，才能使文化湾区与金融湾区、科技湾区一道，成为湾区整体建设乃至新时代社会发展的推动力量。

结语

大湾区有着宏伟的发展前景，而最终记录这一伟大战略方针建设意义的，也许并不是新一代的信息技术、高端装备制造，甚至不是动漫游戏、数字艺术，而是最为古老的文学作品。它们以全方位记录的方式，将大湾区的历史、当下和未来转化为字符，记录改革开放四十年来大湾区的风云嬗变。在此之外，当代文学在不断的发展积淀中，也为大湾区文学的厚积薄发提供了丰富的经验。从叙事语言来说，金宇澄以上海方言写作的《繁花》，刘震云以河南方言写作的《一句顶一万句》，都可以成为大湾区文学以粤语写作的范式；从叙事对象来说，刘醒龙《天行者》对乡村教育和民办教师的关注，毕飞宇《推拿》对盲人按摩群体的刻画，以及齐橙的《大国重工》以穿越的方式展现中国制造的发展历程等，这些独特的视角都可以为大湾区文学观察粤港澳提供参照。而两届大湾区文学发展峰会的召开，更为大湾区文学的发展提供了良好的机遇，因此有理由相信，大湾区文学能够“十年不鸣则已，一鸣惊人；三年不飞，一飞冲天”，以饱满的姿态和优异的成绩助力文化湾区的建设，为提升大湾区软实力，谱写出感动中国、感动时代的绝美乐章。

马硕，广东省社会科学院文化产业研究所副研究员

本文刊载于《新经济》2019 年第 4 期

当文学遇到大湾区

熊育群

粤港澳大湾区越来越引人注目。粤港澳大湾区文学也在酝酿着，蓄势待发。珠三角一些城市已经开展了相关的研讨与活动。先是深圳，接着是广州，从高峰论坛到成立工作坊，都在紧锣密鼓的节奏下进行。广东作协去年（2018年）年底召开了“21世纪海上丝绸之路”文学发展论坛，专场举行“粤港澳大湾区文学构建”论坛。今年，还将举办粤港澳大湾区文学周，举行粤港澳大湾区文学联盟成立仪式等。“21世纪海上丝绸之路”文学发展论坛，国内外专家的发言稿我都看了，广东省社科院海洋史研究中心主任李庆新的发言稿对我触动最大。他对广东海上贸易与文学现象的研究工作做得非常扎实。岭南这块土地邻近海洋，其文学上发生的事长期遭到文学史的忽略。李庆新是研究海洋史的，研究文学对他只是业余，他笑称自己捞过界了。正是这个“捞过界”为我们打开了岭南文学的一扇窗口。论坛筹划时，我邀请印度尼赫鲁大学教授、诗人、语源学家墨普德参会，他发来发言稿，文章中提到了李庆新，并引用了李庆新很多文学史料与观点。正是因为墨普德的文章，我才知道李庆新并找到了他。

李庆新的文章提出了一个“边海诗”的概念，他列举了大量从汉代到现在有关海洋的文学现象与文学作品，有诗词、歌赋、戏曲、散文、笔记、碑文、小说、传说等，特别是诗歌，非常丰富。汉代诗人扬雄的诗歌《交州箴》记录了汉朝与中南半岛上的越裳国交往的历史，与《汉书·地理志》关于汉武帝派遣译使出使黄支国记载相印证。六朝时期南海人张贾、晋人冯融、南朝侯安都均以善诗著名，开“吾粤风雅之先”，尤其出现一批笔记性质的地方文献，记载岭南与南海诸国的海洋交通、海洋物产、海国民俗等，如《临海水土记》记载“金邻”即扶南国（今柬埔寨）。

海上丝绸之路到了唐代，其繁荣景象无法想象，一大批诗人创作了与此相关的诗歌，如张九龄的《望月怀远》、杜甫的《送重表侄王砅评事使南海》、张籍的《昆仑儿》、元稹的《送岭南崔侍御》、刘禹锡的《南海马大夫远示著述》、白居易的《送客春游岭南二十韵》等。宋元时期的杨万里、意大利旅行家鄂多立克、摩洛哥的伊本·白图泰、明清时期的汤显祖等都曾来过岭南。边塞诗中的西部大漠、草原生活，尤其是军旅诗特别感人。边海诗写的是海疆、海上丝路与海外风情，别具一格。作者既有广东本土的文人，也有内陆省份的，还有外国作者。阿拉伯世界名著《一千零一夜》关于辛巴达历险记的篇章，是当时阿拉伯航海家经历千辛万苦，从海路航行至唐朝的写照。九至十世纪阿拉伯商人苏莱曼的《中国印度见闻录》记录了他在印度、中国的旅程，其中对广州社会经济状况特别是海外贸易的记载，成为中古时代中国与阿拉伯世界海路交流的不可多得的重要资料。

我们从来没有从海洋这个角度对文学史予以梳理与研究。“边海诗”完全被遮蔽了，以至我们对这部分文学传统和历史相当陌生。我们提出粤港澳大湾区文学，如果对自己文学的历史与传统都非常陌生，对这块土地上曾经发生的文学现象都不甚了解，眼睛只盯着改革开放40年的历史来谈文学，这个是很浅表的，也太功利了。传统、历史与文化的梳理工作是粤港澳大湾区文学亟须做的基础性工作。

粤港澳大湾区有它不一样的文化，这里的殖民文化、后殖民文化，通过香港、澳门留存至今，产生了一种影响。它把英国、葡萄牙的文学都融合到了大湾区里面。像贾梅士这位葡萄牙文学史上最有名望的诗人，他曾在澳门工作和生活，创作了他代表性的作品《葡国魂》，这无疑对澳门有着重要影响。大湾区特殊的历史使其文学创作跟海外的文学常常联系在一起，它的历史、文学是东方最早带有全球性的，是中西自然融合并产生了历史演变与传承的东西。澳门与广东的诗人编写了多年的诗歌刊物《中西诗歌》，就是一个例证。

现在，大湾区外来的作家很多，来自全国各地。他们对这块土地的了解还是非常有限。不久前，我参加开平市华侨中学30周年的校庆，这是一个华侨办的学校。校庆时高墙上挂的条幅是“世界凤伦堂”，代表的是全世界的司徒氏华侨，他们来自世界各地。我正在写一部华侨题材的长篇小说，深入华侨的生活，越深入，越觉得这里历史的独特，它连接的是一部世界近现代史。赤坎这样的小镇，一个中学的校庆，让这么多分布到地球各个地方的华侨回来了。它是一个全球化的生活与缩影。

我不赞同一种观点，认为写历史只有西安、北京这些帝都才能写出厚重的作品，广东是没有历史的，或者说是很单薄的。任何一个地方的历史都是历史，都是独特的、不可替代的，都有它独特的价值。历史并无等级之分，文学价值的高低更不是以写什么地方的历史来决定的。尤其是帝王将相已经写得太滥的时代，发现新的历史与地域，不但能改变历史文学的面貌，甚至能够改变历史本身的面貌。

广东题材的亮点是改革开放的现实生活，但这不是要与历史割断的理由，真正厚重的现实题材作品无不与历史相结合。历史在文学作品中表现出的不只是历史本身，更宝贵的是历史感，是时空的视角与时间中的那双眼睛。如果对这片土地的历史不甚了解，这样的眼光是无法获得的，对现实的认识与把握也是肤浅的。我们高速发展的这几十年，应该与这片土地深厚的人文与历史有机地打通，这样才能有比较深厚的作品出现。

世界既然有四大湾区，我们可以做一做另一项基础性的工作，就是其他三大湾区是不是有湾区文学？如果有，它又是怎么样的？如果没有，我们为什么要有？可不可能有？从经济联系、政治联系、文化联系、生活联系考虑，大湾区这个概念出台大有可为。但文学跟这些还是有些不同的，怎样可以做到大有可为？我觉得有必要去打开视野，去参照、去思考，否则文学的活动也以政治、经济的活动形式来搞，可能会适得其反，反而搞得心浮气躁，徒有形式。但借粤港澳大湾区文学这个概念为东风，不可否认这是文学与作家的一个机遇。如何用好这个机遇是大有讲究的。我们要坐得下来，研究一些问题，探讨一些路径，这才是文学的道路。

熊育群，作家，中国作协散文委员会副主任

本文刊载于中国作家网 2019 年 2 月 19 日

大湾区与我们的文学写作

王威廉

地理有时候比我们想象中的更加重要，读古希腊史，就知道地中海的地理结构对希腊文明的诞生有着重要的作用。随着全球化的发展，地缘优势更加凸显。

珠三角是我国最具地缘优势的区域之一，粤港澳大湾区建设是我国经济数十年发展后的必然结果。这种必然基于中国经济的发展，更是基于中国城市乃至城市带的快速发展。为什么此前没有提出大湾区的概念？因为此前珠三角的城市在经济、社会和文化各个方面还相对滞后。

以文学为例，很多年前内地占主流的文学模式是乡土文学，乡土文学跟港澳文学之间的交流是有隔膜的。随着城市化的快速发展，港澳文学以及流行文化风靡珠三角乃至全国，这个过程也促进了我国当代城市意识的朦胧觉醒。以广州、深圳为主体的珠三角密集的城市带，因为地缘相近、语言文化相似，更得益于此。由此可以看出珠三角跟港澳之间的深层相似性，在现代城市文明的基础之上，这种相似性，有地域文化的因素而又超越了地域文化。

在这样的背景下，大湾区的文化和文学才有了彼此更进一步理解的可能性。谈到广东的作家，大家耳熟能详的是欧阳山、秦牧、陈残云等。欧阳山的长篇小说《三家巷》是红色文学的经典作品，作品展现了革命的必然性与革命历程，而且对广州市民文化的呈现极为生动，有着经久不衰的影响力。欧阳山并不是广东本地人，他是湖北人，但他早在1926年就组织了广州文学会，并主编《广州文学》周刊。1949年以后，他更是长期生活在广州，因而广州成了他文学创作的阵地和源泉。秦牧是广东潮汕人，生于香港。陈残云生于广州，是新加坡归国华侨的后代，他曾于二十世纪四十年代在香港创作电影剧本。这几位作家复杂的创作背景，反映出了文化地理上的关联性与复杂性。

在这批老作家之后，有很长一个时期，广东作家在全国的文学圈里是边缘化的、没有太多声音的。其中不能说没有优秀之作，但影响力和认可度都有所欠缺。倒是流行文化，比如影视和音乐在全国产生了很大的影响。其中的原因很多，但我觉得最重要的一点是，广东在我国改革开放中处于一个特殊的位置：它是中国城市化进程最快的地区之一，但其他很多地方的庞大人群依然处于农业文明而对其缺乏共鸣。这点对照陕西文学就有着鲜明的表现。陕西作家对于近几十年的中国当代文学有着极大的影响力，涌现出了三个非常重要的作家：路遥、陈忠实、贾平凹。他们为什么会产生如此大的影响？很显然跟陕西那块土地所蕴含的黄土文明有关。陕西是黄土文明或者说传统农业文明积淀最厚的地方，中国传统文明最辉煌的秦、汉、唐都在那块土地上发展，它的变迁能够极大程度地唤起中国人的历史记忆和历史情感。

在我们提出大湾区的今天，文学的改变已经发生。祖籍陕西的我，对陕西文学的未来不免有些忧虑，它面临后继乏人的现象，这个现象有人说是“大树底下不长草”，但我觉得最根本的原因还是跟我国的发展变化密切相关。我国经历这么多年的城市化进程后，能够唤起那种普遍性体验的文化不再是乡土文化，而是城市文化了。中国已经不再是费孝通先生所说的“乡土中国”，乡土文化开始解体，它已经汇入城市化发展的总体进程当中。原有的乡土经验已经不足以支撑这种新的生活经验，某种断裂感造就了新的审美范式。

而大湾区城市带已经成为中国城市经验最丰富的地区，尤其是珠三角和港澳之间交通越来越便利，界限的阻碍越来越小。如果用年龄划分的方式，“80后”作家，包括“90后”作家，在活跃度和数量上广东都是首屈一指的。很显然这与广东的城市化成熟程度密切相关。这种极为成熟的城市文明，激发了文学的现代性审美。新一代作家既有本土出生的，也有移民的，有在本地接受教育的，也有在国外接受教育后又回归的，因而在创作背景的复杂性上接续了欧阳山那一代作家。

所以，我们得以在一个更广泛的大背景下来思考我们自己。我曾写过一部小说叫《绊脚石》，就写到二十世纪七十年代末，当时广东经济发展滞后，很多人选择了逃港逃澳。深圳作家陈秉安的纪实文学《大逃港》是这类题材的代表作，读完之后令人深感震撼。当年的夜晚，香港和澳门灯火辉煌，而内地这边黑漆漆一片，黑暗中的灯火极具诱惑力，有些人甚至不惜付出生命的代价也要跑向那片灯火。这很值得我们思考：一个人为了某种想象中的追求，甚至可以放弃自己的生命，那片灯火究竟意味着什么呢？今天我们在香港、澳门之间来回游走，是如此自由。我们越过观念纠葛的藩篱，越过历史的阴霾，重新思考的时候，应该更加聚焦于人的内心。在辉煌灯光的照耀下，人们心中的那种向往和欲望到底是什么？我觉得要回答这个问题，可以开启太多太多有价值的思考。所以，大湾区的文学写作是特别意味深长的，它不仅仅局限在地域性的层面，而且包含了全球化视野下的一种历史与人性的复杂震荡，它的意义无比深远，这也是我置身其中深有感触的原因。

王威廉，中山大学中文系副教授

本文刊载于《中国文化报》2019 年 5 月 16 日

大湾区文化的新南方思维

陈崇正

有一回在朋友家吃饭，电视上刚好在播周星驰主演的《武状元苏乞儿》，那是将近三十年前的老电影了，忘记我是第几遍重看，但依然看得津津有味。这部电影V型反转的故事情节和情感渲染都堪称港片经典，完全可以拿来当剧本教材给学生上课。“为你死，为你亡，为你上京考状元”，电影背后的理想主义、英雄主义飘扬起来，把观众都“带飞”了。

扮演苏乞儿父亲的吴孟达在片中是一位广州将军，儿子上京考武状元，他做出了一个惊人举动，那就是举家搬到京城，于是将家里的荔枝树连根拔起，和墙壁窗户一起搬迁运走，不计成本，阔气得很。这广州将军腰缠万贯却大字不识，性情放荡不羁，做事飞扬跋扈，关键时刻竟然可以吓退身份显赫的王爷。对广州将军这个人物塑造的背后，是一种南方土豪的自嘲式黑色幽默，也代表着改革开放之初内陆省份的人对这些讲着一口粤语的南方人的某些普遍观感。彼时粤语歌曲火遍大江南北，香港电影如日中天，那种不装不作的幽默大度深入人心，几乎让人忘记这是娱乐业的工业生产模式。

对香港文化的仰望背后，是对香港经济发展的心理确认。四十年过去，广东的经济发展迅猛，成绩斐然，广东人早就不再提起当年游过海港到对岸讨生活的艰难记忆。这四十年，对广东而言是经济上的华丽转身，也是苦苦求索文化自信的艰辛路途。

若论文化气象，岭南一直在仰望北方，很多岭南人会觉得自己站在贫瘠的土地上，仿佛拿一把洛阳铲在北方随便铲铲都能挖出历史，但在南海边一铲子下去，大概只能挖出红头船。岭南在很长时间里被视为南蛮之地，韩愈来过潮州，苏东坡来过惠州，但被迫南来的无非贬谪之臣。

其实在漫长的岁月里，广州曾是封闭帝国“一口通商”政策之下唯一的一个呼吸口，南粤子民都是可以与大海交谈的人。不必说早在公元前两百年南越王宫就已经出现曲水石渠构建的人工园林水景，我们只需将眼光往前回望到一百年前，康有为、梁启超、孙中山等人都是从广东走出去，从而改变了中国历史的走向。但中国的历史太重了，这些都不足以产生文化自信——广东就是“吃吃吃”，能有什么文化——从经济上看，所谓“北上广深”四座大城市，广东已得其二；但从文化上来看，却常常有些尴尬。单就文学而论，若文有南北，则北是北京所代表的广阔北方，南则是上海与江浙所构成的大江南，仿佛没有广东什么事了。诚然，在文化的印象里，广州、深圳都显得太年轻了，从来没有在中原文化的版图之内，广大的新南方并没有被当成南方的必要补充，新南方勃勃生机的文化态势很容易被视而不见，只剩下“钱多人傻”的广州将军形象。

回头看去，欧阳山《三家巷》、陈残云《香飘四季》和秦牧《花城》依然巍然而立。几十年来，广东成为人口流入最多的省份，广东作家的队伍也不断壮大，加上电脑和网络的发展和普及，往前看，我们可以看见广东文学新的形态：一直培植无功的广东本土作家开始涌现，而移居多年的外来作家也深深扎根，已经比广东人更了解广东了，南海之滨虽无巨木，但眼下大树小树也已经郁郁葱葱了。

时隔多年以后，南海边又画了一个圈，一个叫“粤港澳大湾区”的圈。四十年前画了一个小圈，便让小渔村变大都市，也激活了整个广东；如今画了一个大圈，若能促进经济腾飞，无疑是民之福祉。大圈划定，发展可期，那么不妨静下心来，思考大湾区未来的文化气象。

既然画了一个圈，粤港澳大湾区又以粤语作为共同地方方言，有人便提出，在文化上应该也画一个圈，求同存异，形成更为统一的文化景观。这种思维模式乍听有理，细思却不太妥当。在我看来，发展求同，文化存异，异质性是创造力的基础。与求同相比，存异对于文化来说简直就是生命金线。单以我熟悉的文学而言，百花齐放，便是桃花、梨花、李花、茉莉花皆可开放，所以也就有桃子、梨子、李子可以吃，还可以闻闻茉莉花香，多好的事。这样的道理说起来简明如常识，但却需要不断重申。

从更宏观的角度我们可以看到，随着粤港澳大湾区的经济发展，有别于厚重庄严的北方文化，有别于典雅优美的江南文化，以粤港澳大湾区为代表的新南方文化将会以更多元、更灵动、更科技的形式展现新的魅力。在“求同更应存异”的新南方文化思维之下，应该给大湾区的文化人提供一个全新的空间，以更开放的态度，以敢闯敢试的精神，去书写描绘大湾区的未来。一百年前，蔡元培给了北大“兼容并包”的思想，是以北大成为北大；一百年后的今天，南海之滨的有识之士，若能达成“存异”的共识，允许在文化上的大胆试错，则思想汇聚而成江湖，以及对江湖的反思也将并存。只有在这样的背景之下，像“武状元苏乞儿”这样的绝处逢生的故事才会成为可能。

广东人喜欢周星驰的电影，喜欢他电影中幽默的反讽和侠义之气。海滨渔村贸易之地，若起争端，先得以幽默化解之，再不行就以武侠解决之。周星驰深谙此道，掌握了幽默和武侠两种武器，这两种元素遍布他所有电影，所以他的电影如此好看。如果用一句话来概括我心目中的大湾区文化愿景，那便是香港少林足球队、澳门赌圣和广东食神围坐在一起喝酒，最好有令狐冲在旁边弹一曲《笑傲江湖》。

陈崇正，广州文学艺术创作研究院专业作家

本文刊载于《中国文化报》2019年6月13日

绘制“大湾区写作”发展新图景

程　刚

粤港澳大湾区是一个具有独特地理环境、文化环境的地区。随着《粤港澳大湾区发展规划纲要》的颁布和实施，这一地区的经济与文化交往将更趋紧密。提出“大湾区写作”的概念，就是希望“大湾区”一词不仅是一个地理概念、经济概念，也应该成为一个文化概念、文学概念。从这一地区的文学传统来看，粤港澳大湾区可以成为一个文学空间，而“大湾区写作”也可以发展成为一种独特的空间文学。

一、依托独特地理文化环境

一个地理区域要成为一个文学空间，需要具备如下几个条件：第一，该区域应该有一个相对稳定的自然区域和文化区域作为依托。第二，该区域需要有一批作家和地域性的文学流派。第三，该区域需要有相对明确的中心区、边缘区和过渡地带。第四，该区域的文学应该具有相对明显的特征，即在同样的自然环境、文化环境和文学环境的长期作用下，形成当地文学的地域特征和独特的审美风格。(参见曾大兴《文学地理学概论》)

按照以上标准来衡量，以粤港澳为核心的大湾区是具备这些条件的。粤港澳大湾区有独特的文化与方言；有相对隔绝的、面海背山的地理环境及深受亚热带季风气候影响的气候条件；这里自古就有一大批作家，尤其近代以来，这里涌现出一大批影响深远的文化人物。此外，广州、香港、澳门等核心城市对周边区域不仅具有经济辐射力，也具有文化影响力。而独特的地理环境也造就了这一地区独特的地域文化风格，岭南文化自成一格，其中的大湾区则是岭南的核心区域。所以粤港澳大湾区不仅是一个经济空间，也是一个文化空间，并且可以成为一个独特的文学空间。

丹纳在《艺术哲学》中将一个国家、地区或民族艺术面貌的形成归结为种族、环境、时代三大因素共同影响的结果。他认为，拉丁民族喜欢事物的外表和装饰、满足感官需求与虚荣心的浮华场面、合乎逻辑的秩序、对称的外形、美妙的布局等，他们的民族文学是古典的，很重视文学的形式特征。相反，日耳曼民族更注重事物的本质、注重真相，他们的民族文学则是浪漫的，更重视文学的内容。在丹纳看来，这种差异与这两个民族各自不同的地理环境直接相关。拉丁民族多居住在温暖湿润的地区，而日耳曼民族居住在高山森林和风浪多变的海岸之间，寒冷潮湿。这种地理环境上的差异造就了两个民族彼此不同的审美趣味，进而塑造了他们各具特色的艺术风格。

在地理环境影响当地的文学风格方面，中国作家也有相关论述。清代诗人王士禛曾对岭南诗人程可则说："东粤人才最盛，正以僻在岭海，不为中原江左习气熏染，故尚存古风耳。"（《池北偶谈》）王士禛从岭南与中原的地理隔绝中引申出岭南文化的独特性，进而谈到地理隔绝造成的岭南独特诗风。

作为一个形成和发展中的概念，"大湾区写作"应具有什么样的地域风格，还是一个尚待研究的课题。但大湾区人民由于临海而居所形成的包容心态与冒险精神，及其拥抱世界的热情与开放精神会成为"大湾区写作"风格的一种基色。由这一地区相近的文化背景、地理环境、语言环境造就出一种独具地域风格的"空间文学"是可能的。

二、促进湾区文学多维发展

艾布拉姆斯在《镜与灯——浪漫主义文论及批评传统》中提出了文学活动的四要素：作品、作家、世界、读者。"大湾区写作"概念也可从这几个维度展开讨论。

首先，作品是文学活动的核心。"大湾区写作"概念之下的作品应是具有地域特色的"空间文学"，从纵向来看，是基于岭南独特历史文化传统的作品；从横向来看，是基于"大湾区"这个文学写作空间的作品。当然，历史传统与地域空间都有其固定的边界。大湾区的作品立足于此，但不能故步自封，而应以开放的湾区精神，广泛吸收其他地区文学的营养，创作出反映大湾区建设和发展历程的作品。

其次，从作家的维度来看，相近的地域文化会塑造出具有某些近似特征的作家群。例如，明代戏剧有临川派、吴江派之别，当代文学有京派作家群、海派作家群、西北作家群等。"大湾区写作"需要一批扎根于大湾区，并在作品中描绘这一地区的作家。他们具有相似的文化经验，面对共同的创作背景，从各自的个人体验出发去表现大湾区。这既需要作家凝聚共识，也需要相关部门为其提供相应的创作平台，加强作家之间的交流，以尽快促进形成"大湾区作家群"。

再次，从作品与世界关系的维度来看，"大湾区写作"需要以大湾区的历史传统、风土人情、民俗民风、生产生活等为基础，反映该地区独特的文化环境及日新月异的变化，在文学作品中塑造一个共同的文学空间。“大湾区”是作家努力表现的对象，也是作家共同的精神故乡，能够给予作家一种身份认同感和集体归属感。

最后，从读者的维度来看，作家、文学期刊、出版社及相关部门需整合现有的传播媒介和发表平台，为大湾区读者提供既具有地方特色又具有国际视野的文学作品。习近平总书记指出，城镇建设“要融入现代元素，更要保护和弘扬传统优秀文化”，要“让居民望得见山、看得见水、记得住乡愁”。如何“记得住乡愁”，其中一个重要途径就是发挥文学艺术对接受者的陶冶感化作用。文学艺术，尤其是地域性的文学艺术正是乡愁的载体，因而可以“表现乡愁”，也能让接受者“记得住乡愁”。

此外，“大湾区写作”所营造的共同体意识，可以拉近“大湾区”各个区域的文学和文化联系，受其影响而创作出的文学作品也能促进该地区读者的文化认同。文学艺术上的成就会成为大湾区文化发展水平的重要体现，能够有效促进该地区的文化建设。大湾区各地之间存在一些或大或小的差异。这种同中有异的特征，能促使大湾区作家在创作中既尊重差异，又寻找共性；推动“大湾区写作”不断发展，走向繁荣，从而产生一大批记录时代发展历程、反映时代建设成就的优秀作品。

程刚，暨南大学中文系教授

本文刊载于中国社会科学网 2019 年 7 月 29 日

粤港澳大湾区青年作家城市书写的共通性考察

张 琦 唐诗人

“粤港澳大湾区文学”这一命名方式，既脱胎于地理经济层面规划的呼唤，又离不开岭南文化、移民文化的历史积淀。尽管任何概念的厘定都需要长期检验，但相较于地域空间的确认，文学现场已呈现出不少新生态，表现为一批青年小说家在大湾区笔耕不辍，如王威廉、陈再见、蔡东、陈崇正、王哲珠、郭爽、林培源、莫华杰、葛亮（香港）、程皎旸（香港）、李懿（澳门）、陆奥雷（澳门）等。这批作家以“80后”“90后”为主，既有文学新秀，也有不少人于2010年以前便发表了处女作①，而文学期刊的重点推介和学界、创作界的专题研讨，更为他们提供了标识度②。尽管作家风格各异，尚未形成流派体系，但在他们渐进成熟的创作中，却能窥见独属于粤港澳大湾区的城市经验和文化现实。

表现在城市书写上，他们基于自身城市生活感受，以写实或想象的方式，对大湾区城市风貌、城市化进程下个体际遇和城市发展症结予以充分观照，具有不少相似之处。正如谢有顺所言：“粤港澳区域文学需要从艺术、审美空间重新认识写作的目的与意义，容纳复杂的经验，敞开丰富的生活，呈现新的写作可能性。”③ 尽管城市间存在差异，但

① 如蔡东中篇小说《嘿，天堂》发表于《人民文学》2006年第3期；“葛亮小说专辑”于《天涯》2008年3月第二期推出；王威廉《非法入住》发表于《大家》2007年第1期；陈崇正2008年出版首部小说集《宿命飘摇的裙摆》。

② 据笔者统计，广东本土文学期刊近年在专刊、专栏重点推介了一些港澳青年作家的作品，如《花城》杂志的《粤港澳大湾区文学特刊》（2019），《作品》杂志的《粤港澳大湾区文学专号》（2020），《广州文艺》的《都市小说双年展》（2019）、《后浪起珠江》（2021）等栏目。此外，针对粤港澳青年作家的造势声浪也不小，如2021年9月18日，“大湾区文学新浪潮”广东青年作家作品研讨会在北京举行，围绕十位青年作家代表的创作进行了研讨。

③ 谢有顺．“粤港澳大湾区文学”的现在和未来．光明日报，2019-5-29（14）．

粤港澳城市群的“合聚变”为城市文学的跨地域发展提供了新经验。当青年作家不约而同地表达着相近的城市生活感受和未来想象，其中的共通性不仅蕴藏区域城市文学的新质话语，也有助于丰富“粤港澳大湾区文学”这一概念的作家基础和审美内涵，预示着大湾区时代“新的写作可能性”。

需要说明的是，尝试归纳粤港澳青年作家城市书写的共通性，并不是意在说明某几篇小说的特点，而是为了探寻青年创作的整体风貌和时代症候，并思考其蕴含的可能与不足，为观察、推进“粤港澳大湾区文学”提供一个在场视角。

一、城市印象：从空间景观到文化肌理

如何获得粤港澳大湾区的“城市印象”，首先取决于作家从何处观看和怎样取景。考察这一批青年作家的创作起点，会发现在他们的早期作品中常常出现一个挥之不去的故乡，融汇着作家的成长印记和乡土情感。比如陈再见的湖村及县城系列、陈崇正的半步村、蔡东的留州、林培源的清平镇、郭爽的西南小城等。作家的故乡经验是写作的重要资源，也影响着作品中城市空间的刻画。小说的叙事往往涵盖“故乡—异乡”的双城甚至是多城故事，不同维度的地域空间在对照之中各具风貌。

常见的一种模式是区别于乡土世界风俗化的描写，深圳、广州、香港这样的巨型都市多被处理为一种景观化、符号化的存在，充满城市化的元素，比如高楼林立下逼仄的城中村、千篇一律的现代装潢、标准化的流水线……对于“闯入”城市的异乡人来说，大都市既意味着物质、机遇和多金，却又非常冷漠、机械甚至是不近人情。与此同时，随着城市化进程的加快，处于交叉地带的县城和乡村也面临着被城市吞并的问题。

城市化、现代化是粤港澳大湾区乃至全中国的发展基调。粤港澳大湾区规划基于中国改革开放最早、程度最高、经济活力最强的区域和港澳两地，都市圈不断扩展、交融。面对快速发展的城市化潮流，如何处理城市经验、建构城市空间，背后对应的正是以何种姿态回望乡土。城乡在粤港澳青年作家的笔下犹如坐标系的两端，但随着作家身份的转变，乡村与城市的二分取景框发生了一些微妙变化。比起城乡之间的对立冲突，他们更加关注城市化进程中复杂交错的矛盾，关注城市与乡土内部本身的对抗与紧张。

一方面，青年作家游走于城市高楼大厦之间，在水泥森林前感到焦虑，又对同质化的城市面孔感到不安。比如蔡东《无岸》中深圳犹如永不匮乏的梦幻之城，“城市用乳白色欧式别墅、高层花园社区、老旧的多层、小产权统建楼、城中村的出租间、乱搭建

的铁皮简易房、公园长椅和桥洞——高效而精确地实现了人以群分。”① 王威廉《城市海蜇》中深圳的城市海蜇竟是海滩边上的白色塑料垃圾②。在港澳青年作家的作品中，也能窥见现代性对城市的冲击。比如葛亮《退潮》中工业区鼎沸的机器运转声、超标的空气污染指数、拥挤的交通工具等，展现出新兴城市光鲜表象下的灰暗一面。在程皎旸的笔下，香港也是“既前卫又守旧的矛盾体”③，消费天堂的另一面是犯罪的温床。澳门青年作家陆奥雷的作品中也不乏对城市拥挤感的描述和对城市角落逝去的惋惜，集聚与拥挤、繁华与消逝构成了现代大都市的双重张力。

另一方面，他们对乡土的态度又是复杂而带有距离感的，故乡不再是完美无缺。比如在潮汕籍作家的笔下，乡土并不是“陈腐乡愁的臆想的容器”④，也不是精神原乡的“桃花源”；陈再见笔下的湖村及县城叙事，关注城乡交叉带和乡村的裂变，既包含爱恨交织的复杂性，又凝聚着少年挣脱与逃离的冲动；陈崇正的半步村叙事，衰败和怪诞犹如谜一般冗杂在半步村这一乡土容器之中；林培源的清平镇叙事冷峻而隐秘，映照出小镇生活的失落和社会难题；王哲珠乡土小说中对农村空心化和留守儿童问题的关注；等等。由于地理距离的拉开，他们站在城市边缘，重新审视着熟悉的乡土人情。

“这种个体与空间的关系决定了‘粤港澳大湾区’在文学叙述中的位置，也确认了写作者在‘粤港澳大湾区文学’场域中的位置，甚至是文学史中的位置。”⑤ 粤港澳大湾区移民文化盛行，外来人口集中，很多青年作家也是新移民。他们笔下驳杂的城乡内部面貌，是移民文化与现代都市文化角力的结果，融汇着作家移民身份和童年记忆的复杂生活体验。但问题在于，如何打破“进不去的城市，回不去的故乡”这一常规叙事，把城市经验扩展至更广阔的视野中？

近年来，随着在地经验的推进，部分粤港澳大湾区青年作家的写作开始呈现出一定的新变。不少作品有意识地挖掘居住城市的文化脉络，突破概念化的城市景观，抵达城市内在的源流与交融，为粤港澳大湾区文学增添了一份质感。比如葛亮书写香港的作品，从早期的都市异闻录系列如《浣熊》聚焦香港的角落，书写繁华下的黯淡，到《飞发》《燕食记》中都市传统与现代文化的交融，表现出一定的连续性。正如作家自述：“我们对香港总有各种各样的成见，它是明信片上的香港，灯光璀璨，摩天大楼……我希望我书写的角度可以使城市经历的历史状态能有所整合和对接。”⑥ 这样的坚持赋予了

---

① 蔡东．无岸．人民文学，2013（3）．
② 王威廉．城市海蜇．收获，2018（6）．
③ 程皎旸．陌生又迷人的城市书写．名作欣赏：鉴赏版（上旬），2019（7）：2.
④ 何平，陈再见．对谈：文学的县城不应该只是陈腐乡愁的臆想的容器．花城，2021（3）：160-161.
⑤ 杨丹丹．“粤港澳大湾区文学”概念与“新文学”的经典化．粤海风，2020（6）：8.
⑥ 卫毅．葛亮的城．南方人物周刊，2016（39）．

小说丰盈的美学质地。

长于写科幻的王威廉，同样以《你的目光》照见了大湾区的文化现实。“大湾区文化既有南越文化遗传，也受中原文化哺育，既有广府、客家、潮州、少数民族文化，又受西方文化及商品经济影响，具有多元层次。”① 作者不仅借由人物经历勾连起广州、香港、深圳等城市，反映城市布局变迁，还通过家族记忆接续岭南不同文化的交流和传承。当围屋而居的客家文化遇上立于船头的疍家文化，族群的流动与家族的脉络融汇在一起，展现了粤港澳大湾区的文化基底和内在丰富性。对比王威廉早先的创作如《父亲的报复》，不同于个体与城市之间的对抗、紧张，新作《你的目光》明显更加包容、温和。在《父亲的报复》中，“父亲”作为早年南下广州的山东人，尽全力融入本地的文化，塑造自己的身份认同，最终却以以暴抗暴的方式来证明自己对广州这座城市的爱。而在《你的目光》中，无论是家庭还是地域的隔阂，最终都化作小说结尾设计的那款名为“安心”的眼镜，在生活深处呈现出追寻文化认同的自觉色彩。

王威廉在《你的目光》中写道：“大湾区，就像是中国经济的巨大马达，以最大的功率在运转，在驱动，在创新……我们必须注视那些正在生产的新价值，即使我们还无法深入辨析与判断。”② 在粤港澳大湾区快速发展的同时，青年作家作为场域前沿的文学力量，面对转型中的城市，他们错综复杂的目光所及之处，将导向何处，既可期可待，也需要不断审视、调整。无论是在写字楼或城中村以游荡者的视角窥视城市繁华的侧面，还是在城市模糊处以局外人的方式眺望诉诸感性的故乡，抑或逐渐在时间侵蚀处回溯城市文化历史，“看”的目光和取景所在地纵使千变万化，却始终无法置身事外。这也要求更深邃致远的视野和更细致入微的观察。

二、通向时代话语的城市日常生活叙事

处理不同的城市经验，最终落脚点还是离不开人，离不开人与城市生活的关系。如果说迁徙流动和城乡错位造就了青年作家独特的取景方式，当他们一步三回头地遥望原乡之后再进入城市，摆在面前的是更具体而微却不容忽视的问题：如何理解城市日常生活？怎样审视当下个人与社会的关系？对此，粤港澳大湾区青年作家以城市生活感受为基础，不约而同地聚焦个体日常生活中的存在状态，关注不同群体的城市生存遭际，试图在城市生活日常的驳杂与褶皱中寻找安身之本。

---

① 凌逾．构建粤港澳大湾区文化想象共同体．粤港澳大湾区文学评论，2020（1）：10.
② 王威廉．你的目光．十月，2021（6）.

其中，有两类形象最为突出，也是作家书写城市的重要切入点。一类是底层漂泊者。这些深漂、广漂、港漂不仅面临着物质上的生存困境，更面临着“无根”与“无缘”的压抑生存状态。比如蔡东《净尘山》中的潘舒墨居住在城中村的农民房里，意志消磨，对张倩女的接纳只为借由她过上“梦寐以求的真正意义上的城市生活”①。程皎旸《螺丝起子》写了港漂女孩茉莉在家庭和工作中的压抑与不堪。王哲珠《什么都没发生》延续着路遥《人生》中的进城难题，但主人公何斌急于求成创业未果，最终发现城市生活并非想象的光鲜亮丽，人与人之间的关系更是薄如蚕纱。陈再见《天桥飞人》中工厂打工仔王一单身心受创，生活中独来独往，只能借诗歌传递精神痛苦。这些作品并非单纯叙写生存的艰难和底层的艰辛，而是从更广阔的维度，诘问高速运转的都市节奏下人与人、人与社会的衔接状态。

另一类是在城市安家的知识分子群体，看似工作体面，生活却充斥着“中年危机”。裁员、房价、教育、家庭关系、职业倦怠等等围绕在一起，织成了一张琐碎而压抑的生活之网。这在青年作家的笔下屡见不鲜。如蔡东《朋霍费尔从五楼纵身一跃》《照夜白》、王哲珠《灰芽》、林培源《大象在夜里奔跑》、郭爽《离萧红八百米》、程皎旸《孖天使》、李懿《浮域》等，这些小说普遍关注到知识分子在庸常危机前的黯淡与挣扎，关注知识分子面对生存困境的心灵反应，不少还带有作家自身的影子。

自二十世纪九十年代以来，社会转型带来的观念转变，使日常生活作为审美对象成为中国当代文学叙事的重要面向。大城市的高房价、工作日连轴转、单位里的明争暗斗、柴米油盐酱醋茶，这些叙事元素很容易让人联想到“新写实小说”中刘震云的《一地鸡毛》：小林夫妇的生存烦恼充满着“知识精英”与“普通平民”的双重尴尬②，这种尴尬犹如幽灵般仍飘荡在粤港澳大湾区青年作家们的笔下——“在可怕的停滞中，他们也试图进取，鼓励对方学点谄谀献媚之道，密谋怎么结交显贵的老乡，怎么把礼物送出去，忽而看到希望的微光，忽而又泄了气觉得无路可走，后面的那些平庸无望的日子，已滔滔滚滚地来了”③。

但面对人生的庸常，在撕裂、崩溃之后，粤港澳青年作家依然在文本中建构着自己的和解方式。无论是自我舒缓、暂时从环境抽离，还是放下执念，复归生活本身，最终不失直面生活的勇气。这种“出逃”之后的再“回归”，是郭爽《离萧红八百米》中“一步一步往前挪时无声的快乐”④，是蔡东《月光下》走进“灯火更深处”的释然。

① 蔡东．净尘山．当代，2013（6）．

② 宋剑华．论《一地鸡毛》：刘震云小说中的“生存”与“本能”．文艺争鸣，2010（6）：7.

③ 蔡东．我想要的一天．广州：花城出版社，2015：20.

④ 郭爽．离萧红八百米．花城，2020（1）：11.

从某种程度上而言，这种“烟火气”与城市文化有一定关系。每个城市都或多或少具有属于自身的独特气质，生活在不同城市的居民包括作家，久而久之也会浸染上这种气质。“食在广东”，活在当下，同样是粤港澳大湾区城市不可磨灭的标签。正如葛亮《燕食记》创作谈中写道：“端起茶盅，放下筷子。对面而视，味蕾深处忽而漾起了一模一样的气息。他们松弛，继而释然。”① 饮食背后代表的是热爱生活、包容世界的态度。当生存之重在城市日常书写中获得了轻盈着陆的美学意义，这也与大湾区城市务实、带有烟火气的精神气质不谋而合。

当然，聚焦城市日常生活的书写并不意味着囿于生活小事不能自拔。书写城市的目的，不仅是以观察者的视角记录城市生活，更是从城市内部“发现”人，表现时代变革和城市化进程下个体的起伏。青年作家纷纷对此表现出一定的自觉意识，如日常是陈再见“以宏观的姿态来聚焦人们的命运遭际”② 的姿态，是王哲珠“更深地进入时代，将更接近时代的普遍真实”③ 的坚持，是蔡东所言“信仰和力量出现在真实的人生里”④，是葛亮眼中“一个城市给予人的感知”⑤。比起新颖性和传奇性，粤港澳青年作家更偏爱于关注个体的心灵史和生命史，执着地为人世间的平凡个体记录，捕捉那一粒落定的尘埃。

具体到文本中，粤港澳青年作家笔下一组很显眼的关系是父辈与子辈的关系。在关注城市生活当下的同时，作家们也纷纷将目光投向父辈，勾连起城市现代化“大历史”过程中的“小历史”。比如葛亮《飞发》关注两代理发师的起落蛰伏，父与子正对应着中华人民共和国成立后最早南下香港的一代人和移民二代，城市变迁与个体生命史融汇在一起。郭爽从早期的《鲍时进被偷走的四十年》中窥见父亲这一代人跟着国家走过的路程，到《挪威槭》带父亲去俄罗斯旅行，偶遇父亲知青时代的朋友，一直试图重建“我”与父辈的关系。陈再见《好归》致敬第一批来深圳打工的兄长辈，在极速发展的城市建设中，有踏实劳作者也有锒铛入狱者，最后因为“父亲”的逝世而和解。

无论是与自我和解，还是与父辈和解，最终指向的都是时代脉搏下个体的起伏遭际。粤港澳青年作家的城市日常书写，具有突出的个人自由表达意识，又带有通往时代和探索历史的努力。正如刘大先所言：“粤港澳大湾区文学空间的开拓，从更开阔的视野来看是一个与在新时代语境中如何理解世界、如何确立自我的宏大命题相关联的话语

---

① 葛亮.《收获》微信专稿丨《燕食记》创作谈：食啲乜?. https://mp.weixin.qq.com/s/0Fh2qi35eMkdx3a0kzsIqQ.

② 陈再见. 好归丨新刊预览+创作谈. https://mp.weixin.qq.com/s/yKMx4hGjWCkuCIQYdK2a-Q.

③ 王哲珠. 饱满而绚丽的日常. 文艺报，2020-8-31（6）.

④ 蔡东，张琦，黄子祺. 蔡东：好的作品能生发诗意：访谈. 作品，2020（12）：6.

⑤ 何蕴琪. 时代的观望需要耐心：葛亮与他的新古典主义写作. 南风窗，2018（18）：109-112.

建设"[①]。青年作家选择由个体延伸至代际，将潜伏在日常生活背后悄然溢出的时代经验重新嵌入文本中，这是他们在新时代语境下表达城市体验和自我感受的窗口，标识着他们理解个体与时代关系的路径。

我们不能苛责青年作家急于创作出超越日常的厚重之作，因为日常化、世俗性的生活中依然蕴含着某种普遍性。但也期待青年作家在日常幽微体验中增加对社会历史发展本质的思考，深入挖掘城市发展背景下人的困境与出路。当然，这需要时间，也需要经验。

三、立足当下、面向未来的现实感

在粤港澳青年作家的丰富创作样态上，虽然很难用某一类明显的群体特质来归纳概括，但他们的城市书写基本呈现两种不同的路径指向：一类是对现实主义创作方法的坚守，涵盖进城难题、消费主义批判、底层关怀、人伦思考等多个社会切面，照见粤港澳大湾区乃至当代中国的经验与现实；另一类则是溢出现实部分的叙事，带有科幻、先锋、寓言、荒诞色彩。尽管作家们采用了丰富的叙事形式和修辞策略，但其中依然有很强的现实指向性。

在后一类创作中，技术文化的渗透不断改变城市的发展形态，造成了不同程度的断裂与变形。粤港澳大湾区科技主体高度集聚，拥有先进的科技力量。科技对城市形态的重塑和对城市生活结构的改造等话题，是具有大湾区特色的前沿经验，也涉及人类生存面向的共同议题，即如何面对高科技与大都市的融合发展。对此，青年作家建构起现代城市人群的科幻叙事或荒诞寓言，在扭曲与变形中探索现实，勾连起城市文明批判、社会阶级分化、技术时代伦理等现实命题。

比如王威廉的《非法入住》《倒立生活》《胶囊旅馆》，三篇文章都聚焦城市文明发展下个体逼仄的生存状态，让人联想到现代都市中日渐压抑的生活空间，其最新科幻小说集《野未来》关注 GPS、记忆备份、人工智能等技术伦理，却依旧能窥见现实生活的影子。"失业、边缘人群、大都市的贫民窟……这是一种迥异于经典科幻写作景观的写作"[②]。类似的城市现实景观在香港青年作家程皎旸笔下也能看到，比如《镜面骑士》《消失奇遇记》等作品，不乏作家对贫富差距、老龄化社会、就业难等香港社会问题的观察。在澳门作家陆奥雷《影的栖息处》中，微信这一电子媒介也与城市森林交织成了

---

① 刘大先．理论的准备：粤港澳大湾区文学的想象与实践．粤海风，2021（2）：4-9.

② 杨庆祥．后科幻写作的可能：关于王威廉《野未来》．南方文坛，2021（6）．

藏污纳垢的阴暗面。在光影交错之间，动态发展的城市现实始终是青年作家进行虚拟想象的底色盘。

技术迭代和高科技元素的应用不断改变着城市面貌，也影响着人们的未来生活和感官体验。除了向外延伸城市的未来形态，粤港澳青年作家的城市书写还呈现出“向内转”的趋势。这里的“向内转”指的是关注现代都市文明快速发展下个体内在的精神空间和心灵镜像。大量的疾病、记忆、梦境、创伤等交织成一张灵诡的捕梦网，构成了城市发展症结的隐喻。这种隐喻并不同于意识流小说创作，而是挖掘深埋于都市人群意识深处的困厄，指向当下城市现代主体的心理困境和精神难题。

在意识流动、情绪飞行的背后，物的迷恋、人的异化、生存孤寂感等现代人的时代症候昭然若揭，带有相近的现实焦虑。“这些符号曾经唤起的‘震惊’已渐渐变为麻木，但这些符号没有完全消退，仍然在复制大量话语和叙事，甚至主导着城市文化想象。”①比如蔡东《无岸》中的柳萍沉迷城市的浮华和消费的狂欢，《来访者》以心理咨询师为视角，关注现代城市生活中具有普遍意义的人们的精神压力；李懿《上岸》中的主人公来到大城市后沉迷消费、无法自控的病态心理，也批判了人对物的迷恋和异化；陈再见《大桥上》以精神病患者“我”的视角和跳动的意识，在城市的模糊地带揭示了家族隐秘和个体压抑。

部分作家则以城市个体的感官体验和心理变形为切入点，链接城市现实与虚构叙事的节点，对技术变革时代下的虚无、宿命、存在等多种命题进行反思，形成了独特的思辨力。如王威廉《分离》中情感记忆与人物肉身在技术化的手段下分离，拟象化的记忆被当作个体存在的延续。陈崇正《折叠术》《飞行术》《美人城手记》等作品重塑个体生活空间的异变，在抽象荒诞和亦真亦幻中展现欲望的变形。郭爽《峡谷边》《拱猪》对科技时代下个体的存在进行追问，“在真实与虚构、历史与当下、不同次元的交织碰撞的尝试中，我的写作开始有了另一分岔，即对时空的问询”，这种“对时空的问询”恰恰对应着对当下城市现实的不满足，“更贴近于存在本身”②。

在粤港澳青年作家的城市书写中，都市现代主体不同程度地充斥着时代焦虑与自我迷失，其中不乏精神分裂、抑郁症、窥视狂、暴食症、斯德哥尔摩症、恋物癖等心理疾病患者，更可见“没有指纹的人”“固体人”“水人”“喜欢抹脸的人”“喂老鼠的人”“灵魂出窍者”等异人，荒诞与现实并存。无论是破碎生活片段中个体孤独困境的捕捉，还是寓言化的精神畸变，无不表征着后现代城市社会中人类生存现状、人与人之间的关

① 张屏瑾．城市中的文学空间：一种定义方式．文艺报，2018-1-24（6）．

② 郭爽．在溪流中．文艺报，2020-8-3（3）．

系和人类非理性所造成的后果。在现实生活这面最简单却也最复杂的镜子前，真实的或是隐喻的，变形的或者倒置的，都在对照之间形成了反射的深度，也使人管窥着现实世界的疯狂与危险。

伴随着转型时代剧烈变迁的城市景观，如何直面当下的现代性体验？粤港澳青年作家给出了抵达城市现实的另一种答案：面向未来的驰骋想象并不意味着飞离当下现实的地面，意识流动并不代表着跳脱真实的城市生活景象，在内外之间的镜像中，隐隐可现的正是城市现实的经验。或者说，这些跳跃的叙事策略是青年作家打开粤港澳大湾区城市动态现实的另一种方式，反映出他们探寻城市发展现实与未来的多样化尝试。

也正因如此，我们得以在粤港澳青年作家身上看到更多可能。从新世纪初的“打工文学”“乡土文学”“新都市文学”，再到当前流行的“科幻现实”“未来现实”，不少粤港澳青年作家初登文坛时都有自己对应的标签，但他们的创作并不满足于某一类标签化的定义，而是不断开拓着创作边界。以科幻、先锋闻名的作家对当下城市生活依然保持高关注度，书写着大湾区乃至世界故事，比如陈崇正《开门》《开窗》从疫情时代的个体经验切入，以小见大，融汇起个体之间、中国与世界之间的多重联系。而关注县城和小镇的作家也有不少跨界尝试，比如陈再见《喜欢抹脸的人》、林培源《神童与录音机》等，为小说注入了先锋的寓言色彩。

这些多元而交叉的创作景观映照着城市生活处境和个体精神话语，反映出粤港澳青年作家立足当下、面向未来的现实感，也为大湾区城市文学题材的发展注入了新鲜蓬勃的动力。面对日新月异的科技发展和城市新变，文学无法躲避现实语境的焦虑，但依旧需要对现实世界的深度感知和动态把握。“这种现实感，不是纯粹的对他人生活的旁观侧写，而是对自身城市生活体验的深刻认知。由自身延及其他，这份体验才真诚、可信。”①

四、结语

爱德华·苏贾说：“目前这一时代也许将会超越以往任何的空间时代。我们处于同存性的时代，我们处于并置的时代，是近与远的时代，是肩并肩的时代，是事物消散的时代。”② 不同地域空间中的共存与交叉，不同文化的并置与消散，都汇集成了今天的主调，在粤港澳大湾区这一开放、前沿地带更是如此。

---

① 唐诗人．城市文学的现实感：由程皎旸小说谈起．名作欣赏：鉴赏版（上旬），2019（7）：5.

② 苏贾．后现代地理学：重申批判社会力量中的空间．王文斌，译．北京：商务印书馆，2007：15.

纵观小说文本，伴随着作家社会经验的充盈和创作题材的丰富，粤港澳大湾区青年创作的城市书写呈现不少新变，丰富了粤港澳城市文学的现场图景。无论是游走于城乡之间取景，还是聚焦城市日常和个体心灵史，抑或在城市森林贴地飞行的想象与狂欢，这些都是粤港澳青年作家进入城市深度现实的多重维度。这些维度作为粤港澳大湾区青年文学的共同特征，背后是青年作家共同的城市生活体验和相近的现实焦虑，它们揭示了粤港澳大湾区城市文学内在的共通性，意味着粤港澳大湾区城市文化共同体正在生成。

可以补充的是，粤港澳大湾区青年创作中也存在一些问题。一是小说新闻化倾向导致审美退场、文化内蕴不足。比如小说中常见的“城中村”“农民工”“收租”“三号线”等要素，这些存在于城市的生活侧影并非不能写作或者进行批判，但倘若有更多作品能够挖掘出城市面貌的多元性和复杂性，将有助于把握粤港澳大湾区现实图景的参差多态与文化脉络，打破社会新闻中对大湾区城市的“刻板印象”和媒体景观。二是形式的探索和多元的尝试固然可喜，但也需警惕现实的弱化和滑向平面的无意义。无论是先锋的姿态，还是日常的聚焦，在处理不同题材时或在进入不同的历史或者经验时，想象之外如何弥补生活逻辑、如何处理个体感受与时代背景的关系，都是值得思考的问题。三是在创作形态上，当下青年作家的长篇小说整体创作偏少，多集中在中短篇小说，并且部分作品存在同质化、重复性的问题。这也让人期待粤港澳青年作家能拿出更有分量和质感的作品。

所幸我们能在粤港澳大湾区青年作家身上看到独属于岭南的反应力和前卫性。他们总是带给人许多惊喜，对鲜活的城市生活和周遭的环境变化保持细锐的敏感度，同时持之以恒地关注、思索一些时代命题，并且呈现出一定的自觉性。他们有自己的初心，逐渐形成了独有的辨识度，也敢于打破常规、放眼世界，拥有全球化的心态。面对二十一世纪中国的时代巨变和粤港澳大湾区的蓬勃发展，作为身处城市前沿的观察者和书写者，“青年作家不要只止步‘文学’的起点，做一个技术纯熟的文学手艺人，还要回到‘青年’的起点，再造真正‘青年性’的思想和行动能力，重建文学和时代休戚与共的‘命运共同体’。然后再出发，开始写作。”①

张琦，中山大学中文系博士生；唐诗人，暨南大学中文系副教授

本文刊载于《粤海风》2022 年第 3 期

---

① 何平．青年的思想、行动和写作．南方文坛，2020（3）．

粤港澳大湾区文学的历史源流及其传承述评

乐 琦 范伊夫

一、问题的提出

2019 年 2 月 18 日，中共中央、国务院正式印发《粤港澳大湾区发展规划纲要》。推进粤港澳大湾区建设，是以习近平同志为核心的党中央作出的重大决策。粤港澳大湾区发展规划是以经济发端的，然而，粤港澳大湾区不仅是经济共同体，在文学、文化层面也应相应融合创新。2017 年 12 月 21 日，首届粤港澳大湾区文学发展峰会首次提出“大湾区文学”概念，从粤港历史、港澳经验、深港个案等角度对粤港澳大湾区文学的历史与现状、共性与个性进行深入论述，探讨构建粤港澳大湾区文学共同体。2018 年 9 月 26 日，第二届粤港澳大湾区文学发展峰会发布《粤港澳大湾区文学合作发展倡议书》，提出深化粤港澳大湾区文学合作发展的认识，建立粤港澳三地 11 城市文学合作长效机制，构建粤港澳三地文学界交流合作新格局。粤港澳大湾区文学何以可能？首先映入我们视野的，是粤港澳文学共同的历史、文化渊源与文学传统。本文从共时与历时维度，从“广东文学溯源研究”“香港文学溯源研究”“澳门文学溯源研究”三个维度着手，对粤港澳大湾区文学的历史源流及传承进行历史还原与现代阐释。

二、广东文学溯源研究述评

衡量一个地区的文学成就或文学影响力，最终要看精品、代表作以及代表人物。袁行霈主编的《中国文学史》为两位广东籍思想家、文学家黄遵宪、梁启超单列章节；万光治、徐安怀主编的《中国古代文学史》近代文学篇中，列举广东籍作家黄遵宪、康有为、梁启超、吴趼人为文学改良运动的代表人物，这些都印证了广东籍作家在参与中国近代文学书写中的重要作用。胡适曾说："广东自古是中国的殖民地，中原的文化许多都变了，而在广东尚留着。"① 广东，秦、汉时称南越（粤），置南海郡，唐代属岭南道，宋代为广南东路，元代以后正式称为"广东"②。"岭南文学"作为中国文学的重要组成部分，源远流长，在文学体裁、题材、流派上都作出了积极贡献。关于岭南文学，最早的文献搜集与整理始于明代。明代学者张邦翼的《岭南文献》是第一部岭南诗文总集。明末清初著名学者屈大均辑录《广东文选》（全两册），收录了230位广东历代名家的作品，是研究岭南文学、文化的重要作品。陈永正在岭南文学研究领域举足轻重，他整理编著了大量岭南文学著述，其中，《全粤诗》是迄今为止规模最大、内容最为全面的粤诗总集；《岭南文学史》是岭南地区第一部文学史专著，全书兼容并蓄，选材广泛，以区域文学的视角呈现出一个宽广的文学维度与历史襟怀，区鉷评："《岭南文学史》论人有湖海度量，论文亦如此。"③

（一）唐、宋的岭南书写——以张九龄和苏轼为中心

1. 张九龄与唐代的岭南书写

"东粤诗盛于张曲江公。"素有"岭南第一人"之称的张九龄为尚处开化过程中的岭南注入了最重要的文化基因。以张九龄岭南书写为中心的研究方兴未艾。

《"岭南诗派"相对论》回顾自岭南千年来的诗运沉浮，并阐释了岭南诗派异于江西诗派、桐城派的自由特征。《张九龄岭南诗中的乡邦意识》明确指出张九龄诗歌中的乡邦意识，以大量实证展现了张九龄对岭南的乡情书写。《张九龄与粤北采茶戏》论述了张九龄与粤地特有剧种之间的关系，极具岭南风情。《张九龄及其诗歌创作对中国古代岭南文化的影响研究》总结张九龄对岭南文化、岭南经济发展的推动作用，细细梳理张九龄诗歌中的岭南印象并指出其对后世岭南诗坛的重要影响。《唐代八大诗人的岭南书写》纵论唐代八位诗人的岭南书写——张九龄归为思乡游子，沈佺期、宋之问、杜审言归为流放罪臣，韩愈、柳宗元、刘禹锡归为贬谪官员，李商隐归为游幕岭外，梳理了初唐、盛唐、中唐、晚唐不同时期的传奇诗人的岭南行止，并指出他们岭南心态的差异。《唐五代岭南诗歌研究》探索了岭南诗人与岭南以外诗人的交流与互动。

唐代以降，岭南海洋诗歌的研究已有些许成就。《岭南诗词中的海洋文化印象》以大量唐宋"边海诗"实证，展现了岭南海洋文学直面人生、干预现实的姿态。《谈唐代岭南海洋文学》不仅关照诗词，还涉及其他文体对海洋的描绘及想象。《唐代海洋诗歌特征化描写及成因剖析》用意象分析法解读诗歌，并试图从传统影响及时代诉求的角度

① 胡适. 胡适谈教育. 沈阳：辽宁人民出版社，2005.

② 陈永正. 岭南文学史. 广州：广东高等教育出版社，1993.

③ 区鉷. 敞开历史的襟怀：评《岭南文学史》. 学术研究，1995（1）：2.

剖析海洋诗歌的成因。

2. 苏轼与宋代的岭南书写

岭南在苏轼的人生中占据了相当重要的篇幅，他曾谪居岭海六年有余（公元1094年被贬惠州，公元1100年自儋州北归），其间，为岭南文学留下了一道抹不去的别样风景。后世对苏轼岭南时期的文学书写进行了充分研究。

《论苏轼贬谪岭南时期的文化意义》论述了苏轼为岭南带来的中原文化以及从岭南文化中汲取的精神力量，点明了自然淳朴、率性纯粹的岭南精神对苏轼心灵的熏染与改变。《苏轼岭海词考论》梳理了苏轼岭海地区的词创作，着重从词作中找寻苏轼随缘放旷、真醇性情的岭南心境。《江山不殊，悲欢异代——苏轼与汤显祖的岭南行吟》将宋、明两代文学巨人放在一起类比，阐释了不同时代的岭南给予文学巨匠的不同感受。《苏轼与岭南文学——由清代学海堂之文学教学谈起》视角延伸到清代，细微入书院，探讨贬谪岭南的苏轼对岭南文化的长期贡献。《宋代岭南词研究》系统梳理了宋代岭南词人与岭南以外词人的岭南书写，总结宋代岭南词作主要的书写对象以及多元的写作风格，并搜罗了宋代绝大部分岭南词作。

值得关注的是，长久以来，岭南士人、平民对苏轼充满敬意，这份敬意体现在方方面面，清代学海堂文学教学便是一端。清末民初，前清翰林陈伯陶、赖际熙引学海堂入港，创办学海书楼，继续传承这份厚重的敬意，学海书楼成为粤港澳大湾区在历史上人文交流的重要平台。

（二）元、明、清的岭南文学——“岭南诗派”的代代传承

南园是元代广州的一处著名园林，是南国久负盛名的文苑。南宋崔与之（增城人）、李昴英（番禺人）归隐于此，诗词酬唱。元末明初，孙蕡（顺德人）、王佐（南海人）、赵介（番禺人）、李德（番禺人）、黄哲（番禺人）于元至正十一年、十二年间首开诗社。元至正二十四年至明洪武元年间，诗社重开，史称“南园前五子”。该社为广州诗坛第一个诗社。明嘉靖年间，欧大任（顺德人）、梁有誉（顺德人）、黎民表（从化人）、吴旦（南海人）、李时行（番禺人）复组南园诗社，史称“南园后五子”。明隆庆年间，有王学曾、邓时雨等人组浮邱诗社，互相唱和。明万历年间，有陈子壮等十二人于此吟咏唱和，直至明亡。南园诗社代代承传，其中影响最大的仍属南园前五子。陈恩维的一系列论文聚焦于元末明初南园诗社及南园前五子。陈恩维认为：前五子结社南园，使岭南诗派取得了与吴中诗派、闽中诗派并驾齐驱的成就和地位，标志着岭南文学进入自觉自为阶段。陈恩维的研究既关注南园结社整体情况，着力考据又关照南园五子个体特征，兼论所长，对研究岭南文学中的结社传统和岭南诗人集团中一以贯之的爱国精神有裨益。

明末清初，影响岭南文坛的主要是“岭南三大家”，分别为：屈大均（番禺人）、陈恭尹（顺德人）、梁佩兰（南海人）。他们都是明末遗民诗人，有节义，诗风以现实主义为主，描写明末清初战火纷飞的景象，反映民生之多艰。《屈大均研究》从屈大均生平交游、诗歌题材及内涵、诗歌艺术特征、散文内涵及艺术特征、诗学理论与《广东新语》内容及其艺术特征等方面系统梳理屈大均在诗歌、散文、诗论、文献学等领域的成就，并关注屈大均的遗民情操。《陈恭尹诗歌研究》还原了陈恭尹于乱世之中，长歌当哭，以诗为泣的慷慨悲壮，鲜明、典型地表现了一代爱国志士的普遍心理。《岭南三大家诗歌研究》则是将三人视作一个整体，求其共性，以雄伟之志、忧民之痛、风物之咏为脉络，梳理三大家的诗创作。

（三）近代岭南文学——以清末文学改良运动为中心

黄遵宪是晚清文学改良运动中的重要人物，“诗界革命”的领袖，是晚清文学改良运动、五四新文学运动共同的关注对象。当代以来，黄遵宪研究成为近现代文学研究中的“显学”。《黄遵宪与岭南近代文学丛论》《黄遵宪研究新论》《黄遵宪文学地位的形成与奠定（1899—1949）》系统地回顾了黄遵宪与岭南近代文学的关系、黄遵宪文学地位形成的历史源流，并着重研究梁启超、胡适等新文学旗帜人物对黄遵宪文学地位形成的重要作用。黄遵宪与梁启超亦师亦友，又是同乡同盟，解析他们之间千丝万缕的勾连，对了解晚清以降文学革命中“粤军”的整体面貌大有裨益。《吴趼人与梁启超关系钩沉》一文披露了哈佛大学燕京图书馆收藏的珍贵资料，揭示吴趼人与梁启超，创作者与理论家之间的勾连，侧面展现岭南文化的乡邦意识，突出了岭南文人集团在近代中国文学改良运动中的先驱作用。

香港学海书楼百年香火不绝，继承了清代广东学海堂的衣钵，成为粤港澳人文交流的重要象征。《学海堂与晚清岭南学术文化》集中体现了海外汉学家对中国书院制度的关注，是研究学海堂的重要专著。《香海传薪录——香港学海书楼纪实》收录了历代学海书楼教学秘书的笔记与访谈，亲历者用真实的笔触记录下学海书楼的点点滴滴，还原了学海书楼百年来的发展历程。翁筱曼系列论文站在区域文学研究的视角，以文人雅集、文学教学、先贤宗奉为纲目，剖析了学海堂对岭南文化传统的继承，认为书院文学教学深化了先贤的典范力量，深化了士子对地域文化的认同，展现了晚清岭南地域文化传承的自觉和内忧外患之下的惶惑，在社会重构的语境下，探讨书院之坚守，书院之变通。

三、香港文学溯源研究述评

香港是一座移民城市，香港的文学得益于外来移民，这一点毋庸置喙。《香港文学与南来作家研究现状述评》《大陆[①]的香港、澳门文学研究述论（1979—2009）》将几代南来作家对香港文学发展的研究性文献做了述评。

本文认同《香港新文学年表（1950—1969）》中对“南来文人”的解读：“我们谈南来文人，‘文人’一词取其广义，主要是‘文学工作者’，但也有不少‘学术工作者’‘新闻工作者’；学术、教育、新闻虽不直接等同于文学，但大都为文学营造某种生态环境，形成某种文化气候。”前清遗民赴港开展文化教育活动一直是早期香港文学研究的盲点，这些遗老遗少办高等教育，兴民间书院，作学术专著，抒亡国之志，他们由粤赴港，促进两地文化交流，为香港文学奠基。

《19世纪的香港》一书打破了香港史由英国人书写的专利。作者以严谨的治学态度梳理了大量香港开埠前后的中外文史料，涉及面广，关照了香港开埠后六十年政治、经济、文化、社会等方面的发展，是全方位了解早期香港的重要专著。《简明香港史（新版）》是这一系列专著的集大成者，资料齐全，体系完备，易于查阅。《香港史新编》详细记录了香港教育的发展，涉及当局政策、办学规模、经费投入、教授科目等。《香港中文教育发展史》展现了香港从无视中文教育到大力兴办中文教育，形成文言文与白话文并行的局面的历程。《近代香港外来移民与香港城市社会发展（1841—1941）》一文关注了前清遗老、国学耆宿在港的活动轨迹，并以图表、数据明确指出了移民对香港社会方方面面的贡献。《明清粤港澳基督教教会教育研究（1552—1911）》以翔实的史料论证了教会教育在港澳曾经的主导地位以及中文教育于香港生根之艰。《赖际熙与早期香港中文教育的发展》详细记载了清朝翰林赖际熙受聘香港大学，组建港大中文教学单位的过程。

四、澳门文学溯源研究述评

澳门文学的资料积累比较贫瘠，“从一九五〇年算起，直至刚过去的一九八五年上，三十六年来，澳门还没有出版过一本公开售卖发行的文学杂志，也很少出版文学创作单行本或丛书。”[②] 早在十六至十七世纪，澳门就是东西方贸易中心，也是东西方文化交汇的中心，吸引了不少内地文人前往游历，留下了耀眼的文学作品。其中，最著名的当数汤显祖和贾梅士（葡萄牙）。追溯澳门文学缘起，最早关于澳门的书写，当追溯汤显祖与贾梅士。

---

① 对应的表述应为“内地”。——编者注。

② 李鹏翥. 澳门文学的过去、现在及将来//李观鼎. 澳门人文社会科学研究文选·文学卷. 北京：社会科学文献出版社，2009：19.

研究汤显祖与澳门文学肇始的论文主要有：《汤显祖与澳门》《“东方莎士比亚”汤显祖笔下的澳门风情》，两篇文章的研究对象完全一样，前者侧重以史料证实汤显祖的澳门行迹，解读汤显祖澳门诗作中明代万历年间澳门的生活、生产状况；后者更注重文本本身的解读，阐释汤显祖诗作中的讽喻性。《汤显祖岭南诗研究》研究对象更广，几乎涵盖汤显祖岭海时期的全部诗作，见证粤琼澳三地山水林野、异域风物使汤显祖贬谪心态渐渐缓释，从苦闷到积极的全过程。葡萄牙国宝级诗人贾梅士，在澳门写作了奠定他在葡萄牙文学史上重要地位的史诗《葡国魂》（又名《卢济塔尼亚人之歌》）。由于语言限制，研究贾梅士的中文论文很少，最重要的当数澳门大学葡语系教授、诗人姚风所作的《诗人卡蒙斯：真实与传说》。《十六至二十世纪澳门葡语文学的探索与研究》是澳门葡语文学的垦荒之作，最早将葡国作家分为三类：由葡国来澳生活、写作富有异国情调的“宗主国殖民色彩作家群”；在澳居住生活多年深受东方文化影响的“澳门葡侨具华化色彩作家群”；由澳门欧亚混血儿组成的“澳门土生葡人作家群”。这一分类，至今仍可作为研究澳门葡语文学的圭臬。《澳门文学概观》一书指出，明末清初、清末民初，一些文人辗转来到澳门，或定居于此，或徘徊粤港澳三地，如明末清初的屈大均、张穆、释光鹫、释大汕等，清末民初的汪兆镛、汪兆铨、崔师贯、释畅澜等，他们由此获得了“澳门作家”的身份。但真正的澳门本土作家，应以冯秋雪、冯印雪等人成立的“雪社”为标志，这是澳门第一个以创作古典诗词为主的文学社团。该书还提出了澳门文学的“鸡尾酒”特征，并得到广泛认同，作者刘登翰说：“澳门文化的多元性如鸡尾酒般五彩斑斓，但深入观察，不同文化的相对区隔，亦如鸡尾酒一样层次分明，并不互相混合或化合；虽然在其交界处，难免有所错杂和交融，但并不妨碍各个色块之间，各占一定的空间和形成各自的群落。”

澳门回归之后，澳门文学文化研究成果丰硕。为献礼澳门回归祖国十五周年，作家出版社与澳门基金会、中华文学基金会共同发起“澳门文学丛书”的出版工作，至2019年共出版三批，共五十六册，几乎涵盖澳门文坛具有代表性的作家和作品，反映了澳门文学的全貌。澳门本土学者、诗人郑炜明所著《澳门文学史》是迄今为止最系统最全面的澳门文学史研究专著，值得一提的是，该书附录部分的澳门文学古今人物生平考证，涉及澳门古今文学文化人物、葡萄牙诗人澳门行迹、澳门土生作家，堪称澳门文学人物的大辞典。

朱寿桐在澳门大学提出并构建了“汉语新文学”理论，相关系列论文视角新、观点新，系统阐述了澳门文学对汉语新文学的拓展，剖析了澳门后现代主义诗歌在汉语新文学中率先垂范的作用。张剑桦的系列论文沿用传统文学研究方式，探寻澳门文学发展过程中中国古代、近代文学传统，五四文学传统，中国当代文学传统，西方现代主义文学传统对其产生的不同程度的影响，把澳门文学置于离岸文学、侨寓文学的语境之下，兼顾东西方对澳门文学的共同作用，以澳门诗歌、散文、小说、戏剧为批评案例，力求生动还原澳门文学发展的立体景观。

通过上文，我们可以看到，长期以来，广东文学、香港文学、澳门文学已经获得了学界的充分关注与深入研究。粤港澳三地的文学植根传统，厚载文化，历史悠久，在历史上，岭南文化可谓独领风骚，有着得天独厚的人文交流空间。粤港澳大湾区文学的构建，从文学的、审美的、想象的维度在空间上将广东文学、香港文学、澳门文学勾连在一起，他们彼此相对独立，又相互依存，不可割裂，他们之间有着太多的差异与对话，需要被发现、被书写。我们应从前人对广东、香港、澳门文学研究的基础上汲取养分，在对粤港澳大湾区文学进行历史还原的同时，面向未来、关注未来，以现代性的视域积极探索粤港澳大湾区文学，触摸历史脉搏、见证时代发展、感知文化传承、参与时代的书写可能，进而以史为鉴，梳理粤港澳大湾区文学的历史脉络与多元景观，以现代性的文学研究视域推进多元蓬勃的大湾区文学生态，助益大湾区文学成为华语文学走向世界的重要枢纽。

乐琦，中国传媒大学人文学院教授；范伊夫，首都医科大学燕京医学院公共教学部讲师

本文刊发于《粤海风》2022 年第 1 期

潮平两岸阔，风正一帆悬
——2018年粤港澳大湾区网络文学观察

刘卫国

进入二十一世纪以来，随着互联网的蓬勃发展和网民规模的不断扩大，网络文学迅猛崛起，成为信息时代的一大奇观。在网络文学兴起之前，纸媒文学曾一统天下。但纸媒文学门槛较高，有着投稿、审稿、改稿的烦琐程序，不是所有文学爱好者都能跨过这个门槛、走完这个程序，换言之，纸媒文学必将相当一部分文学爱好者拒之门外。而网络文学在纸媒文学之外另辟文学发表空间，这个空间几乎没有门槛。在互联网上，只要你愿意，任何人都可以上网写作并且将作品发表于网络空间，文学创作实现了便捷化和全民化，再加上跟帖的及时与互动的频繁，网络文学空间更具有平等性、开放性，因此吸引并集合了一大批文学爱好者，成为文学生产的重要园地。目前，网络文学与纸媒文学已经两分天下，而随着新一代人群阅读习惯的转变，纸媒文学可能将日趋式微，网络文学可能代表着文学的未来趋势。因此，对网络文学发展状况进行观察和评述，已经成为当务之急。不过，由于种种原因，本文未能完成对港澳地区网络文学的整体“观察”，因此，这里的年度观察仍以“粤”为主，“港澳”部分则付之阙如，还不是完整的“粤港澳大湾区”观察，这是要请大家谅解的。

一、发展概况

广东是中国网络文学的重镇。据有关方面的统计，2010 年，广东已有 13 万名网络文学作家，数量居全国第一，2017 年，广东注册的网络作家占全国总数的 12%以上，仍居全国第一。在这些作家中，有一些已成为各个文学网站的“大神”，其作品已获得各种奖项。如 2011 年，广东网络作家菜刀姓李的小说《遍地狼烟》入围第八届茅盾文学奖81强名单，成为第一部入围茅盾文学奖的网络小说。2013年，阿菩的网络小说《山海经密码》获得第九届（2009—2011年）广东省鲁迅文学艺术奖。这是广东省鲁迅文学艺术奖首次颁给网络作家。2017年，广东网络作家丛林狼的小说《最强兵王》成为第二部获广东省鲁迅文学艺术奖的网络文学作品。在中国作协重点联系的全国网络作家中，广东有撒冷、蚕茧里的牛、罗森、阿菩、丛林狼、了了一生、唯易永恒、求无欲、搜异者、过路人与稻草人、无意归、乱异等50多人。毫无疑问，这些作家已经得到文学界的认可，前途光明。

广东网络作家中有一些已实现了作品的IP开发。IP是英文Intellectual Property的首位字母缩写，译为“知识产权”，像出版纸质本，改编成电影、电视剧或漫画，输出到国际网站，或者被翻译成外文出版，都属于IP开发的内容。2009年，广东网络作家玄雨的《小兵传奇》出版韩文版。从2013年起，贡茶的《媚香》、吴千语的《医律》、墨武的《纨绔才子》、求无欲的《诡案组》等作品输出到东南亚，分别出版了越南文、泰文等版本。近年来，不少由网文转化的影视IP出现。这是网络文学发展的一个新动向，一大新趋势。不少网络作家的作品被影视公司拍成电影或电视剧，如却却的《战长沙》被改编为同名电视剧，收视率不俗。还有不少网络作家的版权被影视公司买断，等待影视开发。

广东的网络文学在国际上也受到欢迎。2017年5月“起点国际”正式上线，广东网络作家蚕茧里的牛的《真武世界》、风轻扬的《凌天战尊》等成为该平台上最受海外用户欢迎的优质内容。

总的来说，广东网络文学在2017—2018年的形势十分喜人，网络作家队伍不断发展壮大，网络文学的质量有一定提升，网络文学的辐射力和影响力进一步扩大。形象地说，广东网络文学目前是“潮平两岸阔，风正一帆悬”，处于一帆风顺的大好时期。

要描述广东网络文学发展的状况，有各种各样的角度，本文则聚焦于作家，因为作家是文学生产力的主体，检阅网络作家的阵容，即可对网络文学的发展大势有一个基本了解。只是作家数量太多，必须分类介绍，但如按知名度、居住地、创作题材等分类，不大方便也不大可靠，本文按照性别进行分类，这是目前最为简便也最为可靠的分类方法。需要说明的是，由于本人在调研中未能掌握全部作家名单，本文也不可能对所有作家一一点名，因此下面的介绍难免会有所遗漏。

二、男作家群

在广东网络文学阵营中，活跃着众多男作家。这里列举出十八位，算作广东网络文学界的“十八条好汉”。需要说明的是，“十八条好汉”的排名完全随机，不分先后。

丛林狼，原名廖群诗，原籍湖南郴州，现居深圳，阅文集团白金作家。2010年开始网络文学创作，擅长军事题材，代表作品有《丛林战神》《最强战神》《最强兵王》。其中《丛林战神》在中国移动和阅读基地总点击量达4亿次，历史军事销售榜周榜、月榜、总榜蝉联第一。《最强兵王》荣获腾讯文学2014年度最佳作品奖，荣获广东省鲁迅文学艺术奖。丛林狼的小说有着鲜明的“硬汉”风格，有着刚健的男性气质，能唤起并满足读者的“英雄崇拜”情结。2017—2018年，丛林狼相继推出新作《战神之王》和《最强狙击手》。《战神之王》已经完篇，这篇小说写的是边境牧民少年李锐成长为兵王的故事，世界排名第九的雇佣兵小队潜入中国边境牧区，屠杀牧民，李锐亲历劫难，眼睁睁看到父老乡亲被害，立下血誓复仇，后来历经重重磨难，终于成为国家最神秘的龙牙部队中的一员，为血海深仇和国家使命而战，谱写出一段英雄传奇。《最强狙击手》还在连载之中①。这篇小说写的是，在一次军校毕业考核中，秦天惨遭强敌偷袭，为了替死去的战友报仇雪恨，并营救被绑架的战友，秦天迅速成长，奋起反抗，一路追杀。这两部小说保持了丛林狼的一贯风格，洋溢着英雄豪情。

菜刀姓李，本名李晓敏，原籍湖南邵阳，现居深圳。代表作有《遍地狼烟》《我的民国》等。《遍地狼烟》曾入围茅盾文学奖，又被改编成同名电影及电视连续剧。菜刀姓李的创作信条是“故事是王道”，其作品大都故事精彩，悬念丛生，结构完整，布局严密，且无玄幻色彩，因此较为真实。2017—2018年，菜刀姓李推出长篇《代号传奇》，讲述特种兵路扬的传奇故事。回家探亲的火车上，列兵路扬意外地卷入到一场追捕恐怖分子头目的行动中，他凭借着过硬的军事素养和非凡的勇气抓住凶犯，引起了一支神秘特种部队的注意，但同时也遭到了恐怖组织无穷无尽的报复和追杀。而后，他经历了重重磨难和考验，在对抗邪恶的过程中，逐渐成长为一支神秘特种部队中的兵王。这部小说还在连载中②，从已经刊载的部分看，这篇小说不仅艺术水准较高，而且对社会现实的描写和反映也有一定的深刻性。

天堂羽，本名赖长义，现居深圳。主要作品有《现代赖布衣传说》《控电少年》《貌似纯洁》《女总裁爱上我》《上古传人在都市》《史前入侵》《佣兵之王都市行》等。天堂羽的作品故事设计非常用心，文字轻松愉悦，对人心和人性的描写较为深入。2017年，天堂羽完篇了《佣兵之王都市行》。这篇小说人物形象非常鲜明，主角和大多数配角都写得栩栩如生，人物对话非常出彩，是一部非常优秀的作品。在2017年，天堂羽

① 《最强狙击手》已于2018年完篇。——编者注。
② 《代号传奇》已于2025年7月完篇。——编者注。

还推出小说《第一强者》与《超级状师》，前者写的是，沈浪在高三之际觉醒前世记忆，靠着前世记忆中的众多功法，他从零开始，再次修行，前世留下的痕迹和宝藏需要他去探索，他要重新踏上人生的巅峰。后者写的是，在一次意外中，陆羽穿越回古代，他没有绝世的武功，也没有超级的异能，选择了当状师，凭着现代人的口才，忽悠了古代人，惩治贪官，告倒恶霸。这两篇小说虽然也较精彩，但与《佣兵之王都市行》相比，略为逊色。

阿菩，原名林俊敏，现居广州。2005 年创作长篇历史神话小说《桐宫之囚》。《桐宫之囚》以《史记》中关于夏末商初的历史记载为基础，以屈原《天问》中关于上古巫术与神话的描写为人物原型，重现了那段时期的政治斗争、军事斗争与神话传说，这部作品后来经过重新润色加工，改名为《山海经密码》，一举成名。《山海经密码》借助一系列神话形象和人文、地理风俗，对《山海经》中的蛮荒世界进行重现和解密，成为玄幻小说的代表作。2013 年，阿菩以《山海经密码》获得第九届广东省鲁迅文学艺术奖。阿菩还创作有《边戎》《东海屠》《陆海巨宦》《唐骑》等。2015 年，阿菩推出新作《寄灵》，尚未完篇①，这篇小说以符坚攻晋、胡汉恩仇为背景，讲述道教内部门派之间的斗争。阿菩写作喜欢表现地理知识，这篇小说也围绕“桃花源”和“山海图”展开宏大想象。可惜的是这篇小说已经断更。

了了一生，本名欧阳富，广东河源人。处女作《赤脚医生》2006 年在 17K 文学网上传，之后又创作《欲医天下》《医世无忧》《天生神医》《近身特工》。了了一生曾做过医生，对这一职业比较熟悉，因此不少作品男主角都是医生。2017 年，了了一生在阿里文学网推出新书《妙手小村医》，这部小说仍在连载中②，小说写的是神秘少年林昊的故事，林昊出生在粤省羊城的农村，应聘于一个诊所做小医生，绝世医术加上刚强个性，打破了小诊所的冷清萧条，给驴友做手术，给村主任治癌症，给瘾君子戒毒，给村民们医治各种疑难杂症，名声不胫而走，无数身份背景雄厚又身患病症的患者慕名前来，小村医也因此风生水起，演绎出一段传奇人生。小说在连载过程中，即获得由阿里文学颁发的至尊人气奖。

打眼，本名汤勇，江苏徐州人，现居东莞，起点白金作家。2010 年 6 月，在起点中文网连载处女作《黄金瞳》。2012 年推出《天才相师》，2013 年推出《宝鉴》。打眼的创作涉及风水、相面、赌石、武术、修真等，作者擅长在现实背景中写传奇故事，书中经常出现当下社会中的真实人物，增添了传奇故事的真实感。特别是《天才相师》，故

① 《寄灵》已于 2021 年暂停网站连载。——编者注。

② 《妙手小村医》已于 2019 年完篇。——编者注。

事情节精彩生动、人物形象栩栩如生，对人性、人情的描写细腻感人，显示出不凡的创作潜力。2015 年底，打眼推出新作《神藏》，这部小说写道士方逸下山，入世修行，结识好友，立业成家，在红尘中炼心，后来通过传送阵进入秘境，在里面修真。《神藏》目前仍在起点中文网连载①。

求无欲，本名王普宁，广东东莞人，擅长刑侦题材小说。2008 年开始创作《诡案组》，迅速火爆，《诡案组》写的是，省公安厅内有一支鲜为人知的神秘小队，专门处理全省范围内的超自然事件，其处理的案件均匪夷所思、骇人听闻。《诡案组》集灵异、惊悚、推理于一身，被称为中国版的《X 档案》，对后来的悬疑惊悚类小说产生较大影响。《诡案组》全套十册已经出版实体书，并被拍摄成电视剧。

撒冷，本名付强，现居深圳。代表作有《迷途》《苍老的少年》《星语者》《YY 之王》《艳遇谅解备忘录》《天堂之路》《无忧王》《诸神的黄昏》。撒冷擅长都市题材，主要讲述主人公在现代大都市中奋斗成功的故事，颇有励志功能。新作《纨绔》写的是，高中生赵天佑收到一个神秘人送来的玉佩快递后，三国时期吕布的元神附着到赵天佑身上，从此，赵天佑开启了一段注定不平凡的人生。撒冷原来的著作较少玄幻色彩，如《YY 之王》中的男主吴世道，完全是凭着自己的勤奋和努力，实现自己的人生梦想，但新作《纨绔》也受到玄幻风的影响。

蚕茧里的牛，本名石夜明，曾用笔名薛定谔牛，毕业于华南理工大学，阅文集团白金作家。代表作有《魔兽多塔之异世风云》《神偷化身》《武极天下》。2015 年，蚕茧里的牛推出《真武世界》，目前仍在连载中②。在这部小说中，大学生易云外出旅游，在山洞中找到一块紫晶，莫名其妙地穿越到异时空，这个时空野兽横行，人类还处于原始部落时期，弱肉强食，崇拜强者，以武为尊，而易云来到这个时空，变成了一个十二岁小孩，体质孱弱，面临严峻的生存危机，这篇小说写的就是易云的成长史。

南朝陈，本名陈王军，广东茂名人，擅长仙侠题材。代表作有《谁与争锋》《穿入聊斋》等。2017 年，南朝陈推出仙侠小说《斩邪》，在起点中文网连载，广受好评，2018 年完篇。这部小说写的是弱冠书生陈三郎的人生传奇。陈三郎原为废材，但在救下龙女后逢奇遇，变得能文能武，先成为朝廷状元，后在乱世中成为一方诸侯，平定天下。小说洋溢着儒家的正气精神，有一定的文化品位。

十喜临门，现居深圳，擅长异术超能题材。代表作有《至高战帝》《九项全能》《都市之巫法无天》等。十喜临门的小说，语言风趣诙谐，人物极有个性，对话非常精

① 《神藏》已于 2019 年完篇。——编者注。
② 《真武世界》已于 2019 年完篇。——编者注。

彩。如《都市之巫法无天》写超能力者李简重回25岁这一人生关键点，消除隐患于未然，弥补前世人生遗憾，快意恩仇，窃玉偷香，探索人生新道路，情节引人入胜，语言生动活泼。此书2015年在起点中文网上架，2018年初因未知原因断更，非常可惜。

甲鱼不是龟，本名袁选，广东汕头人，阅文集团作家。2014年在起点中文网发表处女作《大泼猴》，2017年初完篇。《大泼猴》讲述现代青年偶然穿越成为猴子，因熟知《西游记》的故事，努力成长为齐天大圣的故事。小说对读者耳熟能详的《西游记》故事进行重新演绎，从人性的角度展示大泼猴与命运抗争的过程。2018年，甲鱼不是龟又在起点中文网推出《大妖猴》，讲述在妖国内斗背景中石猴和白骨精成长的故事。

沙中灰，本名兰仲尧，现居惠州，擅长灵异和二次元题材。2017年，沙中灰完成《阴阳鬼医》，讲述有着阴阳鬼医传承的欧宁成长的故事，故事悬念设置较好，读来颇紧张惊险。新作《调教水浒》正在连载中。这篇小说写的是民警李猜穿越到宋徽宗时期阳谷县之后发生的故事，完全改写甚至反写了《水浒传》中的人物和故事，给人一种后现代式的荒诞感。

风轻扬，本名吴帅伟，新一代玄幻小说代表作家。代表作有《盛世暖婚之一世倾情》《网游之最强力驱》《凌天战尊》。风轻扬的作品风格热血澎湃，表达的是坚忍不拔、自强不息的精神。《凌天战尊》2014年上传，仍在连载中。这部小说写的是兵王之王凌天穿越到另一时空，身体废柴，而这个时空以强者为尊，凌云必须迅速提升实力，才能生存。《仙武碎空》于2017年推出，小说虚构了一个大乾王朝，写少年李静的修行成长。

荆泽晓，本名林涛，潮汕人。代表作有《烽火涅槃》《重启大明》《骨魂》《冉闵大传》《违约》《荆秋演义》等，被称为国内最硬派奇幻领军人物。新作《秘宋》写的是男主角穿越回大宋年间，但他前生是一个文科生，炼不了钢铁烧不了玻璃，造不了枪也造不了炮，但凭借前生在信息大爆炸年代对于间谍行当的了解，硬是为大宋王朝打造出一个出色的情报网络，重铸华夏锋刃。

厌笔萧生，本名钟波景，现居河源，玄幻大神作家。2005年开始写作，代表作有《箭穿万里》《血冲仙穹》《仙术魔法》《刀帝九妃》《大力神》。新作《帝霸》写的是，在宝圣上国，牧羊少年李七夜被仙魔附体，从此开启不寻常的人生。

禾丰浪，原名朱焕亮，广东东莞人，2007年涉足网络文学创作。代表作有《一边享受一边泪流》《斗气冤家：美女上司爱上我》《我的上司女魔头》，禾丰浪擅长职场题材，主要写小人物的奋斗。禾丰浪的小说吸纳传统文学的现实主义的手法刻画人物、摹写细节，同时又吸收了网络文学设置悬念、节奏明快的特点，以吸引读者，但有时也不免重复。新作《我和极品美女上司》依然是写打工者“逆袭”成功的故事。

夜独醉，广东湛江人，创世中文网作家。代表作有《至尊男人》《流氓老师》《龙在边缘》《贴身医王》《天才霸主》《天才狂少》。新作有《都市之大仙尊》与《超能小农夫》，前者写遇劫仙尊附体都市弃少，后者写残疾农村青年获得法宝，两位男主从此改变命运。

“十八条好汉”的创作，从题材上讲，有现代军事类、间谍类、历史类、医术类、古代修真类、现代修真类、都市奋斗类、悬疑类、灵异类、神话类、穿越古代类、穿越异时空类，探索了各种不同类型的小说。从主题上讲，大都表达的是男主自强不息、为国为民的奋斗精神，洋溢着一种热血男儿的英雄豪情。

三、女作家群

女作家的成群出现，是广东网络文学发展中一个突出的现象。这里列举出十二位女作家，算作广东网络文学界的“十二钗”。同样，下面的排名也不分先后。

却却，本名王凌英，原籍湖南，现居广东。代表作有《夜芙蓉》《战长沙》《碎玉倾杯》《乱云低水》《乌鸦大神，放过我吧》。近年来主要创作民国抗战题材小说。却却的抗战题材小说，不生造历史，不编“抗日神剧”，而是以历史研究为基础，以口述和各种文史资料为细节的补充，再进行适当的虚构，形成朴实沉郁的现实主义风格。如《战长沙》以顾清明和胡湘湘的爱情故事为主线，以胡氏家族对日军侵略的反抗为铺陈，展现战争年代的人性幽微，在社会上取得很好的反响。却却的新作有《战衡阳》和《战西关》，前者以民国抗战时期的湖南为背景，讲述以衡阳城内巧七和唐东安为首的孩子们不同的成长经历和悲欢离合，以及衡阳巧庄师范的师生艰难的办学历程，反映出抗战期间各大中学校为留存薪火做出的不懈努力，也反映出中华儿女坚忍顽强的斗争精神。后者以广州地区抗战为题材，描写西关青年和海外华侨众志成城抗击日本侵略者的故事，表现出中华民族不屈不挠的斗争精神。

米西亚，原名赖晓平，现居广州，2010 年开始网络文学创作，擅长婚恋题材创作。代表作品有《军婚如火》《全世界我只想和你在一起》《家有萌妻》《泡菜爱情》《高冷上司住隔壁》《婚不由己：腹黑老公惹不得》等。米西亚善于把握恋爱中的男女心理，能够写出心理的各种褶皱和细微变化，行文诙谐风趣，读起来轻松惬意。米西亚在 2018 年完篇的小说有《谁在时光里倾听你》，这篇小说写的是心理学教授陆加尔和 AI 工程师靳向东恋爱的故事。这是一部心理学加人工智能的轻科幻小说，是米西亚的新尝试。全篇弥漫着温馨浪漫气息，有一种小资情调，但文风接地气，不乏幽默诙谐之笔墨，小说读起来清新愉快。

Loeva，本名杨雯，现居广州。起点女生网签约名家，穿越生活类写作高手，坚持走精品路线，在读者中有着良好的口碑。处女作《平凡的清穿日子》开创了生活穿越的先河，已发表《平凡的清穿日子》《传说的后来》《春光里》《生于望族》《斗鸾》《青云路》《闺门秀》等作品。2017 年，Loeva 在起点女生网上推出《秦楼春》，现正连载中①。这篇小说写的是，秦含真穿越回古代，发现新的自己父母双亡，叔婶刻薄，祖父母年迈，秦含真唯一能做的，就是努力让自己过得好一点，没有条件就去创造条件，衣食住行都得自己想办法解决，自己努力。

海的温度，本名徐爱丽，原籍河南洛阳，现居肇庆。2011 年开始创作，代表作有《闻香榭》系列 4 部：《脂粉有灵》《玉露无心》《沉香梦醒》《镜花魔生》，《忘尘阁》系列 4 部：《噬魂珠》《玲珑心》《双面俑》《蛟龙劫》，这些作品情节曲折生动，人物个性鲜明，风格流畅华丽。2017—2018 年，海的温度出版新著《龙隐轩》。这部小说写的是晚唐时期装傻扮痴的皇叔李怡，机缘巧合结识秦飞羽兄妹，携手屡破奇幻诡案，阻止惊天阴谋，挽救大唐危亡。小说以真实历史为依托，描述了一个奇异志怪与朝野党争并存的奇幻大唐，将志怪元素与宫廷权谋结合，情节设置新颖离奇，想象力丰富，语言华美。

路非，本名李文蓉，现居东莞。2012 年开始创作小说，擅长玄幻题材和女强文写作。代表作有《凤逆天下》《第一狂妃》《凤舞江山》《错把总裁潜规则》等。根据《凤逆天下》改编的漫画登上中国最畅销的漫画杂志之一《飒漫画》连载，收获超高人气。路非的文笔潇洒大气，又不乏细腻。2017 年新作《绝色兽妃逆天下》，写的是东南亚佣兵训练基地女教官重葵重生到东周战国时期、搅动时代风云的故事。

予方，本名方莎丹，现居揭阳。云起书院大神作家，她擅长古代言情题材创作。代表作有《阿莞》《东床》《大清小事》《平安的重生日子》《庶女风华》《御心医女》《轻笑忘》《福要双至》《随喜》《医妃遮天》等。予方的言情小说风格轻松，文笔细腻，人物形象温暖生动，给人温馨甜蜜的感觉。2017—2018 年，予方推出新作《嫡女冥妃：魔尊，江山来聘》，小说写的是平凡侯府嫡女顾徽音被修炼失败的冥灵王附体，从此改变命运的故事。

倾咔，本名罗莎，现居深圳。云起书院人气大神作家，擅长古代言情及种田文写作。代表作有《作威作符》《名门毒医》《福慧双全》《重生不嫁豪门》《带着萌宝去种田》等。《带着萌宝去种田》于 2015 年初上架，至今仍在连载中。这部小说写的是，牙科硕士白若竹穿越到穷乡僻壤，成为一名孕妇，决定靠山吃山靠水吃水，带着萌宝种田

① 《秦楼春》已于 2018 年完篇。——编者注。

经商奔小康。

楼星吟，本名谢雅娜，现居河源。2010年开始从事网络小说创作，云起书院古代言情大神级作家。代表作有《神医贵女》《废材丹神：腹黑鬼王逆天妃》《帝君盛宠：辣手小毒妃》《医女狂炸天：万毒小魔妃》。楼星吟的小说故事励志，世界构架庞大，想象力丰富。2018年，楼星吟推出新作《盛世贵女：暴君的悍妃》，小说讲的是，太师府嫡孙女香消玉殒，但被该国武林盟主之魂穿越重生，决意夺回本应属于自己的一切。

贡茶，本名黄瑞燕，现居潮汕。2008年开始网络创作。代表作有《小户千金》《贺府千金》《蒋门千金》《媚骨之姿》《尤物当道》《娘娘威武》《媚香》《斗玉》等。贡茶所创作小说的女主，往往拥有独立人格、独立思想，不甘于向现实生活低头。

望月存雅，本名石璐，现居中山。云起书院畅销作家。代表作《首席天价逼婚：老婆不准逃》《名门极致宠妻：老公轻轻罚》《腹黑老公圈宠：逃妻抱回家》《腹黑老公溺宠：老婆不准躲》等。望月存雅主要写现代人的婚恋，文风甜腻。

梵缺，本名张秀丽，现居阳江。言情题材大神，代表作有《第一风华》《娶个皇后不争宠》《我的世界只差一个你》《一生一世：青梅难负竹马情》《爆笑宠妃》等。梵缺的作品风格轻松，语言幽默。

霞飞双颊，广东阳江人，擅长玄幻题材写作。代表作品有《同居万岁》《召唤万岁》《不死冥神》《九天之子》《神枪无敌》等。新作《一卡在手》写的是少年李奥重返十五岁，重新修行，换一种方式重新走上修真之路的巅峰。

“十二钗”的小说，题材多样，但大都围绕着女性的恋爱与婚姻展开故事，且大都站在女性主义的立场上，表达女性应自立自强的主题。在婚恋心理的描写上，“十二钗”的小说大都发挥了女作家独特的优势，写得比较细腻、真切。

四、年度盘点

“十八条好汉”和“十二钗”，当然还不是广东网络作家的全部阵容，而只是其中的代表。据调查得到的名单，已有一定知名度的网络作家，还有蒲建知、陈喜伟、吴止、棠之依依、刘小刘、千百度、青烟袅袅、纪默栩心、唐少伟、意千重、猗兰霓裳、冷秋语、霖秋、甘糖、小雨、糯米团子、冰冰七月、无意归、怜心依然、江清浅、罗森、唯易永恒、搜异者、过路人与稻草人、激光飞舞、乱异等人。此外，几乎每天都有新手，加入网络文学写作中来。正是有这些作家，正是因为这些作家在创作上大胆探索和尝试，才造就了广东网络文学欣欣向荣的大好局面。

总括来看，广东网络作家所写的大都是人物奋斗成功的故事，表达的大都是向上、向善的精神。这种故事和精神，都是符合时代主题和社会主义核心价值观的。

在肯定成绩的同时，也应看到存在的不足。以文学标准来看，广东网络文学作品大多数在思想性与艺术性上还存在缺陷，作品虽多，但精品不多。不少作品在故事模式上雷同重复，穿越重生、仙魔附体等桥段，被用得太滥，让读者觉得新意不够。广东是网络文学的发源地，曾先行一步，但后继乏力。现在广东的网络文学阵营虽然鼎盛，但浙江、江苏等省的网络文学异军突起，与这些省份相比，广东网络文学在质量上已相形见绌，2017年和2018年，年度最火爆的网络小说都不是广东作家所作。分析“相形逊色”的原因，不得不指出以下三点。

第一，精品意识欠缺。在本文所列举的广东网络文学作品中，其实不少有成为精品的潜质，可惜作者叙事写人的技巧还差那么一点，或者思想主题的提炼差那么一点，或者语言表达差那么一点，其中的任何一块短板，都决定了这个木桶的容积，结果功亏一篑，浪费了大好的素材和构思。如何推出精品，关键在于作家要树立“精品意识”，但不难发现，目前，不少广东网络文学作家创造“精品”的意愿还不够强烈。有的作家已经满足于自己的江湖地位，觉得已经功成名就，就这样写下去也挺好，反正不愁发表不愁钱，推出新作的时候，往往都有重复，不愿意创新了。有的作家似乎已经放弃对作品质量的追求，觉得自己再怎么写也提高不了，能保持现有水准就不错了，就不用费心费力想着提高了。有的作家则别有追求——著书只为稻粱谋，并非为了出精品，而是为了赚稿费。文学精品的问世，必然需要作家立大志向，发大心愿。如果作家自己都没有这个志向，没有这个心愿，那就绝对不会有精品。

第二，作家素质不足。从年龄结构上看，广东网络作家中70%是年龄在40岁以下的青年，“80后”“90后”是这支队伍的主体，因为年轻，在知识积累和生活经验上必然存在一定的短板。且不少作家都是宅男宅女，有的以前有过职业但后来也辞去职业、专业写作，虽然他们可以通过看书丰富自己的各方面知识，但毕竟缺少亲身体验。而网络文学又是类型文学，对各方面专业知识的要求较高，大多数作家对各种专业只有书本知识，没有实践知识，写武侠的不会武术，写军事的没有参过军，写刑侦的没有做过警察，写赌石的不懂玉石，写种田的没干过农活。有些作家知道扬长避短，就凭空虚构，远离现实，写玄幻小说、仙侠小说和穿越小说。有的作家敢于直面现实，但由于生活积累不足，作品真实性较差。有的作家对自己曾经从事的职业、熟悉的生活，写来比较顺手，写自己不熟悉的职业与生活，就非常别扭，只好草草收兵。

第三，网络政策压力。网络文学创作并不是在真空中进行，作家会受到有关政策方面的压力。丛林狼在接受采访时曾说：“当下的网络军事题材小说限制越来越多，因为涉密的缘故，加上国家政治需要，很多东西不允许碰，可写的东西越来越少，如果可以，希望国家有关部门出台规定，明确该类型小说的写作限制范围，让作者明确知道哪些能写，哪些不能写，避免踩线。”① 丛林狼的呼声在某种意义上有一定普遍性。网络文学应以社会主义核心价值观为引领，坚决抵制低俗、庸俗、媚俗，发挥陶冶情操、启迪心智、引领风尚的独特功能，但有关部门在网络管理上不够精细化，简单地一刀切，不时采取清网行动，使得不少网络文学作品被“和谐”掉，或者断更。这种文坛生态在一定程度上会影响网络文学的探索与创新。

五、发展前景

党的十八大以来，习近平总书记和党中央对社会主义文化发展作出一系列重要指示和重大部署，为包括网络文学在内的新时代文化工作奠定了思想基础，指明了前进方向。广东主管部门也迅速出台了系列配套措施，针对网络文学发展做出了重点部署和具体指导，将网络文学作为拉动全省文化产业发展的重要力量，全力扶持本省网络文学发展，加快工作步伐，各项相关措施已渐次落地。

加大宣传力度，推介重点作家。网络文学已成为社会主义文学事业的一支生力军，大张旗鼓地宣传其成绩，将促进其发展。2017 年 2 月 2 日，南方日报以《这些“白金级”“大神级”网络小说都是广东“智造”》为题，整版介绍了撒冷、天堂羽、丛林狼和米西亚的创作情况。2017 年 3 月 5 日，羊城晚报以《广东网络文学：“四小虎”“九大神”来了》为题，详细介绍了蚕茧里的牛、丛林狼、风轻扬、南朝陈、天堂羽、厌笔萧生、十喜临门、夜独醉、霞飞双颊等网络作家的创作情况。2017 年 8 月，南国书香节举办了“书香好年华　网文勤耕读——广东网络作家签售活动”，聂怡颖（甘糖）、黄宇（小雨）、李小雷（糯米团子）、赖晓平（米西亚）、徐爱丽（海的温度）、蒋飞霞（冰冰七月）、杨林清（无意归）、温玉兰（怜心依然）、郭少枝（江清浅）等 10 位作家携带新作参加签售，并与粉丝现场交流互动，气氛热烈。

加强组织建设，提升社会地位。网络作家分散于各大网站，处于散兵游勇状态，将他们组织起来，更能提升其社会地位，并发挥集团力量。2015 年，广东省成立了广东省网络作家协会，网络作家林庭锋（宝剑锋）、林俊敏（阿菩）、王普宁（求无欲）当选为副主席。2016 年 11 月 30 日至 12 月 3 日，中国作协第九次全国代表大会在京召开，广东网络作家阿菩、丛林狼、梅毅参会，阿菩当选中国作家协会第九届全国委员会委员。2017 年，广东省网络作家协会共有会员作家 397 人，其中省作协会员 111 人，中国作协

---

① 夏琪．真实是军文必须具备的元素．中华读书报，2017-12-20（08）.

会员 14 人，2018 年 8 月，又发展网络作家协会会员 100 人。部分地级市如佛山、河源、中山也成立了网络作家协会。

开展培训采风，扩展作家视野。网络作家大都是宅男宅女，个人视野有限。开展培训、采风等活动，可以使网络作家交流创作经验，感知时代氛围，扩展作家视野，开创创作新格局。2017—2018 年，广东省作家协会举办两期网络作家培训班，邀请一些网站编辑、大神级作家讲述创作体会，传授创作经验，培训期间还举办了“网络文学 IP 的价值创造论坛”，交流网络文学 IP 价值的开发问题。2018 年 12 月，由广东省作家协会和中国作家协会网络文学中心、鲁迅文学院联合主办，深圳市作协、东莞市作协协办的“全国网络作家庆祝改革开放 40 周年”主题采访社会实践活动，安排接待采访团成员 55 人，深入广州、东莞、深圳等改革开放前沿地带采访采风，参观了广州图书馆、广州大剧院，东莞唯美集团、松山湖高新科技园区，深圳莲花山、华大基因等地，认识改革开放 40 年伟大实践，收集第一手创作素材，感知新时代的新风貌新气象。开展培训与采风活动，有利于网络作家提高思想与艺术水准，写出更贴近现实和社会的作品。

加强文学评论，发挥引导作用。文学创作需要文学评论的引导。为加强网络文学评论，广东省作家协会 2011 年创办《网络文学评论》杂志，该年出版第一期。从 2017 年起，《网络文学评论》杂志理顺关系，正常出版，在 2017—2018 年，《网络文学评论》杂志已经连续、顺利出版 9 期。《网络文学评论》杂志是目前国内唯一以网络文学为对象的专业学术刊物，发表了大量评论文章，其影响力正逐渐从专家学者的范畴扩大到网络作家群体和读者群体。2018 年，广东人民出版社出版了西篱主编的《粤派网络文学评论》著作，该书汇集广东省网络文学研究者的力量，对网络文学的诞生、发展历史进行了描述，对网络文学的精品力作进行了点评，对网络文学各种类型的叙事规律进行了解析，这本著作的出版，代表了网络文学研究的最新水准，也必然对网络文学的创作发挥一定的引导作用。

上述措施，为广东省网络文学的发展提供了有力保障，潮平两岸阔，风正一帆悬。广东网络文学已经扬帆起航，必然走得更稳更远。

刘卫国，中山大学中文系教授

本文刊发于《粤海风》2019 年第 4 期

辑三

大湾区文学对谈

专访蒋述卓：创造一种大湾区文学新样式

2019年8月8日上午，广东省作家协会第九次代表大会选出新一届省作协主席团成员，蒋述卓当选广东省作协第九届兼职主席。

日前，蒋述卓接受羊城晚报记者采访，畅谈广东文学现状，展望粤港澳大湾区文学新样式。

羊城晚报：最近这些年来，广东省的文学创作情况如何？

蒋述卓：2014年以来，广东省作家协会大力推动文学工作改革创新，切实提高文学工作的科学性水平和服务大局、服务中心的能力，用心用情用功创作精品，因地制宜组织特色文学活动，建立完善人才培养机制，积极搭建对外交流平台，文学人才队伍不断壮大，全省文学工作呈现新气象。

2014年、2015年，广东省作协召开了两次“广东省文学创作重点选题座谈会”，共确定重点选题作品29部。2017年、2018年，连续召开两届“广东文学攀高峰重大选题论证会”，围绕实现中华民族伟大复兴的中国梦这一时代主题，以“本土重大现实题材”为着力点，扶持16个重大选题创作。认真组织广东省宣传文化发展专项资金（文艺精品·文学类）项目评审工作，共计扶持95个生产创作扶持项目。自2014年以来，组织了100多名作家的作品研讨会。高度重视老一辈作家文学创作回顾研究与宣传，组织了广东文学名家系列学术研讨会，树立标杆，引领后人。创办了“文学·现场”论坛，定期组织作家、评论家面对面畅谈文学话题，为批评家介入文学现场搭建平台。正式创办推出了全国第一份网络文学评论学术期刊《网络文学评论》。联合南方日报社、羊城晚报社等实施了“广东文艺评论提升计划”。实施文学评论家“签约制”，2017年聘请我省10位著名文学评论家为省作协首届签约文学评论家，着力从整体上打造骨干文学评论队伍，提升“粤派批评”影响力。近些年来还举办第十届广东省鲁迅文学艺术奖（文学类）评选，组织第二届广东文艺终身成就奖评选，组织第二届、第三届广东省中青年德艺双馨作家、艺术家评选活动，先后设立广东省“九江龙”散文奖、“大沥杯”小说奖、“有为杯”报告文学奖、“平湖杯”儿童文学奖，后统筹上述省级单项文学奖，整合资源设立了“广东省有为文学奖”。

羊城晚报：近些年来广东作协在扶持年轻作家方面做了哪些工作？

蒋述卓：一是实行“文学英才开发计划”，重点培养青年文学骨干100名，计划打造具有时代精神、富有创造性、具备优秀文学品格的广东青年作家群体。二是推行“文学导师制度”，聘请全国著名作家、评论家、主编、社长、学者共24人，以“一对二”方式，与广东文学院48名签约作家实行结对指导。三是加强文学培训和采风。先后组织开展了广东省青年作家创作培训班、广东省中青年诗人暨评论家高研班、广东长篇小说创作高级研修班、广东“90后”作者培训班、广东散文创作研修班等一系列培训活动，参加培训人数近1000人。还组织“文学名家带文学新秀”系列采风活动，邀请国内文学名家在采风过程中以导师身份对广东青年作家进行创作指导。四是积极组织活动、打造发表平台。《作品》杂志开辟专栏推介“90后”新生代作家，率先刊发“90后”作家长篇小说，举办“90后”青年作家论坛、作品研讨会等。目前，以王威廉、王哲珠、皮佳佳、马拉、李德南、张闻昕、陈再见、了了一生、彤子、蔡东、阿菩等为代表的广东“80后”“90后”新锐作家群先后在全国重要文学刊物上推出了一系列优秀文学作品，王威廉等青年作家入选广东省培养高层次人才特殊支持计划“青年文化英才”名单，一批青年作家作品分别获得人民文学奖、《小说选刊》年度大奖、《中国作家》鄂尔多斯文学奖、百花文学奖、冰心散文奖等文学奖项，创作成绩备受省内外文学界的肯定，在全国文学创作生力军的竞争中占有重要一席之地，为广东文学创作繁荣发展提供了坚实的人才支撑。

羊城晚报：作为网络文学大省，广东网络文学的创作现状如何？

蒋述卓：广东省作协通过加强组织建设、凝聚创作人才、努力搭建平台，建立完善符合网络文学发展规律的管理、创新、发展机制，为繁荣网络文学创作积极探索“广东方案”。一是构建网络作家联系网络。成立了广东省网络作家协会，实行网络写作者“自治”“自约”。积极延伸联系手臂，广东网络作家协会发展会员共计497人，还推荐了20名网络作家加入广东省新的社会阶层人士联合会。二是探索建立网络文学审美标准和评价体系。创办全国首份专业网络文学批评理论刊物《网络文学评论》，聘请14位全国知名文学评论家担任刊物专家顾问，举办首届中国网络文学评论奖年度评奖，努力探索建立符合文学本质、具有网络特点的网络文学审美标准和评价体系。三是搭建网络作家学习交流平台。举办广东网络作家深入学习贯彻习近平新时代中国特色社会主义思想高级研修班，每年至少举办一期广东网络作家创作研修班，网络文学创作培训工作形成常态。先后组织了“广东网络作家与外国学者对话”活动、“广东网络作家看粤东粤西北振兴发展”采风活动、“全国网络作家庆祝改革开放40周年”采风活动等。四是拓展网络文学创作与创意开发对接链条。与全国14家有影响力的大型文学网站签署战略合作协议，在南海创办“广东网络文学基地”，与珠江电影集团、南方报业传媒集团、广东省广电网络股份有限公司、国艺影视城签署了五方合作共建基地协议，尝试打造网络文学创作与影视产业转化的新高地。联合阅文集团举办了“网络正能量”小说征文大赛等。

羊城晚报：刚才主要讲了成绩。比起几个传统的文学创作大省，广东文学创作还存在哪些不足？

蒋述卓：从某个角度来讲，广东文学创作这几年没有获得重要性的全国大奖，比如茅盾文学奖、鲁迅文学奖等，这是我们存在的不足。可以说我们还没有（文学的）高峰，但我们的基础已经打好，比如说青年作家、“80后”和“90后”作家我们都有，还需等待他们的发展和成熟。这主要是什么原因？一是有很多广东作家是广东的新移民，他们对广东还有一个了解的过程，需要时日去丰富他们的广东体验，而广东本土的作家也还有一个提升的过程。二是老的作家也有一个适应的过程，时代变化太快，要写出更好的东西确实也需要知识更新与观念更新。所以我们现在积极培养人才，相信经过他们的努力未来会出成就，包括流动的网络作家。

此外，广东的文学氛围虽然不错，但是对文学人才的推崇和奖励政策还是不够。在政策上应该给予文学更大的扶持，鼓励作家们潜心创作。我们没有专业作家了，只有签约作家，如果能给他们两三年潜心创作的时间，是能够出成绩的。

羊城晚报：以前的广东文学曾经表现出比较强烈的广东特色，现在却似乎有所减弱？

蒋述卓：对，广东味不足也是问题之一。从湖南来的作家写的仍是湖南的特色，那是因为他对广东不了解，也没办法。按理来说，广东应该是城市文学领先，可以写出更多的广东特色，但这方面确实还是欠缺。

羊城晚报：现在的作家这种自主的地域意识好像弱化了，为什么？

蒋述卓：文学创作有文学创作的规律。作家的早年记忆是很重要的，就像莫言中年后虽多年生活在北京，但他就写他的故乡高密。文学创作和记忆是极其有关系的，童年、青春的记忆是不可磨灭的。欧阳山之所以能写出广东味的小说，是因为他沉淀下来了，有体会了。广东本地作家就好办一些，外地移民过来的作家如何沉淀下来，写出

"粤味"来，这确实是个问题。

羊城晚报：7月16日，由广东省作协发起组织的粤港澳大湾区文学联盟在广州成立，建构"粤港澳大湾区文学"这样的一个想象共同体的基础在哪里？

蒋述卓：粤港澳大湾区文学联盟肯定是广东省作协未来五年重点要推进的工作，这不仅是因为国家战略，更重要的是我们同属一个岭南文化，三地同根同源。尽管文学体制不一样，但是我们的源头都是岭南文化，共享相同的文化资源，大家可以互鉴、互动、互补，这六个字就是我们未来重点要加强的。

羊城晚报：站在广东文学的角度，广东应该向港澳"鉴"什么、"补"什么？

蒋述卓：从文学这个角度来看，我们要向港澳学习开放的胸怀和现代的文学表现形式。我觉得广东的现代文学表现形式还是有点落后，一些有现代色彩的表现手法没有很好地吸收。香港作家刘以鬯用的就是后现代的表现形式，李碧华也是。而我们广东找不出来。连莫言用的也是魔幻现实主义，广东作家在这方面太实在，在技术上、艺术手法上要向香港学习。观念上也要向香港学习，要更开放一些。当然，现在部分广东青年作家的这种意识加强了，如王威廉、陈崇正、阿菩、庞贝等。

互补，就是说三地都要互补。因为广东是社会主义文学，现实和重大的题材比较多，宏大叙事这方面比较有优势。香港、澳门的文学创作多写古代题材、武侠题材和民国题材，和现实的关系不大。香港文学应该更多地关注现实，写出让人有触动的东西。澳门是一个小地方，作家不多，小城市却有大文化。因此，建立粤港澳大湾区文学联盟就是要经常互动、互补和互鉴。

另外，我们要加强表现大湾区有共性的东西，加强文学资源的共享，比如，香港就有叶问与黄飞鸿题材的电影，叶问、黄飞鸿都是佛山人；比如，香山文化是珠海、澳门和中山共享的文化资源，孙中山文化也是三地可以共享的。粤港澳三地作家可以共同就某个有岭南特色的文学资源进行创作，包括电影文学创作，创作出有岭南风味的文学作品，这是粤港澳大湾区未来的一个目标。

羊城晚报：您刚提到的主要是题材资源的挖掘，那么粤港澳大湾区文学可否不仅仅是表面上的题材的挖掘，而是形成一种关于大湾区的共同想象呢？

蒋述卓：在这种互鉴、互补、互动的基础上，要进一步形成大湾区的文学特色。第一，大湾区应该出现符合它特点的新的文学观念、文学样式。从近代以来，中国文学新的文学观念和文学样式都是在岭南出现的，比如梁启超、黄遵宪所倡导的"诗界革命""文界革命"；比如，岭南画派、中国电影的先行者，包括李金发的象征主义诗歌、金庸的武侠小说、刘以鬯的后现代主义文学，都是在粤港澳这个区域里产生的。所以粤港澳大湾区未来的文学观念、文学样式都应该创新，大湾区的网络文学、都市文学都应该领先。网络文学是和科技相关的，还有绘本、动漫，在文学样式上，其实我们已经领先了。大湾区就应该在视觉文化、读图时代到来的时候，创造出更多新的文学样式。文学观念呢，应该更加开放，以现实主义为基础，在此之上容纳世界各种文学潮流，创造属于自己的文学观念。我觉得这是可以做到的。

羊城晚报：在文化产业的时代，大湾区文学可以起到怎样的作用？

蒋述卓：我认为大湾区文学应该走在创意文化产业的前列，文学和文化创意应该是连在一起的。因为文学是一个产业链，它可以生产出动漫、电影还有电视剧。按照文学的发展趋势，它不是单纯的一个样式，它在融媒体的环境下，会创造出一种新的文学样式来。文学在创作的时候必然融进动漫、图像，融进技术创新。所以大湾区文学未来的发展，不再是过去的那种单纯的文字的写作，它在创作的时候必然会受到科学技术的影响，必然会受到视觉文化的影响。像过去十九世纪那些长篇小说中的环境描写人们已经不看了。文学必然要适应视觉文化、读图时代的到来。所以这时候的文学必然是一种新的式样，它要适应一个时代的需要，它的形象性、图像性、语言表达的简洁性等，必然会创造出一种新的文学表达样式。以前讲“文学是各门艺术之母”，但是在未来文学就不一定是“母”了。因为各种融媒体出现，我可以先创作一个绘本、电影，然后再写成文本。现在不是已经出现了吗？你把文学当作文化创意产业的一部分去对待，给它定位，它就只是其中的一部分。这就给文学提出了一个要求，就是要吸收其他各门类艺术的特点来丰富自己的创作。

所以大湾区文学创作，更多地要着眼于创造新的文学样式，有新的文学观念，秉持我们一百年来岭南文学创作的传统，创造出大湾区文学的特点。岭南画派也是这样走出来的，我希望大湾区的文学创作未来也有这样的精神：创新、革命、开放。以这六个字为标准创造出来的文学，必定会走在文学的前列。

本文刊载于《羊城晚报》2019年8月5日

粤港澳大湾区文学发展峰会：再造一座文学上的“港珠澳大桥”

7月6日上午，粤港澳大湾区文学联盟成立签约仪式在广州白云国际会议中心举行，签约仪式后，还举办了粤港澳大湾区文学发展峰会，来自粤港澳及其他地区的近百位专家学者对粤港澳大湾区文学的前世今生及未来走向进行了探讨。

一、大湾区文学的想象空间

陈晓明（北京大学教授）：大湾区文学创新的可能性

大湾区文学是很有创造力、当代性的概念。大湾区天然地与城市文学有一种联系，大湾区是城市化程度最发达的地区，也是经济和科技最富有活力的地方，四十年来，大湾区是中国改革开放的示范区，也是未来中国发展的引领区域。新生的文化和科技文化应该是互动激发的关系，没有新的思想文化的激发和引领，仅靠科技一脉，不可能产生最一流的科技创新产品。在互动的背景下来理解大湾区文化和文学创新的可能性，可以从它和未来城市发展相关的意义上来构想新型文学的未来形态。

这里有几个问题值得探索和讨论：第一，新的城市空间的建构形成新的心理意识。尤其是港澳元素的介入，新的多元性的空间交换对文学观念和文学感觉方式的影响都将是积极有效的。第二，未来性人群、科技新人类的生长，必然给文学书写带来具有时代感和未来想象性的人物塑造。第三，在城市空间里，多样性的空间活动对生活打开无限想象空间。尤其是科幻和网络，构成了大湾区城市文学新的维度。大湾区的城市文学天然地处于时代前沿，过去大湾区作家在传统文学、岭南文化、改革开放这方面取得很大成就，现在有一大批年轻作家在网络方面形成非常大的群体。大湾区文学有两个中心可以设立，一是网络文学的研究中心，二是城市文学研究中心。第四，新感觉、新语言和新文体的生成。大湾区以新的流动人群为基础，必然也是多种语言的混杂，这里的多与复对新的文学感觉和新的语言生成，甚至到新的文体生成都可以积极预期。

王干（《小说选刊》常务副主编）：新时代文学的高地

大湾区文学是对新时代文学探索的开始，新时代文学的主题是中国梦，中国梦一个很重要的思想是中国如何从站起来到富起来、强起来这么一个过程，大湾区它是十一个城市的区域统称，是海洋文化。在整个新时期文学阶段，主要是北京和上海作出很多的贡献，当然广东在改革开放初期也出现了一些非常有影响力的作品。进入新时代以后，我认为大湾区文学可能成为新时代文学最好的试验田，因为新时代文学相较于以前的文学不是简单的重复，既不是五四新文学的重复，也不是新中国文学的重复，同时也不是新时期文学的重复。大湾区既有地理优势，同时又有文化、经济优势，能够在新时代把大湾区文学建设成为一个很好的标杆。希望大湾区成为新时代文学的高地！

贺绍俊（沈阳师范大学中国文化与文学研究所副所长）：一个大胆的文学想象

大湾区有一座伟大的建筑即港珠澳大桥，它被称为桥梁界的珠穆朗玛峰，是现代世界的七大奇迹之一。成立粤港澳大湾区文学联盟就是要再造一座“港珠澳大桥”，但这次用的材料不是水泥和钢筋，而是文学，就是说这是一座建立在精神空间的大桥，它的意义和价值一点也不亚于建立在物理空间中的港珠澳大桥。港珠澳大桥连接起一个崭新的经济实体——大湾区，今天建造的文化大桥连接的是新的文化实体——大湾区文学，这是一个新的文学形态，至少有以下几个特点：一，开放性和兼容性。二，泛中心。大湾区文学是一个整体概念，但又不是传统意义上的整体，是由多个文化个体组合起来的文化共同体，所谓文化共同体意味着每一个文化个体在这共同体中都具有平等的地位，相互之间是一种对话的关系，而不是以某一个文化个体为中心，形成主次的关系，因此大湾区文学要吸收各方的优势和长处，同时也要尊重各方的规则和习俗。三，大湾区文学应该是全球化背景下的超都市文学，是一个面向未来的文学。四，大湾区文学最核心的概念应该是自由书写。五，大湾区文学是大胆的文学想象。尽管在粤港澳大湾区之前，世界上已经有了好几处著名的大湾区经济，但是还没有一个湾区生发出新的文学来，这说明一方面，我们有文化眼光和见识，另一方面，湾区有文化特长和文化优势，既然如此，应该在想象上做足文章。

陈培浩（韩山师范学院教授）：大湾区文学新的增量

大湾区文学的概念是具有生产性的概念，不是对现存现实进行描述和概括的概念，而是带有愿景，需要我们去论述和建构的一个概念。大湾区文学作为一个才刚刚开始的文学，在当代文学当中当然没有现成的位置，我对当代文学视野中的大湾区文学，想要有这样的提问：大湾区文学如何为当代文学提供新的增量，而不仅仅是换一个概念，对已有的现象来进行再一次的描摹？

文学不是一个确定的内容，而是一个不断在变化的内容。因此提大湾区文学的时候，必须面对当代文学即将向何处去的提问，我们必须去思考这种问题。大湾区文学应该充分发挥自身经验的独特性。比如说在大湾区当中，新移民经验也好，新工人经验也好，新技术经验也好，这些经验都是大湾区文学最独一无二、其他地域不可替代的经验，书写这些经验，从而导出一种新的审美，才有可能使大湾区为当代文学带来新的增量。

最后，大湾区文学其实又提出一个深刻而艰难的价值命题，文学如何在全球化的时代担负起建设民族国家想象共同体的任务，因为大湾区是具有多种文化类型、跨越多个不同的地区甚至是社会制度的共同体，在这共同体当中，文学如何建构起一种认同的共同体、身份的纽带，我认为这是大湾区文学的题中之义。

二、大湾区文学的时代内核

林岗（广东省文艺评论家协会主席、中山大学教授）：湾区的精髓是互联互通

我在广东生活几十年，看着这个地方从乡土社会变成一个城市社会，现在正在迈向湾区社会，其实就是珠三角这个地方变化的三部曲。但我觉得城市群并不等于湾区，因为湾区的精髓是互联互通，它的价值观也应该是互联互通，缺乏互联互通的城市群基本上是各个城市相对孤立。

一个互联互通的社会其实是一个更高效率的社会，能够有一个方便人民之间往来，信息、物流畅通的社会基本架构，有了这样的前提，它的要素流动非常方便，你有一个创意，很快会在一个能够互联互通的社会实现。相反，在一个相对孤立、分散的地方，你的创意和想法很难实现，因此一个湾区的社会应该互联互通，今天这在经济上没有问题，但是在文化上需要探索。成立大湾区文学联盟是一个好的开始，这将提供一个平台，让三地的作家能够方便地相互流动、交换自己的创意，相互分享创作经验。

粤港澳大湾区和世界上其他湾区有一个非常大的不同，它曾经被塑造成一个相互之间有非常高分割度的几个地方，这几个地方现在需要慢慢融合起来。比如，香港的资讯非常活跃，非常活跃意味着创意多，但香港有一个弱点，即实现创意的能力没有内地强。内地是实现能力非常强的地方，因为力量很强，动员能力很强。因此，如果能找到一条路子，把这些地方的长处结合起来，粤港澳大湾区的文化会创造出一个光明的前景。

李朝全（中国作协创研部副主任）：代表时代高度的精品力作

打造大湾区文学，实际上就是要打造文学的共同体。时代赋予大湾区以丰厚的文学富矿，既有丰富的素材、题材、主题、品格和风格，又有很多独特性的东西，比如说大湾区所具备的创新创造能力和活力、开放包容的胸怀、多元丰富的特征、勇立时代潮头的先行者的风度。这个地方聚集了很多人，人多，故事也多，尤其是时代新人也多，中国的新故事、当代中国的传奇也多，这地方有着丰厚的可以创作的资源。更重要的是，该地区凝聚着最伟大的奋斗精神，包括改革开放的时代精神和以爱国主义为核心的民族精神，是中国精神耀眼的名片。

大湾区有独特的作家组成和队伍。大湾区的文学军团主力军、生力军是在这里集结的多支力量，除了港澳的文学军团之外，广东也有大量的移民作家、南下作家，即外来的名家大家，还有本土培养起来的作家，有打工作家，还有引进的人才，特别是近些年来，通过招才引智，引进了一些邀约写作的作家，因此这地方有着非常好的文学创作的队伍。

大湾区有良好的整体性、总体性的文学生态，即很好的文学创作生态。大湾区不差钱、题材、人才，现在差的可能主要是组织化创作，即如何运作好组织创作，打造出代表时代高度的精品力作。

徐则臣（《人民文学》副主编）：书写具有全球视野的世界文学

粤港澳大湾区的文学是向前的文学，能够站在中国发展和改革开放的前沿，也一定能站在中国当代文学的前沿，因此向前既与当下有关，又与国际化有关。大湾区的当下大概是全中国最火热的当下，最新鲜的经验、最迫切的问题在这里层出不穷，如果作家能够及时、有效地把这些呈现出来，应该是能够写出来当下最具中国代表性的故事。因为地处前沿，香港、澳门多年的国际化以及国际化写作积累下来许多经验，所以我们有理由相信大湾区文学可以更简单地从单一的中国经验与写作的框架里跳出来，书写出更具全球视野的世界文学。

大湾区文学有一个非常巨大的写作资源即移民的资源，在大湾区，移民问题肯定是最重大的问题之一，香港、澳门不用说，就是深圳和广州这两个城市的运行和发展很大程度上依赖的也是外来人口，尤其深圳堪称新时期以来最大的移民城市，对移民的书写，几十年来，一直都是深广两地文学的重要组成部分。但是必须承认这些书写还有诸多让我们不满意之处，比如说题材相对狭隘，对现实和人生的探讨与挖掘比较浅显，缺少必要的厚度与张力，艺术水准也有待进一步提升。在大湾区时代，以打工文学为基础和准备的创作应该再出发，应该有更具开阔的现实性和前瞻性的移民书写。

三、大湾区文学的可能样态

丁帆（南京大学中国新文学研究中心主任、中国现代文学研究学会会长）：成为区域城市文化的高地

大湾区现在有开放性，而且是世界开放性。从地域的角度、语言的角度、历史的角度、文化的角度，三地有相通的地方，但是也有不同的地方。从文学史的角度也好，从当下的文学现实也好，整合大湾区的共性向大湾区的个性迈进，新的区域城市文化的高地应该在这里。以前我们都是以乡土文化为本，以城市文化为辅。这几年来，尤其是新时代以来文学研究作为区域的研究，应该使这里成为一个高地，大湾区城市文学流派的成立条件非常成熟。

欧阳友权（中南大学文学院院长）：网络文学发展的一次重大机遇

网络文学是大湾区值得拓展的新的文学空间，倡导在大湾区发展网络文学，可以为大湾区的文学开辟新的未来，创造新的可能。在这里，发展网络文学已经有很好的基础，比如说中国最早也是目前最大的原创文学门户网站即起点中文网诞生在广东，腾讯下面的阅文集团目前是我们的龙头企业，中国目前唯一的一个网络文学评论刊物即《网络文学评论》也诞生在广东作协，中国网络文学 VIP 付费制度也诞生在广东，这种 VIP 付费制度刺激整个中国网络文学走向商业化、产业化。玄幻小说是网络文学的主题，内地（大陆）本土最早的玄幻小说是宝剑锋的《魔法骑士英雄传说》，这也是在广东产生的，其他还有很多，比如说当年明月、南派三叔、天下霸唱、慕容雪村等都是从广东起步走向全国。有人统计广东的网络作家在册的超过 14 万人，有三千名网络作家在国内外非常有影响，成为网络大神。另外，打工文学在广东很发达，而打工文学又和网络文学密切相关。珠三角不仅创造了经济奇迹，也创造了中国网络文学的传奇。

香港的文学有优质的传统，香港的网络文学确实很不错，有字游网、香港小说网、香港阅读城、好看文学城，很有影响。在澳门也有一批作家，这里有《译文》杂志这样很好的文学刊物，同时又有流年文学网。因此，在粤港澳大湾区发展网络文学有基础、条件，更应该有信心。

国家的粤港澳大湾区的战略是湾区网络文学发展的一次重大机遇，在世界级的城市群建立网络文学的合作机制，形成网络文学的大湾区共同体，创造网络文学的湾区特色和湾区经验，让网络文学的湾区板块成为中国网络文学的湾区示范，不仅必要，而且可能！

杨庆祥（中国人民大学教授）：一种大湾区的未来文学

作为一个全新空间的概念，粤港澳大湾区不应该仅仅是一个经济体和国家行政规划的结果，更应该是现代空间的一个重新开启。港珠澳大桥几乎是大湾区作为全新的现代空间的形象代言或者象征之物，大湾区是一个试图融合不同的文化形态、经济模式和具体诉求的超空间结构，这就是大湾区作为全新空间的新时代性，这一全新的时代性和空间需要有新的想象方式和书写形态。

大湾区从语言的角度来看，主要是粤语区，同时也有英语和普通话，这种情况的背后其实有强大的历史传统和诉求，因此如何在这三种语言之间建立起有效的联系，我的想象是，有没有出现一种粤语经典文学的可能性？粤语区应该有超经典或者超级经典，目前为止，还没有出现，在未来是否可以出现，这是粤语区作家非常重要的义务或者责任。

大湾区是一个带有强烈未来感的空间，这种未来感与新科技、新思维密切相关，因此是否可以有一种大湾区的未来文学，该未来文学不仅仅是纯粹的文字书写的形态，而是在文字书写形态上塑造出大湾区的工业体系或者文化工业带，带动的不仅仅是文学创作，同时还有整个文化产业，整个文化产业可能是未来经济的发展方向。

另外，大湾区与更广阔意义上的南方构成什么样的关系，是否南方不仅仅包括广东、香港和澳门，同时也包括广西、海南以及东南亚的新加坡、马来西亚……用华文对南方进行书写或者形构，和粤港澳之间构成什么样的关系？在大湾区文学的形构里面，是否会出现一个新的南方写作的典范？它的形态应该是什么样？和马来西亚的写作，甚至和海洋地区的华文写作构成什么样的对话关系，最后在里面呈现什么样的主题，这非常重要。

本文刊载于《羊城晚报》2019 年 7 月 15 日

粤港澳大湾区文学对话|个体与共同体：大湾区文学的多种可能

2020年8月29日，由深圳市龙华区文学艺术界联合会主办，深圳市特区文学杂志社承办的“粤港澳大湾区文学对话”活动在深举办。本次活动以“个体与共同体：大湾区文学的多种可能”为主题，来自广州、珠海、肇庆、东莞、深圳等地的作家、学者们就大湾区文学生态的历史、现状与未来进行了深入讨论和对话。

作家邓一光认为，粤港澳三地湾区文化概念是现代国际化城市经济和文化集群的产物，大体出于政治学和经济学考量，各界以“大湾区”为中心词进行阐释，话语争相，文学不甘寂寞，“大湾区文学”也就成了其中一个想象。环珠江三角洲城市群自十九世纪中叶开始逐渐形成，文学的出现早于城市群的形成时间，对此邓一光提出问题：“大湾区文学”——如果有的话——它的形态和属性是什么？依据什么样的历史和现实经验提出？是一种过去从未存在过的具有强烈政治象征的新型文学吗？在他看来，就眼下能够涉及的资讯，“大湾区文学”的表述基本按照地缘政治和区域经济建立，抛开地区发展格局和国家政治行为不论，就文学这一范畴，仍属于未来主义虚构概念，它提供了具有诱惑力的想象空间和值得深入讨论甚至于由此建立的框架，同时也提出了实践难度。

邓一光从语言文字的角度对“大湾区文学”进行观察。在他看来，语言文字作为人类日常活动的交流媒介既是符号工具和知识系统，同时也是世界观和价值观认知系统，承载着人们对现实生活的经验表达、丰富而历史悠久的人类情感和精神经验。广东经历了长期与中原文化、南洋文化和西方文化的交互融汇，环珠江三角洲经历过多次人口大迁徙和不同历史阶段的城市化建设，文化形态、语言文字和文体有着漫长的演变史。邓一光的谈话从对珠三角湾区语言文字历史的观察，延展到与文学密切关联的宗教、艺术、社群情况和文化交互，并认为多语言和多文字并存是大湾区的历史和现实，这意味着本文化和跨文化共同构成大湾区的历史和现状。他评论道：“中国自古代到近现代，不同语言文字使用量最多、各种语言文字共存时间最长的地区是环珠江三角洲湾区。”多语言和文字并存的情况在内地不那么明显，在粤港澳大湾区则是一种现实，从文学角度进入非常复杂，不能简单地以语言文字的实用性通用原则来决定。他赞同福柯的观点：语言实际上是一种统治的权力，定义善恶、好坏，表达同时也抑制情感，操纵同时也压迫想法，而权力正是在这个过程中进行流动。同时他发现，随着络绎不绝的移民潮和日益求新的网络语言出现，普通话和网络语言大量介入本地语言文字的改造，本地语言文字中很多丰富词汇被普通话和网络语言替代，粤语已经是普通话的粤语，有广东方言音，却不是广东方言，语法改变了，词汇内容也在严重缩水甚至异化。

邓一光认为粤港澳大湾区内部跨语言和文字交互情况只是大湾区文学的一个面向，如果换一个框架观察，考虑我们生活在一个开放的世界，湾区与内地其他地区，湾区与世界各地早已形成日益密切的交互关系，从文化的角度进入，则情况更复杂。在邓一光看来，粤港澳大湾区真正形成文化同构的价值讲述，并且对中国和世界构成影响，大致有两个阶段。一个是近现代清末民初中国历史变革期，湾区西樵山康有为、新会梁启超、香山孙中山等人为中国提供了现代思想和文化前景的描述和想象，可以说，粤港澳大湾区是中国现代思想和革命文化的发源地，是近现代革命政治组织和武装组织的大本营；第二个阶段发生在当代后“文革”时期，“文革”结束，国门渐启，探索市场经济，广东因得天独厚的政治地理位置，最早进入时代变革，广东有近代国际商贸和资产阶级革命的双重基因，承担了地区政治、经济和文化变革实验地的工作，在改革开放上先行一步，一时风头无两，以至于二十世纪八九十年代，当广东成功的市场经济实践在内地进行推广时，“全国人民学习粤语”成了一种显在的文化现象。也正是这一时期，经过黄金十年高速发展，香港成为全球最重要的自由港和金融中心，同时形成独特的人文文化，在世界范围充当着重要角色，不但港商成为首批返回内地的投资者，港台电影、流行歌曲、通俗小说、明星演艺资讯、电子产品等流行文化和现代生活方式快速自香港经深圳传入内地，深深影响着内地文化，内地后来流行的大众文化，包括物质文化和消费文化在内，至今仍留下深刻的港台文化痕迹。

在邓一光看来，语言和文化层面的冲突、纠缠甚至坍塌，无一不构成文学表达的先在要素。在独尊政治学和经济学现实法则上讨论粤港澳大湾区文学，尤其讨论其融合性，实践起来是件困难的事情，也是一件让人警惕的事情。目前主流的讲述基本是对本文化夸饰的强调，跨文化内容却被有意无意地遮蔽了，甚至连对本文化的尊重也不在了，这对文学从业者是个致命问题。这恐怕是现代性的一种焦虑。在他看来，任何新文化概念的形成都需要渐进的思维建构过程。他认为除了体制不同外，粤港澳三地湾区也存在语言和文字、情感与思想、生活经历与经验，乃至社会价值观的深刻差异，如果对这些问题的识别和体认视而不见，对湾区丰富的历史和现状采取制式认知，则无法进入人们的感情生活和道德生活，那样的文学首先是对语言现实的伤害，由此展开的叙事不要说谈不上精神创造，恐怕连符号学意义上的文本也谈不上，其结果也无法企及文学所要表达的真实内容。对此，邓一光表示他更愿意见到这样的讨论：它承认人类是发展的，也尊重文化是传承的，并非击掌而成；它承认文学的独特和差异，尊重多样性是历史发展的现实结果，各呈其见更是文学缤纷的未来，任何偏执地遮蔽文学差异化现状的所谓主流讲述都会对文学生态形成粗暴的破坏。在讨论文学共同体问题时，需要证明融合不是表达的一致，而是人人享有表达的权利，在表达中彼此欣赏、包容与合作，在表达中彰显人性、守望相助，同时有足够的自由渠道去实现它们。

评论家于爱成认为对“大湾区文学”命名，首先需要警惕其中的“统合”性命名机制可能带来的权力话语迷思。毕竟文学是过于个体化、个性化，多元性和丰富性强的精神表达。和内地的书写者不同，大湾区或者说当代广东珠三角的书写者，往往要面对这样一个话题：自己与生活在的这个省份、这片区域、所在城市之间的关系，以及自己在这里能写什么和怎么写。他认为把身份看成是流动的、建构的和不断形成的，重视差异、杂交、迁移和流离，挑战和解构本质论的、普遍化的身份观，已经成了当代文化研究的主潮。内地的写作者与所生活的地方有着与生俱来的联系，地域性、区域性关系先在地存在并得以确定并没有纠结，但湾区的写作者却无法摆脱、无从逃避这样的追问。于爱成以移民写作者为例，认为他们当中的大多数，其实并不能说清，也并不会主动思考自己的写作与所在区域到底存在什么关系，是否已经建立起某种关系或如何建立起某种关系这类问题。他们只是遵照生存和发展的法则，以移民的身份来到这里并进行写作，而并非在写作的意义上，把自己与属地进行关联。身为他者，来到中国改革开放的源头，同时也是市场经济率先启动的区域，无论生存还是写作，他者的身份始终存在，兴奋感、新鲜感过后的撕裂感、焦虑感、不适感的普遍存在也不言而喻。他认为广东珠三角地区或者说湾区的写作者尤其如此，他们没有北京、上海、武汉、南京、西安等同行那样的文化脉络、文化积淀、传统谱系和文化背景，也缺乏对成熟城市文化的总结能力和把握能力，因此，除了对现代性焦虑和现代人精神困境的写作，珠三角城市群和湾区其实很难产生真正意义上的本土写作。在他看来，这里的作家遭遇着史无前例的对旧有经验的纠缠和对新鲜经验的茫然，进退失据，左右游移，在这种处境下，当下广东的文学，尤其千呼万唤的“大湾区文学”难以迅速出现成熟的文学形象、产生成熟的文学经验，就是不言而喻的事情了。

于爱成指出，写作和阅读都是个人的事情，但环境无疑也是重要的，它指证生命的可能性，激发写作的可能性。只有在冲突的环境中，写作才会被全然打开。正因如此，他认为写作与地域有关，与区域有关，但与地域符号无关，与区域符号无关，或者说无足够紧密关联，其中的权力关系是需要警惕的。在他看来，所谓的“大湾区文学”并不是一个本质意义上的文学流派，这样的概念也不存在。但不妨将“湾区文学”作为一个开放的体系，将其作为审美现代性在文学上的必然反映。无论文学题材、主题怎样移易，作家都将始终以最具识别度和力量的个性化，不可通约，不可模仿，用感时忧世，或悲伤愤怒，或令人欣慰，或直言不讳的作品，维护世界上最复杂、最重要的城市文化的连续性。在于爱成看来，并不存在一个本质化的、一成不变的湾区文化。湾区文化只能形成于湾区城市群不同亚文化、不同历史文化、不同区域文化、不同民俗民间文化、不同城市文化的交流与交往、影响与博弈中。文学，湾区不同城市的文学，所能做的也许只是呈现（表现和再现）湾区的人事物、身心灵，呈现这个区域的恒久与变化、世相与民生、人心和人性、形象与映像、投影与倒影、经验和想象，至此也就足够。他认为文学是社会发展和变革的风向标，香港、广州、深圳、东莞等每个城市的作家，都写出了他们在地、属地、历史的与现实的、经验的与想象的文学，写出了他们的文学中的城市。

于爱成认为，从中时段和长时段的角度，对粤港文化认同、对粤港澳大湾区的文化认同应抱有足够的信心。毕竟，从文化发生学上讲，大湾区的传统文化、民俗民间文化、学术文化都不是无源之水、无本之木，都有一个广东文化的背景或者说基石，都要植根于更宽泛意义上源远流长的岭南文化的厚土。在他看来，广东一地、湾区城市群文化性格中有开放性、兼容性、消费性、务实性和开拓性，其中又以世俗性为核心。他认为所谓文化世俗性，是伴随社会世俗化呈现出的一种文化属性。世俗的本意是现世的、物质的、非宗教的、非精神的，世俗化是从隔绝的神圣社会向开放的世俗社会持续发展的过程，是历史发展的必然，现代化的过程实际上就是一个世俗化的过程，文化的世俗化就是把人从神权至上的中世纪社会或君权至上的封建等级社会解放出来，把人交给人自身。广东文化这种世俗化精神在历史中形成，到明清成熟，到近代结出硕果，在二十世纪八十年代以来恢复活力并发扬光大。广东文化由是蔚为大观，这才有了二十世纪八九十年代伴随广货北伐而来的文化北伐，有了经由广东北上的香港流行歌、影视剧对国人世俗现代性的全民启蒙，有了“东西南北中，发财到广东”的大潮，有了深圳和珠三角奇迹，也有了今天的湾区的设计。他认为以世俗性为核心的广东性、岭南性，也正是我们今天讨论粤港澳新文化复兴、讨论大湾区文化认同的基底和话语前提。

在评论家钟晓毅看来，就共同体来说，很长时间以来，广东珠三角地区和港澳两地形成了文化与动态融汇。在这个层面上，三地的联系和交汇凝练提纯了一种鲜明的文化文学立场：既有生命跃动的记录，又不乏彼岸理想的关怀，既有智慧痛苦的折磨，更有智慧结晶的欢悦。她认为在漫长的艰难生存开拓中所积淀下来的精神特质，成了这个共同体互相尊重、互相映照的价值观。她认为，粤港澳三地是沸腾的，但又是相对平静的，尤其是在神圣被肆无忌惮地调侃，终极价值及其相关的伦理体系日渐沦丧，文学艺术应有的浪漫主义受到普遍的限制，实利主义成了狂欢主角的时候，粤港澳人能把现实中体会到的顿悟变成坚韧坚守的卓然独立、乐观进取和不因循旧习的务实兼容，不能不令人再度刮目相看。在钟晓毅看来，一个地区的文学艺术无论有多深厚的内涵，有多精湛的技艺，有多富独创性的精神，如果其文化行为只能在这个有局限的文化共同体当中得到认同，而得不到文化共同体之外的广泛响应，不能在国际上进行交流，那么它充其量不过是一种富有个性或者有一定历史的文化，而不是现代味浓郁的文学文化载体。她评论道，传统的"务实"如何作用于新时代的"创新"，古老的"兼容"如何汇合现代的"理性"，从自在升华到自为、自洽，显示出大家气派，应该是另一场充分体现粤港澳命运共同体大智慧的艰难的旅行，而这也正是《粤港澳大湾区发展规划纲要》应时而生的重要现实意义。

面对"大湾区文学"，钟晓毅特别强调了作者们不仅要有诚挚悲悯的力量，还要有贴着地面飞翔的创新能力。在繁杂多变的时代浪潮中，"同情与怜悯之心"对于作家来说是不可或缺的品质，诚挚的悲悯情怀在写作中的价值意义和信念立场更是重中之重。在她看来，现实世界永远是丰富的，甚至是驳杂的，如何将这种丰富性最大限度地以文学方式呈现出来，而不是主观地进行简单化的处理，是对一个作家处理现实题材能力的巨大考验。她认为只有突入现实，从现实内部生长起来的生命，才是能够感受现实律动，与现实同悲喜、共命运的生命，以这样的生命底蕴作为支撑的才是具有震撼力和感染力的文学，才是有大爱和悲悯精神的文学，才是我们这个时代粤港澳大湾区真正需要的文学。

作家王威廉更加在意"大湾区文学"这个概念的诞生所具备的能量。他认为概念是一种不可回避的视角，一个概念的提出首先是一种凝视、一种照亮，可以让人重新看待乃至定义世界，在这个语境之中回望，就会有新的视角。过去，人们一般会用"岭南文化"来指代广东文化，这个地理概念是用山的分界来作为文化的划分，不仅隐藏着陆地的视角，而且与"中心"相对的某种"偏远"也从中一览无遗。现在大湾区所蕴含的地理视角无疑是指向海洋的。但它又不像是二十世纪八十年代之际比较主流的说法："从黄土文明走向深蓝文明。"他认为"深蓝文明"太过浪漫化，而且空洞，而大湾区则指向了一个具体的地貌：湾区。在他看来，湾区本身就带有当下世界根本特征的隐喻色彩和象征色彩，甚至可以说，整个人类所居住的大陆相对于浩瀚的海洋来说，构成了一种湾区式的存在。正因如此，王威廉认为一定要以一种更加宏阔的视野来审视湾区的存在。

王威廉认为，粤港澳三地在文化话语中显示出了各自的差异性，这种差异性恰恰只有文学才能理解和包容。因为文学所面对的不是那些比较外在的事物，文学所审视的是细微的生活肌理。他评论道，在大湾区的不同城市里，的确可以寻找到一些相似的生活方式，还有相似的方言、相似的民间信仰，这些构成了一种近似于文化共同体的基础，但目前我们还不能直接说它们是一个文化共同体，因为同样的生活、同样的现象，在不同的话语框架的阐述下，所得出的意义是不同的。他认为，在这种既相似又疏远、既疏远又相似的过程中，新的文化有可能被创造出来。

在王威廉看来，我们现在特别容易看到两种最极端的话语在争辩，一种是西方的现代性话语观念，一种是中国的民族主义思维，这两种话语遭遇在一起，必然会产生交锋。这样的争论所带来的别扭，才是现实的常态。他认为，大湾区恰恰就处在复杂话语此起彼伏的核心地带，这不仅仅是大湾区所面临的一个困境，更是中国本身亟待走出的困境。在他看来，我们如何来表达自我，如何来跟世界进行对话，如何让中国文化获得一种世界性，都是要认真思考的。从这些角度出发，“大湾区文学”所具有的重要性便是不言而喻的，这恰恰是这个时代最尖锐的、最不可回避的一个区域，这才是这个时代真正的现实主义。他认为，在这样的难度之下，一个作家去真正创作，虽然有极大的挑战性，但也是真正回应历史、直面历史的契机。正因如此，在他看来，写作不能变成笼中叙事，依然要在大视野中来实现文学回应时代的能力，以及文学创造文化的能力。

评论家陈培浩认为“粤港澳大湾区文学”概念乃是粤港澳大湾区这一经济规划概念推动的产物。“大湾区文学”概念的提出包含了这样的预设：一个区域的经济繁荣离不开文化所缔结的认同共同体的助力。这种预设某种意义上为所有参与者提出了一个深刻而艰难的价值命题，即文学如何在全球化时代担负起建设作为想象的共同体的民族国家的任务。全球化、地球村的时代，文学如何在具有多种文化类型和多元社会制度的区域中建构起一种勾连你我他的身份认同，这可能是这个概念更深层的使命。所以，他认为，“大湾区文学”不应是大湾区涵盖的“9+2”城市群文学在量上的叠加，它需要有基于大湾区历史、现实和未来而进行的内涵建构。

在陈培浩看来，讨论“大湾区文学”，有两种基本路径：一种面对现实和历史，一种则面向未来和可能。所谓面向现实和历史，是指对大湾区所属空间的文学现象进行现实和历史梳理、文化概括和精神提炼。这是一种面对存量进行工作的思路，它使粤港澳三地的文学现象和历史文脉得到全面的检视，从而为三地文化同脉同源做出论证，为三地文化更紧密融合寻找契机。这种工作当然是必要的，但从根本上它并不创造增量。因为在没有“大湾区文学”概念之前，分别基于粤、港、澳的现实和历史梳理并非没有，假如在“大湾区文学”框架中，仅仅是将以往三地的文学存量做加法，在某种意义上浪费了这一概念应有的未来性文化潜能。陈培浩认为，打造“大湾区文学”，不能忽视其面向未来的维度。所谓面向未来和可能，是指对“大湾区”的界定，不仅着眼于区域历史文化，更关注技术迭代和时代新变赋予“大湾区”的新质，以对文明转型的预判，把握“大湾区”将为中国当代文学创造的前所未有的“可能性”。如此，作为增量的“大湾区文学”才具有更加建设性的意义。对“大湾区文学”，陈培浩的基本看法是：面对历史研究，面对未来写作。所谓面对历史研究，是指要找出“大湾区文学”的“来龙”大可倚仗于知识钩沉和文脉梳理，但要把握其“去脉”光靠“历史”可能是不够的。因为我们身处文明转型时代，过去的“历史逻辑”很可能会在未来被一套新的逻辑所取代。对文学而言，沉淀在历史中的审美传统可以尊重，但只有面向未来的骚动创制新的美学，才可能使“大湾区文学”真正成为当代文学上独一无二的增量。

作为一个生产性概念，“大湾区文学”这一概念的瞭望镜，可能为中国当代文学提供怎样崭新的可能性是陈培浩特别关心的问题。他认为，讨论“大湾区文学”应关注“大湾区文学”将为“当代文学”提供的独特文学经验，即：独特的“新城市文学”经验，高速城市化过程中独特的中国新工人文学经验，中西文化碰撞、交汇下中国与世界文学的融合经验。在讨论中，陈培浩特别强调了“新城市性”这一个概念，并认为“新城市文学”是大湾区文学的重要探索之一。在他看来，“新城市文学”概念的提出，意在区分既往“城市文学”书写，也鲜明地标识出“城市文学”所依凭的存在土壤已经发生了怎样内在的变化。他认为过往的每一座城市都附着在自身的历史和文化传统中。因此，此时对文学家的要求在于，通过一个人去书写一座城，城以人立，人以城传，人和城是一体的。然而，作为高科技巨型都会的“新城市”却是去根性、同质化、景观化的。纵横交错的高速交通网络，无处不在的镜面摩天大楼，行色匆匆、衣着妆容千篇一律的都市白领……这是“新城市”大同小异的面孔。作为大型移民城市的深圳就是这种无根之城的典型代表。即使是北京、上海、广州、杭州、武汉、成都、西安等具有独特文化传统的城市，其身上的“新城市”特质占比也越来越大。后者小心翼翼地辟出一小片复古区域，用于流连过去，眺望历史。在陈培浩看来，在这种被科技和现代化严格规划过的“城市”，文学触摸传统的日常通道已经丧失了。“传统”不在日常，而在“景观”中。面对这样的“新城市”，寻根式城市书写必然难以为继。正因如此，陈培浩说道，作为存在经验的“新城市”在召唤着崭新的城市想象力和审美方式。陈培浩认为，近年来从写作上敏锐地捕捉到这种“新城市性”的作家，恰恰是身处大湾区的作家。他考察了几位大湾区作家的城市书写，认为他们的立足点固然在于现实，但其思维方法却不是对现实亦步亦趋的反映论。作家们敏感地意识到，某种现实是古老历史逻辑的结果，但某种现实却隐藏了历史轰然断裂的逻辑裂变。所以，在陈培浩看来，他们的写作都努力走到现实的前面去，站在未来迎接这即将蔓延过去的现在。这种面向未来进行审美革新的勇气正是一种独特的大湾区文学气质。

作家陈启文将目光聚焦在如何打造一个蔚蓝色的“文学湾区”的议题上。首先，他认为“文学湾区”必须拥有像大海般辽阔的心胸，能真正做到“和而不同”。在他看来大湾区的文学发展空间不只是地域空间，更是心理空间。一个“文学湾区”拥有众多的城市，虽说是文化同源，地缘相似，但毕竟每一个写作者都有自己的认同感或归属感的心理空间和价值取向。在他看来，要成为一个共同体，起决定作用的是文化。陈启文认为大湾区内的文化既有如水土渗透般的相互交融，也会发生各种各样的碰撞。交融需要胸怀，碰撞更需要胸怀。其次，粤港澳大湾区尽管已划出清晰的地理边界，但毕竟不同于行政区域，陈启文认为“文学湾区”应该结为一个具有某种联盟意义的组织，作为“联盟”不只是徒有其名，它必须实实在在地扮演中心的角色，如文学平台的搭建、资金的筹措、组织的协调、活动的开展，都需要围绕联盟来展开。在陈启文看来，“文学湾区”还是一个概念，这个概念事实上还停留在珠江三角洲的概念上，并没有切实的融入感和归属感，它尚未成为人们实在的心理空间。

评论家黎保荣在本次对话中就“大湾区文学”的概念、性质、内涵、范围及湾区城市的个性及共性等议题进行了讨论。在他看来，作家创作的时候，一般注重其个性化的体验与思考，很少注重共性的东西。而每一座城市都有自身的文化蕴涵，并不完全相同，有时候共性问题也是个性问题。他认为从文学地理来说，作家要么“还乡”，要么“远行”。所谓“还乡”包括对故乡故国的事物、历史、人性以及精神家园的书写与渴望，所谓“远行”包括对他乡他国的事物、历史、人性以及异域文化异域视野甚至超现实的世界的选择、接受、变形、疏离或转化。他认为如果说“写地方”属于文学地理，每座城市有每座城市的个性化地理，那么有必要超越它。就写时代而言，黎保荣认为首先要思辨什么是时代精神。他认为时代精神是丰富的多样化的，政治、经济、文化、教育等诸多领域，都有其时代精神的蕴含。黎保荣认为写时代（历史）最终是写自己，写自己对时代（历史）的理解，写自己对时代（历史）中的人与物的理解。他认为，文学要具有生命的痛感与敏感，把人性写深刻了，把思想写深刻了，把感情写深刻了，再赋予独特的形式与形象，就具有了恒久性与独特性。在黎保荣看来，文学是人学，而人性从古至今变化不大，贪婪的依旧贪婪，善良的依旧善良，所以作家把人性写深刻了，作品也就跨越了时代，具有了恒久的“新”意。

评论家杨丹丹认为，“粤港澳大湾区”的提出一方面改变和调整了城市空间的地理布局，及其承担的政治、经济和文化功能，另一方面也赋予了文学和文学交往以新的属性，或者说，由“粤港澳大湾区”衍生出来的“粤港澳大湾区文学”概念，成为证明“粤港澳大湾区”的现实合理性和合法性的文学注脚和阐释。因此，他认为讨论“粤港澳大湾区文学”的前提是确证这一概念的真实性和有效性。杨丹丹选择从“粤港澳大湾区文学”的历史、现实和未来三个层面来解读。他认为，从历史层面而言，广东、香港、澳门文学的历史脉络和谱系非常清晰，文学实践和文学实绩也非常厚重，这为“粤港澳大湾区文学”概念的提出奠定了深厚的历史基础。但这种深厚的历史基础不仅仅是建立在共性基础上的，更强调个性和差异性，而这种个性和差异性又是文学外部和内部之间的难以调和的差异，并形成了区域性的文学和文化冲突。更为重要的是，这种小区域差异性的不断历史化逐渐形成了广东、香港、澳门文学之间大区域的冲突状态。在他看来，在普遍意义上，广东文学更加强调文学的公共性和现实社会效用，文学和意识形态之间存在较为紧密的联系，文学触动、撩拨和激发的是现实社会的脉搏和心跳，契合时代发展趋向，整合普遍的社会情感和情绪，呈现出宏大化和史诗化的叙述美学，而香港文学更为关注个体的日常生活和精神体验，即使讲述历史也是体现出明显的微观政治和个体美学趣味。在杨丹丹看来，文学历史的差异化和文学差异的历史化生成了如何构建“粤港澳大湾区文学”共同体的难题。这种差异性的历史遗产留给我们的是思想资源，还是需要进一步清理的废墟？他认为如果这个问题没有辨识清楚，被有意地忽略和掩盖，那么“粤港澳大湾区文学”的概念在某种意义上是一个伪概念。

杨丹丹认为历史的差异和分散并不意味着“粤港澳大湾区文学”失去重新重组成文化共同体和文学共同体的可能性，而是为其留下了整合的空间和可能性，这就关涉到“粤港澳大湾区文学”的现实性和现场性问题，我们要在大的区域性空间中寻找到一个核心区域和核心区域中的核心问题，从而确立“粤港澳大湾区文学”的引领区域、主导方向和普遍精神，更确切说是搭建一种辐射关系。他认为，这个核心区域应该是广东，核心问题是城市的现代化和现代性问题，因为，广东改革开放40年的历史既呈现了广东现代化进程中形成的独特经验，又代表了中国社会的现代化想象及其衍生出来的各种问题，广东的改革历史和对应的文学表述具有更为广泛的辐射面、影响力和认同度，同时，广东文学对现代城市的讲述也具有一种普遍意义。

在杨丹丹看来，当我们从“粤港澳大湾区”中透析出一个核心区域、一个核心问题和一条核心主线的时候，“粤港澳大湾区文学”就有了构建文学共同体的可能性。但在“粤港澳大湾区文学”框架下，要警惕文学同质化和脸谱化的威胁，为此要时刻保持自己的空间意识，也可以把这种空间意识理解为个体与空间的关系。他认为这种个体与空间的关系决定了“粤港澳大湾区”在文学叙述中的位置，也确认了写作者在“粤港澳大湾区”文学场域中的位置，甚至是文学史中的位置。

同时，来自大湾区城市的作家、期刊主编等50余人围绕“粤港澳三地的文学和文化的现象及如何借助大湾区的成长进一步协同发展”进行了线上发言：

《香港文学》总编辑周洁茹强调了香港文学与各地华文文学的关系，并表示《香港文学》将会持续关注大湾区城市的文学创作。

《澳门笔汇》主编贺绫声认为，在探讨“大湾区文学”时，应该遵循整体观。要避免动辄以城市为单位进行过于精细化的人为切割，也不宜太过随意地以地理区域划分“中心”“边缘”。

《佛山文艺》主编王海军认为伴随着大湾区建设热潮，文学亦呈现出欣欣向荣景象，本次大湾区文学对话会隆重召开，必将大力推动大湾区文学的发展繁荣。

惠州作协主席陈雪就如何建立各地区文学联动，建立合作长效机制进行了探讨并认为共建湾区文学无非是做到：一是共同传承中华文脉；二是共同挖掘讲好湾区故事；三是共同推动融合发展。

《罗湖文艺》主编吴亚丁认为假以时日，粤港澳三地的深度沟通与融合，各种制度和法规的对接和执行，客观上将缔造出一种全新的国际湾区人文环境特点。在此基础上，才有可能形成新的大湾区区域价值观和区域人文追求特征。

《永兴桥》主编唐成茂认为“粤港澳大湾区文学”发展应有一套先进的合作机制，应该探索出一条超越常规的发展路径。

在《伶仃洋》主编孙向学看来，“大湾区文学”不能简单定义为一个文学流派，它应该是一个开放、包容的体系，我们应当从文本呈现的地域特色和气息上归类“大湾区文学”，唯文本，不唯口号，才有未来。

《大鹏文学》主编焦朝发强调了《粤港澳大湾区建设规划纲要》的重要性，并认为《粤港澳大湾区建设规划纲要》为我们理解大湾区文化建设提供了总纲和指引，是未来大湾区文化建设的基础。

《羊台山》主编范明认为大湾区的概念在文学形态上应该有更好的提升，因为大湾区城市有相似的地域特点和文化背景。她认为正因文学的复杂与多样，才体现出文学的魅力，它不是单一的、概念化的，而具有多种可能。

在《山湖石岩》主编王枣燕看来，粤港澳大湾区发展离不开文学力量，一流湾区呼唤一流文学，一流湾区也成就一流文学。

《民治·新城市文学》执行主编陈鸿波认为“大湾区文学”是一个具有前瞻性、先锋性的构思，只有文化精神真正地融为一体，大湾区的构建才算是完整的。

《莲花山》执行主编秦锦屏则评论道：“放在全国的文学版图中看，粤港澳大湾区的文学一定是独树一帜、不同凡响的。它必然承载着历史的任务和使命。”

在《望鹏山》执行主编朱正安看来，“大湾区文学”辐射的共同体，文化上本就同源同根，其共融共享的资源，也将推动和激励更多有个性化的创作和原创性的探索。

《宝安群文》执行主编张伟明强调了文学的自发性和不可计划性，并认为大湾区的文学形态及多种可能，应该是其中每一条流淌的文学河流都将具备不一样的河床。

《龙岗文艺》执行主编虞霄认为粤港澳大湾区文化存在共性，并希望大湾区城市的作者能发挥传统优势和创新优势，博采众长，海纳百川，为再创湾区文化新辉煌贡献充沛的文化力量。

《宝安文学》负责人王国华从内心出发，认为岭南文化除了广府、潮汕、客家文化之外，还应有一个深圳文化，他认为“深圳文化”是一种全方位的、正在形成中且完全看不到终点的文化。

《园山》执行主编李晃将目光聚焦在如何写好个体和共同体这一问题上，并认为个体写作，应该融入滚滚时代洪流，不可与之脱节，且应当深掘大湾区人文历史，加强大湾区各城市的文学交流。

本文刊载于“特区文学”公众号2020年9月11日